After Dark
by Jayne Ann Krentz writing as Jayne Castle

星のかけらを奏《かな》でて

ジェイン・アン・クレンツ
石原未奈子・訳

ラズベリーブックス

星のかけらを奏《かな》でて

主な登場人物

リディア・スミス……………………………博物館職員。
エメット・ロンドン…………………………ビジネスコンサルタント。
マーサー・ワイアット………………………〈カデンス・ギルド〉のボス。
タマラ・ワイアット…………………………マーサーの妻。
ライアン・ケルソ……………………………カデンス大学の超考古学部長。
ゼーン・ホイト………………………………リディアの住むアパートの住人。
オリンダ・ホイト……………………………ゼーンの叔母。
デンバー・ガルブレイス＝ソーンダイク……〈カデンス・ギルド財団〉の理事。
メラニー・トフト……………………………博物館職員。リディアの友人。
ウィンチェル・シュリンプトン……………〈シュリンプトンの古《いにしえ》の恐怖の館〉館長。
アリス・マルティネス………………………刑事。

1

チェスター・ブレイディがすでに死んでいることがこれほどはっきりしていなければ、リディア・スミスは自分の手で彼を絞《し》め殺していたかもしれない。〈シュリンプトンの古《いにしえ》の恐怖の館《やかた》〉の角を曲がって、薄暗い〈死せる町《デッド・シティ》の墓所〉コーナーに入ったとき、リディアが最初に思ったのは、またチェスターが汚い真似をしようとしている、ということだった。これもまた、リディアが契約を交わしてしまう前に新しい依頼人候補を彼女の鼻先からかっさらうための、一風変わった作戦に違いない、と。

いかにもこのずる賢いペテン師がやりそうなことだ。あれほどわたしの世話になっておきながら。

リディアは足を止めて、古い石棺《せきかん》の縁《ふち》から力なく垂《た》れさがっている腕と脚を見おろした。もしかしたら今回は悪趣味な冗談にすぎないのかもしれない。なにしろチェスターのユーモアセンスは子どもっぽいおふざけに偏《かたよ》りがちだ。

けれど棺《ひつぎ》の中でぐったりした姿は、少しばかり真実味を帯びすぎているように見えた。

「気を失っただけかもしれないわ」リディアはあまり期待をこめずに言った。

「そうは思えない」エメット・ロンドンがリディアのそばをすり抜け、前に出て緑水晶の棺の中を見おろした。「間違いなく死んでいる。その筋を呼んだほうがいい」

おそるおそる一歩前に出たリディアの目に、血が飛びこんできた。チェスターの喉《のど》から流れだして棺の底に到達している。

自分がなにを目にしているかを悟った瞬間、衝撃のあまり感覚が麻痺《まひ》した。信じられない。まさかチェスターが。泥棒で詐欺師《さぎし》で、あらゆる骨董《こっとう》業者やまっとうな超考古学者《パラ・アーケイオロジスト》にとって恥となるような怪《あや》しい人物だけど、それでも彼はリディアの友人だった。ある種の。

リディアはごくりと唾《つば》を飲みこんだ。「その筋というと、救急車？」

エメットが彼女に視線を移した。この男性の目には、どこか落ちつかない気にさせられる。金色がかった緑色という不思議な色合いのせいかもしれない。リディアが飼っているダスト・バニーの二対目の瞳に、あまりにもよく似ているのだ。ダスト・バニーが狩りをするときに使う目に。

「救急車はいますぐ必要ないだろう」エメットが言う。「私ならまず警察を呼ぶ」

あなたがそう言うのは簡単でしょうよ、とリディアは思った。問題は、警察が最初に話を聞きたがるのはリディアだろうということだ。先月リディアがチェスターと大げんかをしたことは、廃墟通り《ルーイン・ストリート》の全員が知っている。けんかの原因は、あのこそ泥がリディアの最初の依頼人候補を横取りしたことだった。

チェスターが死んだ——本当に死んだ。それを受け止めるのは容易ではなかった。これは、依頼人が怒り狂う前に都合よく姿を消す、彼のいつものやり口ではないのだ。今回は、本当にこの世から消えてしまったのだ。

リディアは急にめまいを覚えた。こんなことが起きるわけはない。深呼吸よ、と自分に言い聞かせる。深呼吸しなさい。ここでくじけちゃだめ。負けるわけにはいかないの。みんなが思っているように、ストレスで参ったりするもんですか。

どうにか心を落ちつかせた。

チェスターの遺体から視線をあげると、エメット・ロンドンがこちらを見おろしていた。エメットの表情はなぜか考えこんでいるみたいで、適度に離れたところからかすかな好奇心をのぞかせているようにも見えた。まるでリディアがどう反応するかを観察しているかのような。石棺の中の遺体を見て示す反応が、単なる興味深い研究対象にすぎないかのようだ。

無意識のうちに、リディアの視線はエメットの手首に移った。数分前、彼の腕時計をちらりと見ていた。文字盤は琥珀《こはく》だった。たいしたことではない。琥珀のアクセサリーはおしゃれだ。それを理由に琥珀を身につける人は多い。けれど中には、強力な共鳴者が能力を集中させるために用いる道具だからといって、琥珀を選ぶ人もいる。

リディアの体にまた震えが走った。

「ええ、そうですよね、警察」ささやくように言った。「電話はオフィスにあるんです。申し訳ないけど、ロンドンさん、ちょっと失礼していいかしら」

「ここで待っている」エメットが言った。

ずいぶん冷静なのね、とリディアは思った。もしかしたらこの男性にとっては、死体にばったり遭遇するのも日常茶飯事なのかもしれない。

「本当にごめんなさい」ほかに言葉が見つからなかった。

エメットが先ほどと同じ、遠巻きな好奇の表情でリディアを見た。「きみが殺したのか？」

あまりに思いがけない質問に、リディアは一瞬、言葉を失った。

「まさか」ようやく喘《あえ》ぎ混じりに答えた。「チェスターを殺してなんかいません」

「それならきみは悪くないだろう？　謝る必要はない」

もしリディアが哀《あわ》れなチェスターを殺したと認めていても、この男性はたいして動じなかったのではないかという気がした。それはいったい、なにを意味しているのだろう？

リディアは胸騒ぎを覚えつつ、薄暗い展示室からオフィスに戻ろうと向きを変えた。そのときふと、緑の石棺の縁にかけられたチェスターの足に目が留まった。その足を包んでいるのは、安っぽいトカゲの合皮製とおぼしきブーツだった。

チェスターはいつだって派手な服装をしていた。そう思った途端、驚いたことにまったく予期せぬ悲しみが胸を刺した。確かにチェスターはけちで日和見《ひよりみ》主義の詐欺師だった。けれど、ここカデンスの勃興《ぼっこう》する骨董業界の周縁でなんとか生き抜いている大勢のうちの一人でもあった。この惑星ハーモニーで遠い昔に栄えて消滅した文明の、神秘的な緑水晶の廃墟は、意欲的な起業家にさまざまな隙間《ニッチ》産業をもたらしている。チェスターは、死せる町《デッド・シティ》の壁の陰で働く人間の中で、最悪のたぐいではなかった。

困ったやつだったけれど、人を飽きさせない男だった。これから寂しくなるだろう。

その日の午後五時、メラニー・トフトがリディアの小さなオフィスの戸口に現れた。黒い目を好奇心で輝かせている。「なんて言われた？　あんたの疑いは晴れたの？」

「いいえ、完全には」何時間も尋問されてくたびれ果てていたリディアは、椅子に深々と寄りかかった。「マルティネス刑事の話では、チェスターが殺されたのは夜中の十二時から午前三時のあいだらしいわ。その時間、わたしは自宅のベッドの中だった」

メラニーが舌打ちをする。「一人で、よね？」

セックスの話題が大好物であることにかけて、メラニーの右に出る人はいない。半年前、メラニーは三度目の――いや四度目だったろうか――財産目当ての結婚に終止符を打った。五度目を受け入れる気があることは周知の事実だ。

メラニーは豊富な経験を元に、リディアのセックス・アドバイザーを自任している。けれどリディアにしてみれば、専門家の意見はそれほど必要としていない。セックス・ライフが活発だったことは一度もないし、この一年は瀕死《ひんし》の状態に追いこまれている。

リディアはブレスレットに埋めこまれた琥珀をぼんやりと指でいじった。「どうやったら、だれかが殺された時間には自宅のベッドでぐっすり眠っていたから無実だって証明できると思う？」

メラニーが腕組みをして、ドア枠に寄りかかった。「そのベッドに横たわってたのがあんた一人じゃなければ、証明するのもずっと楽だったでしょうね。もっと社交的になりなさいって、何カ月も前から口を酸っぱくして言ってたのに。これでわかったでしょ、いつまでも禁欲生活を続けるのがどんなに危険なことか」

「そうね。いつ殺人事件のアリバイが必要になるか、わかったものじゃないものね」

メラニーの顔に浮かんでいた好奇心がいくぶん薄れて心配がのぞいた。「リディア、ねえ――あんた、その――大丈夫なの？」

そら来た、とリディアは思った。「大丈夫よ。まだ白衣の人たちに連絡する必要はないわ。あなたの目の前でパニックを起こしたりしない。それは今夜、家に帰るまでとっておく」

「ごめんね。あたしはただ、ストレスの多い状況を避けるよう精神分析医に言われたって、あんたから聞いてたもんだから」

「どうしてわたしがストレスの多い一日を過ごしたって思うの？　今日のわたしがしたことと言えば、ここの〈墓所〉コーナーで死体を見つけて、数時間ほど刑事にいびられて、財政状況を一ランクあげてくれただろう有望な依頼人との契約を結び損ねたことくらいよ」

「言いたいことはわかるわ。そんな一日にストレスなんて感じないわよね。これっぽっちも」メラニーがドア枠から離れてオフィスの中に入ってきた。デスクの前に置かれた二脚の椅子の片方に腰かける。「公園を散歩するようなものよ」

リディアの心に新たな不安がおりてきた。ここでの仕事を失うわけにはいかない。「明日シュリンプトン館長が休暇から戻ってきて、事件のことを知ったら、なんて言うかしら」

「大丈夫。エビ《シュリンプ》ちゃん館長なら昇給してくれるわよ」メラニーがくっくと笑う。「〈シュリンプトンの古の恐怖の館〉にとって、展示室で死体が見つかるより効果的な宣伝がある？」

リディアは呻《うめ》いた。「それが情けないところよ。もしこれが夕刊に載ったら、明日の朝にはきっと博物館の前に行列ができるわ」

「でしょうね」メラニーがまじめな顔に戻って言った。「警察の尋問は純粋に形式的なものだと思ってたけど。あんた、本当に疑われてるの？」

「さあ。わたしはいまもこうしてデスクに向かってるんだから、まだだれにも逮捕されてないということよ。それはたぶん、いい兆候だと思う」リディアは指でとんとんと椅子の肘掛けをたたいた。「だけど警察は、わたしとチェスターが先月〈シュール・ラウンジ〉で大げんかしたことを知ってるの」

メラニーが眉をひそめた。「まずいわね」

「ええ。だけど幸いマルティネス刑事は、チェスターに恨《うら》みを持ってる依頼人が多いことも、廃墟通りに敵が少なくなかったことも、知ってるみたいだった。容疑者全員を洗いだすにはだいぶ時間がかかるんじゃないかしら。かなりの人数になるだろうから」

メラニーが肩をすくめた。「警察がこの事件にそれほど時間をかけるとは思えないわね。チェスター・ブレイディは世間が注目する犠牲者でもなければ、地域の名士でもなかったもの。何度か法を犯してるし、〈超考古学ソサエティ〉の面々には、名前も口にしたくないような存在だと思われてるんでしょ？」

「確かに。葬儀に現れるのは、チェスターに騙《だま》された人たちだけでしょうね。本当に死んだことを自分の目で確かめに来るのよ」

「で、そのあといちばん近くのバーで祝杯をあげるんじゃない？」

「たぶんね」リディアはため息をついた。「葬儀には家族も来ないと思うわ。チェスターから聞いたことがあるの、近しい親族はいないって。それもわたしとの共通点の一つだってよく言ってた」

　メラニーが静かに鼻で笑った。「あんたとチェスターに共通点なんてないわよ。やつは典型的な負け犬で、いつも一発大逆転を狙っては、あと少しってところで大へまをしてばかりだった」

「知ってる」そこもわたしと変わらない、とリディアは沈んだ気持ちで思った。けれど声に出しては言わなかった。「おかしな話だけど、これから寂しくなるだろうなと思うの」

　メラニーがあきれた顔になった。「つい先月、一人目の依頼人候補を奪われたっていうのに、よくまあ同情できるわね」

「だけどメラニー、あの石棺に横たわってた姿、すごく哀れに見えたのよ。血まみれで、ぐったりして」リディアは身震いした。「恐ろしい光景だった。白状するとね、わたし驚いてるの。チェスターは確かにひどい男だったけど、本当に殺されてしまうほどだれかを怒らせたなんて」

「数々の輝かしい功績に加えて、ブレイディは泥棒だったのよ。それって周りの人間を怒らせがち」

「それは否定できないわね」リディアは認めた。「しかも置き土産のつもりか、死後の世界へ旅立つ途中で、今朝わたしが結ぼうとしてた契約をぶっつぶしてくれたわ」

「その依頼人候補は本当に逃げちゃったと思う?」

「間違いないわ。彼も気の毒に、あんなことがあったせいで、時間も刑事と過ごさなくちゃならなかったのよ。それについてはなにも文句を言ってなかったけど、ロンドンさんはああいう種類の迷惑を大目に見ることには慣れてないような気がするの。レゾナンス・シティから来た、成功した裕福なビジネスマンだもの。最初に電話をかけてきたとき、なるべく人目につかないようにしたいって強調してた。あらゆる面で秘密を守ると約束させられたわ。ところがわたしのおかげで、十中八九、夕刊に名前が載ってしまうというわけ」

「人目につかないとは言えないわね」メラニーが言う。

「状況を考えると、ロンドンさんは不思議なほど礼儀正しかった」リディアはデスクに両肘をついて、手に顎《あご》を載せた。「失礼なことはなにも言われなかったけど、わたしにはわかるの。あの人には二度と会えないって」

「な、なるほどねえ」

メラニーの口調に、リディアは眉をひそめた。「いまのはどういう意味?」

「別に。ふと思っただけ、どうして人目を避けたがってる成功した裕福なビジネスマンが、〈シュリンプトンの古の恐怖の館〉みたいなところで働いてる超考古学者に仕事を依頼する気になったのかなって」

「〈超考古学ソサエティ〉に所属する大学教授だろうとだれだろうと、選び放題なのに?」

リディアは陰鬱《いんうつ》な気持ちで尋ねた。「いいわ、認める。確かにわたしもその点は不思議に思った。だけどせっかく舞いこんだチャンスを逃したくなかったから、そういう立ち入った質問はしなかったの」

メラニーがデスクの向こうから身を乗りだして、リディアの腕をやさしくたたいた。「元気出して。依頼人はまた現れるわ」

「こんな依頼人は無理よ。ロンドンさんはお金持ちで、わたしには計画があったの」リディアは片手を掲げ、親指と人差し指を数ミリの距離まで近づけた。「あとこれくらいで、うちの大家がアパートって呼んでる広いクローゼットの賃貸契約は更新しませんっていう通知を送りつけてやれるところだったのに」

「がっかりね」

「まったくよ。だけどこれでよかったのかも」

「どういうこと？」メラニーが尋ねた。

チェスターを殺したのかと尋ねるロンドン氏のさりげなさすぎる口調を、リディアは思い返した。「なぜかわからないけど、エメット・ロンドンのために働くのは、〈墓所〉コーナーで遺体を見つけるのと同じくらいストレスの多い作業になった気がするの」

2

一時間後、リディアは〈デッド・シティ・ビュー・アパートメント〉の階段をのぼって五階にたどり着いた。

薄暗い廊下を自室の玄関まで進みつつ、体力がついてきたなと考える。いまでは五階まで階段をのぼっても、エレベーターが動かなくなった最初の週ほど息切れがしない。ジムで運動をするよりずっと簡単だし、安あがりだ。

大事なのは、前向きな姿勢を保つこと。

琥珀の鍵《かぎ》を錠に挿し、微量のサイキックエネルギーを送りこむと、玄関が開いた。

ペットのダスト・バニー、ふわふわ《ファズ》が床の上を漂《ただよ》ってくる。出迎えを予期していなければ、この子が足元に来るまで気づかないだろう。切手ほどの広さしかない玄関広間のタイル貼《ば》りの床の上で、合計六本ある足はどれ一つとして音を立てない。

ファズの昼間の目は開いており、さえない色のさえない毛の中で、鮮《あざ》やかで純真な青い光を放っている。全身ふわふわの毛で覆われているから、どこが耳でどこが足だか見分けるのは不可能だ。その姿は、まさにベッドの下から転がりだしてきたばかりの綿ぼこりだった。

「ただいま、ファズ。今日なにがあったか、言ってもきっと信じないわよ」リディアはファズを抱きあげて肩に乗らせた。「うわっ！　またプレッツェルをどか食いしたんでしょう」

　この小さな生き物のずっしりした重さには、毎回驚かされてしまう。つい忘れがちだが、薄汚れた印象のダスト・バニーは、お世辞にもかわいらしいとは言えない外見の下に、小さいけれど油断ならない捕食者の筋肉と腱《けん》を備えているのだ。

「なんとあのチェスター・ブレイディがわたしの新しい石棺の中で殺されたの。石棺のこと覚えてるかな、エビ《シュリンプ》ちゃんの博物館のために大学博物館から超格安で手に入れてあげたって話してたやつよ。大学博物館には地下にあと二百も余ってるんだから、格安で買ってもいいの。それに、大学はわたしに借りがあるんだから。そもそも大学に収められてる最高の遺物のうち数十個はわたしが見つけたんですからね」

　ファズが楽しげに喉を鳴らし、リディアの肩の上でもっとくつろいだ姿勢を取った。

「はいはい、わかってる。おまえはチェスターが好きじゃなかったものね？　おまえはまじめだもの。だけどそれでも、彼が死んだって思うと変な感じよ」

　ファズとの一方通行の会話は精神状態が悪化している兆候なのだろうかと思い悩むことは、数カ月前にやめた。考えるべきことは、ほかにもっとある。中でも重要なのが、仕事を見つけて、あの大失敗で落ちこんだ財政状況を立てなおすことだ。

　それに、ほかの人にしてみれば、リディアの精神状態はあの〝失われた週末〟のあとにすでに崩壊している。精神分析医からくだされた診断を思えば、ペットに話しかけるなどきわめて正常に近い。

　半年前にデッド・シティで起こした大失敗のせいで、リディアは大学での職を失って財政状況に大打撃を食らったのみならず、〝心的不協和《サイキック・ディソナンス》〟とか〝超《パラ》トラウマ〟とかいう言葉を医療記録にちりばめられることになった。

医師たちは過剰なストレスを避けるようリディアに勧めた。あいにく、言うは易《やす》しで、押しつぶされ焼き尽《つ》くされたキャリアの廃墟に新たなキャリアを建てなおそうとしている人間には、ストレスを避けるなど、どだい無理な話だった。

なにを偉そうに言われようとも、精神分析医が彼女の本当の精神状態をまるで理解できていないことは、リディアにはわかっていた。その点で言えば、リディア自身も理解できていない。自分がイリュージョン・トラップにかかってからの四十八時間のことを、ほとんどなにも覚えていないのだ。

医師はみな、リディアが記憶を抑圧しているのだと言った。そして、彼女の高度な共鳴《レゾナンス》能力を踏まえると、そのほうがいいのだろうとも。

琥珀と共鳴してエネルギーを集中させる力が人類のあいだに認められはじめたのは、入植者たちが〈カーテン〉をくぐって惑星ハーモニーにやって来てから間もないころだ。最初、この能力はちょっと珍しいものでしかなかった。真の可能性が明らかになったのは、少し時間が経《た》ってからのことだった。

惑星ハーモニーの琥珀が発見されて二百年近くが経過した今日《こんにち》では、車のエンジンをかけることから食器洗浄機の作動に至ることまで、その力は日々のさまざまな場面で活用されている。四歳を過ぎた子ならだれでも、未調律の琥珀を共鳴させるだけのエネルギーを生みだせる。とはいえ、車の運転やコンピュータの操作以上のことができるほどの力を奮い起こせる人間は、ほとんどいない。がしかし、なにごとにも例外はある。

　ある種の人々には、共鳴する能力がきわめて強く現れるのだ。リディアもその一人。専門用語で言うと、リディアは幻エネルギー共鳴者《エフェメラル》だ。一般的な名称は、〝トラップ・タングラー〟。いまだ解明されていない原理で、リディアは調律済みの琥珀を用い、消えて久しい古代ハーモニーの人々が残していった危険なイリュージョン・トラップと共鳴することができる。悪夢のようなトラップを解除できるということは、超考古学者としてのキャリアを実質保証するようなものだ。そうでなければ、盗まれた骨董品の取引に手を染めるほかない。

　半年前まで、リディアはアカデミックな世界の序列を駆けのぼっていた。大学の超考古学部で正教授の地位にのぼりつめるのも時間の問題だった。

　そんなとき、あの事故が起きた。

　個人的に〝失われた週末〟と呼んでいるあの四十八時間の内で唯一はっきり覚えているのは、デッド・シティの地下墓地に入って、気がつけば一人きりになっていたばかりか自分の琥珀まで失っていたということだけだ。琥珀がなければ、出口の一つにたどり着くのは不可能に近い。

　けれどファズが探しに来てくれた。あの子がどうやってアパートメントを抜けだしたのか、ましてやどうやってデッド・シティをさまよい歩いてご主人さまを見つけだしたのか、リディアには見当もつかない。それでもファズはやってのけた。リディアの命を救った。

強力な超考古学者がコントロールを失って、トラップの異質な悪夢に呑《の》みこまれたのは、なにもリディアが最初ではないが、彼女はそんな体験を経《へ》ても精神病院に送りこまれなかった数少ない一人だ。

リディアは肩からファズをおろしてベッドに座らせ、服を着替えはじめた。この子がこんなにまぶしい青い目をしていなかったら、キルトに鎮座《ちんざ》した大きな毛玉に間違えられるだろう。

「依頼人獲得作戦のほうでは悪い知らせよ、ファズ。どうやら今月末、あのすてきな新しいアパートメントに引っ越すことはなさそう。それから、おまえのプレッツェルも切り詰めなくちゃいけないかもね」

ファズがまた喉を鳴らした。ご主人さまがヒールの低い靴を脱ぎ捨ててスーツを取り去るところを、たいして興味なさそうに眺めている。

リディアは穿《は》き古したジーンズとぶかぶかの白いシャツを着ると、ふたたびファズを拾いあげて肩に乗らせた。

裸足《はだし》で小さなキッチンに入っていき、冷蔵庫に常備しているキャップ式の容器からワインをグラスに注いで、クラッカーとチーズを皿に盛りつける。それからプレッツェル容器の蓋《ふた》を開けて、ファズのおやつに一つかみ取りだした。

それが終わると、間に合わせのオードブルとワインを持って、極小のバルコニーに出た。ラウンジチェアの一つに深々と腰かけて両足を手すりに載せると、ファズにプレッツェルをやりながら、デッド・シティを取り囲む巨大な緑水晶の壁の向こうに沈んでいく太陽を眺めた。

リディアが暮らすアパートメントは、その狭さと時代遅れのキッチンと立地環境の悪さを考えると家賃が高すぎるものの、二つの大きな長所がある。一つ目は〈シュリンプトンの古の恐怖の館〉まで歩ける距離にあるという点で、つまりは車を買わなくてもいいということだ。二つ目の――そしてある意味ではもっと重要な――長所は、デッド・シティの西の壁近く、オールド・クォーターに位置しているという点だ。おかげでここから、オールド・カデンスの廃墟をほんの少しだけ拝むことができる。

謎めいた古代の大都市は、沈みゆく太陽の光でシルエットになったときこそ、心奪われるほど美しかったのではないだろうか。そんなことを思いながら、リディアはバルコニーからわずかに見える壁を眺め、最後の陽光が石にエメラルドのような輝きをもたらすさまを見つめた。ほぼ不滅とされている緑水晶は、古代ハーモニー人お気に入りの建築素材だったらしい。これまでに見つかった四つの死せる町《デッド・シティ》――オールド・フリクエンシー、オールド・レゾナンス、オールド・クリスタル、オールド・カデンス――は、どれも緑水晶で構築されている。

この惑星のさまざまな建築物の地上の部分は、形も大きさも目を見張るほど種類豊富だった。大学から任を受けた超考古学チームが労を惜しまず発掘していったものの、古代ハーモニー人がそうした建築物を実際にどのように使っていたか、知る人はいない。

唯一、超考古学者に断言できるのは、神秘的な廃墟の地上の部分でなにが行われていたにせよ、地下で行われていたことは、それとは比べものにならないということだ。いくつかの推測によると、これまでに発掘調査された地下墓地は全体の二十パーセントにも満たない。イリュージョン・トラップとエネルギー・ゴーストの存在が、調査のための作業を非常に時間のかかる危険なものにしていた。

リディアは、緑色に輝く地下墓地で過ごした四十八時間のあいだに起きたことをいっさい覚えていない、と医者には話したが、それは百パーセントの真実ではない。ときどき、こんな風にバルコニーに腰かけてデッド・シティにおりてくる夜を眺めていると、頭のはるか片隅をちらりと光景がよぎることがある。ぼんやりとした影のようなその光景は、いつもぎりぎり手の届かないところにあって、リディアが日の光の下に引きずりだそうとするたびに消えてしまうのだった。

心の一部は、そうした光景を影のまま放置しておくことに満足していたし、むしろ積極的にそうしたがっていた。けれど直感は、いつかそれらを暴《あば》く方法を見つけないかぎり、今後一生つきまとわれることになると忠告していた。

リディアはワインをすすり、緑の壁を眺めて、なじみ深い小さな震えが背筋を駆けおりるのを感じた。

ドアをノックする音が響いた。驚きのあまり、ワインがグラスの縁から飛びだした。

ファズが怒ったように唸《うな》る。

「きっと大家のドリフィールドね」リディアは指にかかったワインのしずくを舐《な》め取りながら立ちあがった。「わたしがいちばん最後に送った、弁護士に電話するっていう脅迫状を受け取って、ようやくエレベーターをどうにかする気になったのかも。いえ、それはないわね。あの男がわざわざ階段を五階までのぼって、修理することにしたってわたしに伝えに来るわけないもの」

ファズを肩に乗せたまま、リディアは室内に戻り、狭いリビングルームを横切った。玄関まで来ると、つま先立ちになってのぞき穴に目を当てた。

エメット・ロンドンが立っていた。五階まで階段をのぼったというのに息を切らしている様子はない。

数秒のあいだ、リディアはただ見つめていた。自分の目が信じられなかった。エメットも穏やかに見つめ返していた。微笑《ほほえ》んではいないが、表情にはどこか愉快そうな気配がある。リディアが穴からのぞいているのを知っているに違いない。

リディアは、エメットが《カデンス・スター》紙の夕刊をなにげなく手にしているのに気づいた。玄関前に置かれていたのを拾ったのだろう。一面の見出しが目に浮かぶ――〝博物館員、殺人事件で事情聴取〟。

ロンドン氏が訪ねてきたのは、殺人事件に巻きこまれてどれほど不快に思っているかを伝えるためだろうか。

リディアは一つ深呼吸をすると、勇気を振りしぼって玄関を開けた。

「ロンドンさん」とっておきの営業スマイルを浮かべる。「驚いたわ。まさかここにいらっしゃるなんて」

「近所まで来たんでね」ロンドン氏が感情のこもらない声で言った。

ありえない、とリディアは思った。彼女が暮らすこの界隈《かいわい》は、襲われることを心配しがちな金持ちのビジネスマンが足を運びたくなるような場所ではない。

とはいえ、エメットは身の危険をそれほど心配する男のようには思えなかった。むしろ、いざとなればどんな状況にも対処できる男に見える。

ファズが低い声を漏らした。警告ではない。この子は興味を示している。

「そうですか」リディアは言い、エメットの手の中の夕刊を見た。「わたしをコンサルタントとして雇う気はなくなったとわざわざ伝えに来てくださらなくてもよかったのに。この依頼がふいになったことは、もうわかってましたから」

「そうなのか？」

「だって、その、人目につくのは避けたいと強くおっしゃってたでしょう？　死体とか警察とか夕刊の見出しなんかのことを考えると、〝人目につかない〟のはわたしの得意分野じゃないと思われても仕方ないわ」

「確かに得意ではなさそうだ」エメットが薄汚れた廊下をちらりと振り返り、リディアに視線を戻した。「この会話をここで続けたくない。入ってもいいか？」

「は？」最初、リディアは聞き間違えたのだと思った。「中に入りたいの？」

「迷惑でなければ」

リディアは赤くなり、急いで脇にさがった。「ああ、いえそんな。どうぞ入って」

「ありがとう」

玄関広間に入ってきたエメットの足音は、ファズに負けないくらい静かだった。だけど似ているのはそこだけ。エメット・ロンドンの外見に、床の上を漂うダスト・バニーと似ているところは一つもない。この男性のどこを取っても、でたらめだったり、ぼさぼさだったり、薄汚れていたりするところは皆無だ。

むしろ、自分のルールを定めている人物に見えた。妥協しない目に浮かぶ表情と、余計なものをそぎ落としたような顔の輪郭からは、彼がそのルールに沿って生きていることもうかがえる。不吉な兆候だわ、とリディアは思った。経験上、厳格な決まりにこだわる人物はあまり頭が柔軟ではないと知っている。

リディアが玄関を閉じるそばで、エメットがなにやら考えるような顔でファズを観察した。

「これは嚙《か》むんだろうな？」

「とんでもない。ファズは完ぺきに無害よ」

「本当に？」

「昼の目しか見えていないかぎりは、なにも心配することはないわ。気をつけなくちゃいけないのは、ダスト・バニーが乾燥機につく毛玉に見えなくなったときだけ」

エメットが眉をつりあげた。「牙《きば》が見えたときには手遅れだと聞いたことがあるが」

「まあ、そうね——でもさっき言ったとおり、警戒する必要はないわ。ファズは嚙まないから」

「きみの言葉を信じよう」

会話がくだらない方向に進んでいる。流れを変えなくては。「ちょうどワインを注《つ》いだところなの。あなたもいかが？」

「ああ、もらおう」

リディアは少しほっとした。もしかしたらこの男性が訪ねてきたのは、警察沙汰に巻きこんだリディアに憤慨していると伝えるためではないのかもしれない。親切なもてなしを受けた直後に、きみと〈シュリンプトンの古の恐怖の館〉を訴えることにしたと言いはしないはずだ。

まあ、可能性はゼロではないけれど。

「あなたが玄関をノックしたとき、大家が来たんだと思ったの」リディアはキッチンに入って冷蔵庫のドアを引き開け、ワインの容器を取りだした。「エレベーターを修理してくれるよう、せっついてたから。壊れてるのよ——気づいたでしょうけど」

エメットがぶらりとキッチンの戸口に現れた。「ああ」

「ドリフィールドはひどい大家で」グラスにワインを注ぎながら言う。「わたしは引っ越し資金をかき集めてる最中よ。それで、ここにさよならできるまでは、彼とわたしは交戦中というわけ。これまでのところ、向こうが勝ってるわ。最近わたしはさんざん彼を困らせてるから、向こうはわたしを立ち退かせる口実を探してるんじゃないかしら」

「わかるよ」

そうでしょうとも。過去にエメット・ロンドンを立ち退かせようとした人間がいるとは思えないけれど、それを口に出して言うのは賢明ではないだろう。

「わたしのことはもうじゅうぶん」リディアはさらりと言った。「退屈な話だもの。バルコニーに出ましょう。廃墟が見えるのよ」

エメットが彼女に続いてバルコニーに踏みだし、慎重にもう一つのラウンジチェアに腰かけた。

限られた空間の大部分をこの男性が占めると、リディアの大好きなバルコニーは驚くほど狭く感じられた。とりわけ大柄な男性というわけではない。むしろ、平均的だ。身長も体格も。そうではなくて、彼の存在感が怖いくらい強烈なのだ。

ファズと同じでエメットも、牙が見えたときには手遅れだという気がした。

今朝は三十分近く一緒に過ごしたが、この男性について知っていることと言えば、彼がオフィスに電話をかけてきて会う約束を交わしたときからそう増えていない。聞かされたのは、レゾナンス・シティから来た、骨董品を蒐集《しゅうしゅう》しているビジネスマンということだけだ。

「今朝は最後まで話ができなかった」エメットが言った。

リディアは石棺の中に横たわるチェスターの遺体を思い出し、ため息をついた。「そうね」

「ずばり用件を言おう。優秀な超考古学者が必要で、きみなら適任だと思う」

リディアは彼を見つめた。どうやら訴えるつもりはないらしい。「まだわたしを雇ってくれる気があるの？　わたしのせいで名前が夕刊に載ったのに？」

「私の名前は出ていない」エメットがワインをすすった。「マルティネス刑事が親切にもマスコミには伏せておいてくれた」

リディアは小さく口笛を鳴らした。「運がよかったわね」

「運は関係ない」

リディアは少し緊張を解いた。「その、こう言って少しでもあなたの気が休まるなら、わたし、仕事の腕は確かよ」

「それが聞けてよかった」エメットの微笑みにはユーモアのかけらもなかった。「選択肢は多くないんでね」

これにはリディアも疑問を抱いた。午後に投げかけられたメラニーの質問がよみがえってくる。なぜこの男性は超考古学者を雇うのに、ソサエティやほかの権威ある博物館を当たらなかったのか？

リディアは咳払《せきばら》いをした。「自分から仕事を失うようなことは言いたくないけれど、ロンドンさん、あなたは、その、ほかにうまい言葉が見つからないけど、経済的に不自由してるようには見えないわ」

エメットが肩をすくめた。「きみの言っているのがそういう意味なら、私は金持ちだ」

「ええ、そういう意味よ。率直に言うわね。それほど裕福なら、〈超考古学ソサエティ〉を訪ねて、トップクラスの蒐集家のあいだで評価の高いだれかを個人コンサルタントに雇うことができるのよ」

「わかっている」エメットがあっさり答えた。「だが私が必要としているのは、あまりとやかく言わない人間だ」

リディアは背筋がぞくりとするのを感じた。「とやかく言わないって、なにについて？」

「骨董品取引の違法な面に巻きこまれることについて」

リディアは凍《こお》りつき、呻くように言った。「やっぱり。話がうますぎると思った」

3

やり方がまずかったらしい。エメットは自分の失敗を即座に悟った。リディアはラウンジチェアの上で瞬間冷凍されたかに見える。筋肉一つも動かさない。

肩の上のダスト・バニーはぴくりと動いたものの、二対目の目を開くことはなかったので、いまのところは安全だろう。

とはいえ、サンゴ礁《しょう》を思わせるリディアの青い目は怒りでぎらついている。単なるエメットの思い違いか、あるいは夕陽のいたずらにすぎないのかもしれないが、赤毛のほうは、間違いなくいっそう燃え立つような色に変わっていた。ダスト・バニーと違って、リディアは危険そうに見えた。

「説明したほうがよさそうだな」エメットは穏やかな声で言った。

「必要ないわ。だいたいわかるから」リディアが目を狭める。「わたしを泥棒だと思ってるの？　骨董品を違法に取り引きする女だと？」

明らかに多少の交渉術が必要だ、とエメットは判断した。

「きみはここカデンスの地下市場にコネを持っているだろう？」エメットは慎重に切りだした。「私はそのコネを必要としていて、報酬は弾むつもりだ」

リディアがたたきつけるようにワイングラスを置いた。「わたしは〝廃墟のネズミ〟じゃないわ。〈超考古学ソサエティ〉のれっきとした一員よ。まあ、最近は認可を受けた発掘調査チームに加わってはいないけど、ソサエティとは良好な関係にあるの。壁一面を埋め尽くすほどの証書をもらってるし、カデンス屈指の専門家とも仕事をしてきたわ。そのわたしに向かって、よくもそんな――」

「私が悪かった」黙らせようと、エメットは片手を掲げた。「謝る」

リディアに納得した様子はなかった。「泥棒を雇いたいなら、ロンドンさん、よそを当たるのね」

「泥棒を雇いたいんじゃない、スミスさん。泥棒を見つけたいんだ。できるだけ人目につかないように。そのためには、骨董品取引のダークサイドを知っている人間が必要だ」

「なるほどね」彼女の声は氷のように冷たかった。「どうしてわたしが適任だと思ったの？」

「少し調査をさせてもらった」

「つまり、正当な発掘調査チームに加わっていない超考古学者を探してたということ？」

エメットは肩をすくめた。じつにまずいワインをもう一口すすり、顔をしかめなかった自分に拍手を送った。

リディアの笑みは刻一刻と冷たくなっていた。「まっとうなチームや博物館で雇ってもらえない超考古学者は違法な取引に関与してるに違いないと思ったの？」

「ありうる話だと思った。誤解があったなら残念だ」

「ごかい？」リディアがわずかに身を乗りだした。「わたしを泥棒呼ばわりするのは、誤解じゃなくて侮辱なんですけど」

「こう言うことに意味があるかわからないが、きみの職業倫理にはあまり関心がない」

「意味はあるわよ」リディアが険悪な声で言った。「大いにね」

「客観的に考えてみろ、スミスさん。〈シュリンプトンの古の恐怖の館〉みたいな場所でまっとうな超考古学者に出会えると思う人間がいるか？」間をおいて続ける。「加えて、今朝石棺の中で見つかった死体だ」

「その件を持ちだされるのはわかってたわ」リディアがうんざりしたように片手で宙を払った。「死体が一つ見つかっただけで、わたしが違法取引にどっぷり浸《つ》かってると思いこんだんでしょう」

「きみが地下市場にコネを持っているんじゃないかと思ったのは、死体が見つかったからじゃない。殺された人間をよく知っているみたいだったからだ。いろいろ聞いた中に、チェスター・ブレイディは〝廃墟のネズミ〟だったという話があった」

リディアが口を開き、閉じて、また開いた。「ああ」しばらくしてから、疲れた様子でラウンジチェアに深く座りなおした。「そういうことなら、間違った結論にたどり着いてもしょうがないわね」

「わかってくれて助かった」エメットはもう一口慎重にワインをすすって、わずかに見える久遠の壁《オールド・ウオール》を眺めた。「それで、ブレイディとはどうやって知り合った？」

リディアがなにやら考えているような目でちらりとエメットを見た。エメットは目の隅で、彼女の表情豊かで知的な顔を観察した。この男にどれだけ語ったものかと思案しているのだろう。語られるのはかなり編集された話に違いない。リディアには、彼にすべてを打ち明ける理由などないのだから。

とはいえこの女性についてまだ知らないことはほとんどない。この二十四時間で多くを学んだ。半年前にデッド・シティの地下に閉じこめられて過ごした二日間のことも。レゾナンスにいる部下には彼女の診断書を調べさせた――極秘とされているものの、金《かね》とコネさえあればいとも簡単に手に入れられる情報を。エメットには両方ともたっぷりある。

今朝オフィスを訪ねて、リディアの目に浮かぶ強い決意を見た瞬間、エメットは精神分析医の意見を切り捨てた。ほかにどんな側面があろうと、リディア・スミスはか弱くも繊細でもない。エメットには、自分と同じ闘士を見分けることができる。

その最初の出会いの瞬間、危険なことにエメットの体を雄の本能が駆け抜けた。エメットはそれを無視することに決めていた。だがいま思い返すと、賢い決断ではなかったかもしれない。とはいえ自分が決断を翻《ひるがえ》すような男ではないことは、よくわかっているのだが。

「チェスターと出会ったのは数年前よ」しばらくしてリディアが口を開いた。「彼は強力な幻エネルギー共鳴者《エフェメラル》だったの」

「トラップ・タングラーか」

「ええ。だけどチェスターには拠《よ》り所《どころ》がなかった。家族はいないし、きちんとした教育も受けていなかった。大学には行かなかったし、たいていの腕のいいタングラーみたいに考古学を勉強することもしなかった。チェスターは最後までソサエティに入れてもらえなかったの」

「それは別に彼に限った話じゃないだろう？〈超考古学ソサエティ〉が尊大なエリート主義者の集団だということは、だれもが知っている」

リディアが呻いた。「ソサエティが少しばかり融通のきかない集団だってことは認めるわ。だけどそれはソサエティの求める基準が高くて、採用するタングラーには、ギルドに所属するゴースト・ハンターみたいな悪評がないことを厳しく要求してるからよ」

「ギルドにも基準はある」エメットはどうにか感情を抑えた声で言った。

「笑わせないで。ギルドにあるのは、ギャングの親玉みたいに物事を処理するボスだけで、それはだれもが知ってることよ。ここカデンスのギルドのボスはマーサー・ワイアットという人物だけど、彼が押しつける基準に学術的な資格や証書がいっさい関係ないことは、請け合ってもいいわ」

エメットは、彼女の目を燃えあがらせる怒りの炎を眺めた。「ハンターとタングラーのあいだに職業上の敵対心があることは知っているが、きみの感情は度を超しているようだな」

「ソサエティのメンバーについて、あなたにこれ以上なにを言われようと、わたしたちはだれからも敬われるプロであって、犯罪組織とそう変わらない集団のメンバーとは違うわ」

「私たちが話しているのはチェスター・ブレイディのことだと思ったが」

リディアが数回まばたきをして顔をしかめ、それからふたたびラウンジチェアの背にもたれかかった。「そうだったわね。かわいそうなチェスター」

「彼は最後までソサエティに入れてもらえなかった、と言ったな？」

「チェスターは骨董品取引の、その、周縁で働くことを好んだから」

「つまり、彼は泥棒だったということか？」

「まあそうね。だけどそれでも、チェスターのことは嫌いじゃなかったわ。少なくとも、猛烈に腹を立てさせられていないときは。だってね、本当にすごいタングラーだったのよ。あんな風にイリュージョン・トラップの中で幻エネルギーと共鳴できる人なんてめったにいないわ。以前、地下墓地の一つで、連鎖した邪悪なトラップを次々と解除するところをこの目で見たの」リディアが不意に言葉を止めて、こっそりシャツの袖で目の端を押さえた。

「どうやって友達になった？」

「チェスターは、オールド・クォーターの東の壁近くで小さな店を経営してるの――してたの。質屋と骨董品ギャラリーを足して二で割ったような店で、たいした規模じゃないわ。ともかく、二、三年前にチェスターは当時わたしが働いてた研究室から小さな壺《つぼ》を盗んだの。地下墓地で発掘された壺よ。わたしはあれこれ調べて彼の店にたどり着いて、直接対決した。そうして喋《しゃべ》っているうちに、いろいろあって」

「けちな泥棒と友達になったのか？　そんなきっかけから？」エメットは驚いて言った。

リディアが口元をこわばらせた。「まず壺を取り返したわよ。だけど警察に突きださなかったことへのお礼として、チェスターはわたしのささやかな頼みを聞いてくれたの。時間が経つにつれて、ほかにもお願いを聞いてくれるようになったわ」

「どういうお願いだ？」

リディアが指のあいだでグラスを回した。「チェスターはデッド・シティの仕事に関わる人間をすべて知ってたの。法を守ってる人も守ってない人も。だれなら信用できて、だれなら一瞬の迷いもなく相手を騙すか、熟知してた。それだけじゃなく、だれがすごいお宝を隠してて、だれが最近怪しい筋から資金を手に入れたかまで把握してたわ。発掘チームのあいだには競争が絶えなくて。内部情報は役に立つのよ」

「大金が絡むと、競争が絶えなくなるものだ」

「お金だけの問題じゃないわ。キャリアは現場で築かれ、崩されるのよ」

「つまりチェスターはそのときどきの主役について、きみに手がかりを与えてくれていたと？」

「そんなところね」

エメットは彼女を見た。「きみはお返しになにをしていた？」

「わたしは……彼とお喋りしたわ。それから一度、《超考古学ジャーナル》誌で発表した論文の中で、助言者として彼の名前を挙げた」リディアが悲しげに微笑んだ。「あのときはチェスターも大喜びしてたっけ」

「彼とお喋りをしたと言ったが」エメットは間をおいて続けた。「話題はなんだ？」

「いろんなことよ。チェスターは何年も地下で過ごしてきたの。その行為は確かに違法だけど、知識は驚くほど豊富だった。ときには、本当に古いイリュージョン・トラップと共鳴モードに入るのはどんな気分だろうか、なんて話もしたわ。なにが起きたかこっちが悟る前に悪夢に呑みこまれてしまうようなトラップのことを」

「そうか」

「チェスターは一匹狼《おおかみ》だったけど、一匹狼だって寂しくなるときはあるでしょう？ そしてタングラーはときどきほかのタングラーと話をせずにはいられない。ソサエティが幻エネ《エフ》ルギー共鳴者《エメラル》に提供してくれるのは、まっとうなキャリアだけじゃないのよ。あそこはクラブみたいなものとしても機能してるの。仲間と出会ってお喋りをして、体験を分かち合う場なのよ」

「だがブレイディはそのクラブの会員ではなかった」

リディアがうなずく。「ええ。だから代わりにわたしとお喋りをした」

「言いかえると、ブレイディは仲間外れのタングラーで、ときどき人恋しくなっていたから、きみが友人になってやったということか？」

「そんなところね」

「彼に殺意を抱きそうな人間に心当たりは？」

「ないわ。だけどチェスターを快く思ってない人ならあとを絶つことはなかったわね」リディアが顔をしかめる。「わたしもその一人よ。じつはわたし、個人コンサルタント事業を軌道に乗せようと必死にがんばってるところなの。なのに先月、彼はわたしの最初の依頼人候補を餌でおびき寄せて、横取りしたのよ。しばらくは腹の虫が治まらなかったわ。だけど彼にずっと腹を立ててるのは難しくて」

「なるほど」

リディアがラウンジチェアの上で背筋を伸ばした。「ねえ、そろそろわたしを雇いたい本当の理由を話してくれてもいいんじゃない、ロンドンさん？」

エメットはラウンジチェアの背にもたれ、両足を手すりに載せた。「少し前、わが家のプライベート・コレクションから先祖伝来の家宝が盗まれた。私には盗んだ人間がそれをカデンスに持ちこんで、地下市場で売却したと信じる理由がある。それを取り戻したい」

「わたしにその手伝いをしてほしいの？」

「そうだ」

「古代ハーモニーの遺物なのね？」

「いや。じつを言うと、廃墟から発掘された骨董品ではない。この遺物は、私の先祖と一緒に〈カーテン〉をくぐってきた」

リディアの目が丸くなった。「探してるのは植民地時代より前のもの？　地球で作られたものなの？」

「そうだ」リディアの声にみなぎる興奮を聞きつけて、エメットは愉快になった。「もちろんこの惑星ハーモニーの死せる町々《デッド・シティーズ》で見つかるものほど歴史はないが、きわめて貴重なことには変わりない」

「当然よ」情熱でリディアの顔は輝いていた。「旧世界のものはなんだろうと蒐集家にとってたいへんな価値があるわ。ほとんど残ってないんだもの」

「そうだな」

〈カーテン〉として知られる謎めいた通路が永遠に閉じてしまったあと、地球からハーモニーへ入植してきた者たちが取り残されてしまったことは、だれもが知っている。交換用の部品がないので、入植者たちが持ってきた道具も最後には使えなくなってしまった。使えそうなものはすべてむしり取られた。幾多の貴重な工芸品が、〈不和の時代〉として知られる暴力と騒乱の時期に失われてしまった。それ以外のものも、入植からの二百年間に、捨てられ、失われ、破壊された。

「なんなの？」リディアが熱心に問う。「コンピュータの一つ？　農耕機具かなにか？」

「箱だ」エメットは答えた。

リディアの顔に落胆が浮かぶ。「箱？」

「じつに特別な箱だ。種類はわからないが金茶色の木に手彫りの彫刻を施したもので、本物の金と銀の飾りがついている。〈驚異の部屋〉という名称だ。何十、何百という小さな秘密の引き出しが隠されているが、曾祖母《そうそぼ》が言うには、家族のだれ一人としてそのすべてを見つけだし、開けた者はいないらしい」

リディアが眉をひそめた。「わからないわ。話を聞いたかぎりでは芸術品で、旧地球《オールド・アース》の道具の一部とか機械装置のようには思えない」

「芸術品だとも。〈カーテン〉が開く四百年ほど前に、旧世界の名工がこしらえた。地球で一生を終えた先祖の一人が木に特別な処理をさせて、永遠に朽ちないようにした」

「だけどそんなのありえないわ」リディアは穏やかな声を保っていたが、目に浮かぶ落胆は隠そうともしなかった。「入植者が芸術品を持ってこなかったことは、あなたも知ってるはずよ。輸送船の中の空間はうんと限られていたから、持ってこられなかったの。そして〈カーテン〉が閉じたのは、二つの世界が交易を始める前。たぶんその箱は、あなたのご先祖のだれかがこの惑星ハーモニーに着いたあとに作ったものなのよ」

「違う」エメットは言った。「〈驚異の部屋〉は旧地球《オールド・アース》のものだ」

「だけど、あなたのご先祖はどうやってここに持ちこんだっていうの？」

エメットはちらりと彼女を見た。「何代も前の先祖の話だ。彼は〈カーテン〉をくぐる直前に結婚して、新妻はどうしてもその箱を持っていくと言って聞かなかった。意志の強い女性だったらしい。どうやったのか、私の先祖を説得して、輸送船に持ちこませた」

リディアの表情はあからさまではないにしろ疑わしげだった。「なるほどねえ」

「信じていないな？」エメットも疑わしげに尋ねた。

「どの家族にも、旧世界の歴史にまつわる突飛《とっぴ》な言い伝えが一つ二つあるものよ」

「私が探しているのは、遠い先祖がここ惑星ハーモニーで作った植民地時代の箱だと思っているんだな？」

リディアが励ますようなさわやかな笑顔で応じた。「心配しないで。あなたがなくした遺物の由来をわたしがどう思おうと関係ないもの。あなたのために見つけだすのに、それが〈カーテン〉の向こうから来たものだと信じる必要はないわ」

「確かにそうだが、となると少し問題がある」

「どんな？」

「もし私のことを勘違い男だとか、先祖伝来の骨董品に感傷的になりすぎている間抜けだと思ってしまったら、きみはおそらく用心を怠る」

「どうしてわたしが用心しなくちゃならないの？」

「この箱が〈カーテン〉以前の地球にさかのぼるものだと信じる骨董蒐集家がいるからだ。その中の数人は、手に入れるためなら殺しも辞さないだろう」

4

「小箱ねえ」バーソロミュー・グリーリィ、通称バートはそう言って、鍵のかかったガラスケースの上で両手を重ねた。幅広で血色のいい顔に考えこむような表情が浮かぶ。「素材は黄色っぽい木で、小さな隠し引き出しがたくさんついてる、と」

「依頼人はそう言ってたわ」リディアはちらりと腕時計に目を落とした。ランチ休憩はあと二十分しか残っていない。「何代も前から一家に伝わる宝物なんですって。ここだけの話、彼はその箱が旧世界の遺物だと確信してるの」

バートが渋い顔になった。「ありえない」

「ええ、わたしもそう思う。家宝級には違いないんでしょうけど、きっとこの星で作られたものに、何人ものおじいさんおばあさんが夢みたいな逸話で飾りを添えたのよ」リディアはうなずいた。「そういうことってよくあるじゃない？」

「確かに」バートの目が光った。「だがもしおまえの依頼人が、その箱は旧世界で作られたものだと本気で信じてるとしたら――」思わせぶりに言葉を止めた。

リディアにも彼の言いたいことはわかった。「安心して。依頼人はこの小箱は地球製だと本気で信じてるし、取り戻せるなら大金を弾むつもりよ」

「大金って、どれくらいだ？」バートがずばり尋ねる。

「どんな個人蒐集家の提示額をも上まわる額を出すそうよ。そう触れ回るよう指示されたわ」

「博物館の提示額についてはどうなんだ？」

「依頼人が言うには、小箱の所有権は立証できるし、必要なら訴訟を起こしてでも取り戻す覚悟ですって。博物館側が法廷での争いに負けそうだと思ったら、キュレーターは手を出さないはずよ。最初の出費と訴訟費用だけでも、目の飛びだすような額になるもの」

「言えてるな。問題の遺物が本当に故郷の惑星で作られたものでないかぎり」

「あなたも言ったとおり、ありえないわ。忘れちゃいけないのは、わたしの依頼人が地球製だと信じてるという点。それはつまり、同じことを信じる蒐集家はほかにもいるだろうということよ」

「ふーむ」バートが唇をすぼめた。「それじゃあ、目を光らせるべきは個人蒐集家向けの市場ってことか」

「個人向けの市場だけじゃないわ、バート」リディアは意味深な顔で彼を見た。「すごく特別な市場にもよ」

　バートはわからないふりはしなかった。「細かいことをとやかく言わない市場だな？」

「そう。もちろんあなたが怪しい取引に手を出したことがないのは、わたしも知ってるけど」

「もちろんさ。俺だって評判を落としたくないからな」

「そうよね」リディアは同意しながらまばたき一つしなかった自分を誉《ほ》めたい気分だった。「だけどあなたみたいな立場にいると、いろんな噂が耳に入ってくるでしょう？　念を押しておきたいのは、大事な小箱を取り戻すことにつながる情報なら、わたしの依頼人はいくらでもお金を出すつもりだということだけよ」

「なるほどな」バートが満足そうな顔で〈グリーリィ骨董品店〉の雑然とした店内をぐるりと見回した。「おまえの言うとおりだよ。俺みたいな立場にいると、ときどき噂が耳に入ってくるもんだ」

リディアは彼の視線を追った。展示用のキャビネットには、錆《さ》びた金属や歪《ゆが》んで色褪《いろあ》せたプラスチックなどがひしめき合っている。いくつかはリディアにもその正体がわかった。旧世界の天気予報に用いられていた道具の一部や、ナイフの柄などだ。とくに珍しくないこうした基本的な道具は、入植者が〈カーテン〉の向こうから持ちこんだか、惑星ハーモニーに着いて間もないころに作ったものだ。

植民地時代風の丸襟《まるえり》がついた破れて染みだらけのシャツが、ガラスのケースの中に展示されている。その隣りには、シャツと同じくらい年代物に見えるブーツ。シャツにもブーツにも装飾的なところはない。入植者は簡素な生活を送っていたのだ。そして〈カーテン〉が閉じたあとは、生き延びるための基本的なことにいっそう集中せざるを得なかった。

リディアはシャツとブーツが展示されているケースに歩み寄り、流麗な書体の解説文と価格に目を丸くした。

「本物の第一世代の衣類として売ってるの？」礼儀正しく尋ねた。

「シャツもブーツも証明済みだ」バートが滑らかな口調で言う。「植民地時代初期の逸品さ。〈カーテン〉が閉じてから最初の十年間に作られたと思ってまず間違いない」

「わたしの目には、たいした調査もしてない贋作者《がんさくしゃ》が去年こしらえたようにしか見えないけど」

バートが顔をしかめた。「悪気はないがな、リディア、おまえの専門はこの星の遺物で、植民地時代の骨董品じゃない」

「わたしの言葉を信じなさい、バート」リディアはじっと彼を見た。「廃墟専門だからって、贋作に気づかないことにはならないのよ。どんな種類の偽物も見分けられるよう訓練を受けてるんだから」

バートの幅広の顔が怒りで真っ赤になった。「あのシャツが第一世代のものじゃないって、なぜわかる？」

「色よ。あの緑色は植民地時代の初期には使われていなかった。登場したのは〈カーテン〉が閉じた約四十年後」

バートがため息をついた。「ご意見どうも」

リディアはくっくと笑った。「ねえ、わたしのせいで値段を変えたりしないで。あなたが言ったんでしょ、わたしの専門は植民地時代の骨董品じゃないって」

「そうだな」バートの返事はいささか躊躇《ちゅうちょ》がなさすぎた。「値段は変えないぞ」

リディアはふたたび腕時計に目を落とした。あと十五分で〈シュリンプトンの古の恐怖の館〉に戻らなくては。今日のランチ休憩には骨董品店を二軒しか回れなかった。最初の訪問先に〈グリーリィ骨董品店〉と〈ヒックマンの植民地時代の遺物店〉を選んだのは、どちらの店主も旧地球《オールド・アース》と第一世代の遺物を扱っていて、どちらの店主も良心の呵責《かしやく》をさほど持ち合わせていないからだ。

「オフィスに戻らなくちゃ」リディアは言った。「今日は〈シュリンプトン博物館〉が大賑《おおにぎ》わいなの。ねえ、なにかわかったらすぐに連絡くれるわね？」

「任せとけ」バートがリディアのほうを向いた。「〈シュリンプトン博物館〉と言えば、ちょっと訊《き》いてもいいか？」

「かわいそうなチェスターを殺したのはわたしじゃないわよ」

バートが澄んだ目で彼女を見た。「おい、リディア、俺はそんなことほのめかそうとしたんじゃないぜ」

「どうして？　だれも彼も、まさにそのことをほのめかしていいと思ってるみたいだけど」

バートがカウンターに身を乗りだして両肘をついた。「俺が気になってるのは、なぜおまえが働いてるあのしょぼくれた施設でやつが見つかったのかってことさ」

「さっぱりわからないわ」リディアは向きを変えて店の入口に歩きだした。「だけど一つ教えてあげる。もしチェスターを殺したのがわたしなら、自分のオフィスから目と鼻の先に死体を置いていったりしないわ。あからさますぎるもの」

バートが考えこむような顔になった。「もっともだな。だがそうなると、別の興味深い疑問が湧《わ》いてくる」

「わかってる」リディアはドアを開けた。「そもそもチェスターは〈シュリンプトン博物館〉でなにをしていたのか、でしょう？」

「警察の推理は？」

「なにかを盗みに入ったんだろうって。確かにうちは一流の博物館じゃないけど、コレクションの中には珍しいものもあるわ。とりわけ〈墓所〉コーナーには。チェスターなら、死者と一緒に埋葬された壺とか鏡の一つや二つ、くすねてもおかしくないでしょうね」

「チェスターなら、なにをしたっておかしくないさ。だがどうして殺されたんだろうな」

リディアは首を振った。「さあね。マルティネス刑事は、チェスターに心底腹を立てた依頼人が彼の跡を尾《つ》けて、博物館で殺したと思ってるみたいだけど」

「かわいそうにな。結局チェスターはあれほど追い求めてた一大転機を迎えられなかったってことか」

「そうね」リディアは静かに答えた。「残念だけど」

歩道に踏みだして、背後でドアを閉じた。今日の成果に満足していた。グリーリィもヒックマンも、骨董業界において、まっとうなギャラリーの世界と違法な地下世界のあいだのグレーゾーンで商売をしている。リディアが〈驚異の部屋〉を探しているという話は、今夜のうちにはカデンス中の骨董業者に知れわたるだろう。

もう一度腕時計に目を落とし、一人微笑んだ。殺人事件の容疑者だからって、なんだっていうの？　状況は上向いてきた。オフィスと廃墟通りの往復にかかった時間を計算しつつ、エメット・ロンドンに請求できる最初の労働時間を思った。

個人コンサルタントとしての最初の仕事は順調なスタートを切った。願わくは、あまり早く解決しませんように。ロンドン家の家宝を見つけるまでにかかる時間が短ければ短いほど、エメットに請求できる額は少なくなる。リディアは唇をすぼめた。固定額で依頼を受けるべきだったかもしれない。

エメットは混み合ったバーを出て、ひび割れた歩道に踏みだした。オールド・クォーターのこの界隈では弱々しい街灯が夜闇をわずかに照らすだけで、おまけに今夜はかすかな霧《きり》まで漂っている。そびえる建物の明かりのない戸口は、果てしない影の入口に見えた。まるでデッド・シティの地下墓地を歩いているみたいだ。ただし、緑色の光と謎めいた雰囲気のない。

エメットは静かな通りを渡った。ブーツのかかとが足音を響かせないよう、無意識のうちにバランスを取りながら。

ゆったりした足取りで愛車のスライダーを停《と》めた場所まで戻ってきたが、急ぐつもりはない。慌ててホテルに帰る必要はないのだ。考えなくてはならないし、それにはこの薄暗がりの中のほうが適している。

事態は複雑になってきた。リディア・スミスを雇うのは、当初の計画にはなかったことだ。だがブレイディが死んでしまった以上、臨機応変に動くしかなかった。

首筋に刺すような感覚を覚え、思考が中断した。すぐさま全神経を集中させる。

夜に漂うたばこの煙が、見張っている人間はエメットの左手の暗がりにいると告げていた。

エメットは足を止めることなく歩道を進みつづけたが、両手はポケットから出した。

明かりのない戸口で人影が動いた。

「エメット・ロンドンさん？」

これは珍しい、とエメットは思った。深夜のバーに集う人々を餌食《えじき》にする小悪党が、獲物に名前で呼びかけることはめったにない。ましてや礼儀正しい、うやうやしいとも呼べそうな口調となると。

つまり戸口の暗がりにいる若者は、ふつうの掏摸《すり》ではないということ。

エメットは足を止めて相手の様子をうかがった。

男が影の中から街灯の淡い光の下に出てきた。ひょろりと痩《や》せて、ゴースト・ハンター特有の前屈みの姿勢をしている。服装もいかにもだ。カーキ色の上下にブーツを穿いて、やわらかな黒の革ジャンは襟を粋《いき》がった風に立てている。長髪は黒い革紐で一つにまとめ、琥珀はベルトのどでかいバックルに装着していた。

琥珀の大きさは重要ではない。力を集中させてエネルギー・フィールドに転換するには、ほんの一かけらで事足りる。だがそれをこれ見よがしに着飾りたいタイプの人間に言っても意味はない。

「脅かすつもりはありませんでした。俺はレニー。メッセンジャーです」

「危険な職業だろうな」

「ボスの言いそうなことっすね」レニーが応じた。

「ボスはだれだ？」

レニーが顔をしかめた。「俺はギルドのメンバーで、ボスはマーサー・ワイアットさんです」

「へえ？」エメットは薄く微笑んだ。「ワイアットからじかに命令を受けているのか？」

レニーが赤くなった。「いや、その、直接にじゃないっすよ。いまんとこは、まだ。でもギルドの階段を駆けあがってるとこで、ボスから直々に命令を受ける日もそう遠くない話です。それまでは、ボナーを通して命令を受けてます」

「それで、ボナーは私になにを伝えろと命じた？」

レニーが暗唱の準備をするかのごとく、背筋を伸ばした。「ワイアットさんがディナーに来てほしいそうです。ボスの家に」

「誤解のないように確認させてくれ。これは招待なんだな？」

「ええ、そうっす」

「ではどうしてワイアットは電話を取って、私のホテルにかけてこなかった？」

レニーはこの問いかけに少し面食らったようだった。「お言葉を返すようですが、ワイアットさんは伝統を重んじる方なんです。昔ながらのやり方を好まれるんすよ」

「つまり〈不和の時代〉以来のやり方、ということだな？　時代は変わったんだと、だれかやつに教えてやるべきだ」

レニーがぎゅっと眉をひそめた。「レゾナンス・シティのギルドが情けない企業みたいなものになりさがったからって、ほかのギルドもまねしなきゃならないって法はありません。ここカデンスでは、俺らは伝統を重んじます」

「なあ、ベニー――」

「レニーっす」

「悪かった。なあレニー、よく聞け。いくらでも伝統を重んじるがいい。だがな、そうしてる間に〈レゾナンス・ギルド〉はどんどん金《かね》を稼ぐばかりか、副会長の一人は連邦評議会に立候補する準備までしているんだぞ」

レニーがあんぐりと口を開けた。「評議会？　気は確かっすか？　ギルドのメンバーが議員に立候補？」

「いまも選挙活動をしていて、最新の世論調査では当選するだろうという結果が出た。なぜかわかるか？　有権者は、彼は〈レゾナンス・ギルド〉の重役だからじゅうぶんなビジネス経験があると判断したんだ」

「くそっ、マジかよ」レニーが首を振る。「たまげたな。いったいなんでそんなことに？」

エメットは肩をすくめた。「〈レゾナンス・ギルド〉の先代ボスが、これ以上ギャングの親玉扱いされるのはごめんだと決断したということだ。ギルドのイメージを向上させることにしたんだ。組織を主流に乗せることに」

レニーが当惑に顔をしかめた。「しゅりゅう？」

「なんでもない。とにかく、もう夜中だ。メッセージの伝達は済んだのだから、おやすみを言って別れるとしよう」

「そんな――まだワイアットさんの招待への返事を聞かせてもらってないっす」

「ホテルに戻って考えさせてもらうよ。忙しい予定の中に組みこめそうだと思ったら、本人に連絡する」エメットは歩きだした。「電話でな」

レニーが険しい顔になった。「あなたがディナーに来なかったら、ワイアットさんはひどくがっかりしますよ」

「古き良きマーサー・ワイアット。昔から感傷的なタイプだった」

レニーが咳払いをした。「メッセージがもう一つ。もしワイアットさんの招待に応じるなら、ここカデンスでのあなたの用事に手を貸してもいいそうです」

エメットは足を止め、肩越しに振り返った。「本当か？」

「はい」

エメットがしばし考えるあいだ、レニーはそわそわと身じろぎしていた。マーサー・ワイアットと取引をするのは間違いなく危険だ。けれどもし、それで〈カデンス・ギルド〉からの協力を得られるなら、やってみる価値はあるかもしれない。

「明日の朝に連絡するとワイアットに伝えろ」エメットは言った。

レニーが何度かまばたきをした。「いますぐ招待には応じないってことっすか？」

「ああ。少し考えたい」エメットはふたたび背を向けた。

「ワイアットさんは待たなくちゃいけないって言われるのが嫌いなんすよ」レニーが後ろから大声で言う。

「忠告したろう、メッセンジャーは危険な仕事だ」エメットは言い、霧の中に消えた。

5

リディアは自分がなぜ目を覚ましたのか、わからなかった。ベッドの足元にいるファズが体重を移動させたのかもしれない。リディアはじっと横たわったまま、感覚を全開にした。間違えようのないエネルギーのオーラが、あたりの空気を震わせていた。

「まずい」

この刺すような感覚ならいやと言うほど知っている。

「ファズ。じっとして」

ダスト・バニーが漏らした低い声は、喉を鳴らしたのではなく唸りだった。リディアは慎重に身を起こし、影に視線を走らせた。それがいるのはわかっている。

寝室はそれほど暗くない。〝失われた週末〟のあと、リディアはいくつか習慣を変えた。このごろは一晩中、隣りのバスルームの明かりを点けっぱなしにしておく。それからカーテンは開け放したまま、街灯の明かりと月光を寝室に取りこむようにしている。変わったのはそれだけではない。寝るときは自分専用の琥珀のブレスレットをつけて、さらに半ダースほどの琥珀をアパート中にばらまいておく。

地下墓地で過ごした四十八時間は、確実にリディアの心に爪痕《つめあと》を残していた。

いま、ファズの目が見えた――二対目の、ダスト・バニーが狩りに使う目だ。薄明るい部屋の中で金色の炎のように光っている。ファズは本気で警戒しているのだ。つまり、リディアは過剰反応を示しているのではないということ。

寝室のほかの部分にも視線を走らせ、あるはずの光を探した。

ない。

かすかなエネルギーがまた空気を震わせる。リディアは神経を集中させた。間違いない、ゴーストが寝室にいる。だけどまだ実体化はしていない。

「たいしたことない。相手は小物よ、ファズ」

小さなゴーストに決まっている、とリディアは必死で自分に言い聞かせ、自分だけでなくダスト・バニーも安心させようとした。ここオールド・クォーターでは、デッド・シティの目に見えない亀裂からエネルギーが自由に漏れだしている。それでも、強力なゴースト・ハンターでさえ地下墓地の外では小さな不和エネルギーしか具現化させることはできない。

とはいえ結論はあきらかだ。近くにゴーストがいるなら、どこか近くにゴースト・ハンターがいるということ。不安定な不和エネルギーが地下墓地の外で自然に具現化することはない。そしてゴーストを操れるのはゴースト・ハンターだけ。

窓の外のバルコニーで影が動いた。リディアはさっとそちらを向いたが、逃げる人影が一瞬見えただけだった。

「のぞき魔！」リディアは叫んだ。

影は視界から消えた。

追いたかったが、まずはゴーストに対処しなくては。小さなゴーストでさえ、人にかなりのダメージを与えることができる。

リディアは上掛けを押しのけて床におり、ファズをキルトから掬《すく》いあげた。ダスト・バニーはリディアの腕に抱かれても緊張を解かなかった。狩りの日は薄暗がりの中で二つの炎のように燃え、小さな体は震えている。一瞬、牙がのぞいた。ファズはリディアの枕の上あたりを見つめていた。

ゴーストが具現化しはじめた。蛍光緑のエネルギーが一定しない脈を打つ。リディアは寝室のドアにそっとにじり寄った。ファズが甲高い声で唸る。

「落ちついて。あいつが消えるまでさがっておくしか、おまえにもわたしにもできることはないわ。思ったとおり、すごく小さい。数分持つかどうかも怪しい」

ゴーストに背を向けることなく、玄関広間まで撤退した。一点に集まりつつある緑色の光は、しだいに強さを増していった。

「バルコニーにいたやつは、こんなことをして面白いと思ったんでしょうね。犯人を見つけたら警察に突きだしてやるわ。デッド・シティの外でゴーストを出現させるのが違法だってことくらい、みんな知ってるのに」

けれどそんな決意も言うだけ無駄だ。たとえ、どこのばかが夜更けにこんな悪趣味ないたずらをしかけたか突き止められたとしても、警察がなにかしてくれるわけがない。せいぜいだれかがギルドの上層部に連絡して、この一件を報告するくらいだ。ギルドは行動を起こすかもしれないし、起こさないかもしれない。

ファズがまた唸った。狩りの目がいっそう激しく燃えあがる。

ベッドの上では緑色のエネルギーの球が動きはじめていた。ぱちぱちと音を立てながら壁のほうへ漂っていく。リディアの不安は募ってきた。このゴーストが弱まる気配はない。なお心配なのは、いまではでたらめに動いているようには見えない点だ。

ベッドの上方で脈打つエネルギーの球を、ファズがまばたきもせずに見つめる。ファズだろうとリディアだろうと、ゴースト相手にできることはない。ただ安全な距離までさがって、向こうが深刻な被害をもたらさないよう祈るのみだ。ゴーストを具現化できるのは不和エネルギー共鳴者《ディッナント》、つまりゴースト・ハンターだけで、消すことができるのもゴースト・ハンターだけなのだ。

脈打つ小さな緑色のゴーストは、いまやベッドのそばの壁に触れそうな距離まで近づいている。リディアはもどかしい気持ちで見守った。

そのとき、ペンキの焦げるにおいが漂ってきた。

「わたしの壁！」リディアはすばやく向きを変え、廊下にでんと置かれているエンドテーブルを巧みによけながらキッチンに走った。この狭いアパートメントには、ここ以外にエンドテーブルの置き場がないのだ。

キッチンに駆けこんでファズをカウンターの上に放りだし、流しの下の扉を開けて家庭用の消火器を引っ張りだすと、寝室に駆け戻った。

ファズが勇敢にもカウンターから飛びおりて、ご主人さまのあとを追う。

「あいつが長持ちするわけないわ」リディアはファズに言った。「純粋にできないの。ここでは、壁の外では」

寝室の戸口にたどり着く前に、ペンキの焦げるにおいが鼻に届いた。リディアが角を曲がったそのとき、謎めいた緑色の光が消えた。

「消えちゃった」安堵《あんど》の息を漏らす。「言ったでしょう、ファズ、あんなの長持ちしないって」

焦げたペンキのにおいは不快なほど強烈だった。リディアは手探りでスイッチを見つけ、電気を点けた。真っ白だった壁にゴーストが残していった焦げ跡を目にした途端、呻き声が出た。

当面の危険が去ったいま、向きを変えて窓に歩み寄った。黒っぽい服を着た人物が、屋上から垂らした縄ばしごを手繰《たぐ》りあげるところだった。怒りでものも言えずに見ているリディアの前で、縄ばしごは引きあげられていき、ついに視界から消えた。リディアは力任せに窓を開けて身を乗りだした。

「覚えてなさい！　いつかこの手でつかまえて――」

けれど悪党は去り、その正体を突き止められる可能性が実質ゼロだということはリディアも知っている。

そのとき初めて、この状況の意味するところを悟った。最近リディアは大家を困らせてばかりいるから、向こうはリディアを追いだせるならどんな口実にも飛びつくだろう。失火と壁の焦げ跡は、間違いなく〝賃借人による意図的な建物損壊〟にあたるはずだ。でなければ、契約書にあるほかのわかりにくい条項に。

「ドリフィールドにばれたら、わたしたちはおしまいよ、ファズ」

スライダーからおりたエメットは、腕時計の琥珀の文字盤をちらりと見た。午前七時前。昨夜遅くに川から這《は》いのぼってきた霧の毛布を、朝日はまだ貫《つらぬ》いていない。

エメットは〈デッド・シティ・ビュー・アパートメント〉の狭苦しい駐車場を横切り、壊れたセキュリティ・ゲートから中に入ると、階段をのぼりはじめた。

ホテルを出る前に二度電話をかけたものの、リディアは受話器を取らなかった。きっとシャワーでも浴びているのだろう。話をするのは彼女が出勤してからにしようかと思ったが、〈シュリンプトン博物館〉の外で話したほうがいいだろうと結論をくだした。

薄汚れた廊下を半分まで来たとき、リディアが電話に出なかった別の明らかな理由が頭に浮かんだ。もしかしたら昨夜は自分のアパートメントではなく、ほかの場所で過ごしたのかもしれない。

どういうわけか、その可能性にはむっと来た。リディアは私のコンサルタントだ。彼女が〈シュリンプトンの古の恐怖の館〉にいない時間は、優先的に私のために使われるべきだ。

玄関のチャイムを押そうとして壊れているのを思い出し、代わりにノックした。ドアは予想外の速さで開いた。かすかに新しいペンキのにおいがした。

「この悪ガキ、自分の手柄を見に来たの？」リディアが大きくドアを開ける。「子どものしたことだから警察に通報されないと思ったら大間違い――」言葉を切り、目を丸くする。

「ロンドンさん？」

エメットはしげしげと彼女を観察した。見るからに、まだ出勤の準備をしていない。古いデニム地のシャツと、穿き古して色褪せたジーンズ姿だ。炎のような髪は顔にかからないよう幅広の青いリボンで一つにまとめられ、魅惑的な顔の輪郭を引き立てている。そして左手にはペンキ用の刷毛《はけ》が握られていた。

「悪ガキ？」エメットは礼儀正しく問い返した。

濃い赤い色が、リディアの喉から頬へとのぼっていった。「いきなりごめんなさい」ぶっきらぼうに言う。「なんていうか、その、人違いよ」

エメットはちらりと刷毛を見た。「今日は博物館に出勤しないということか？」

「そうできればいいんだけど」リディアが鼻にしわを寄せた。「あと二時間以内に寝室の壁を塗りなおして、服を着替えて、仕事に行かなくちゃならないの。ねえ、おたくの家宝探しの進み具合を聞きたくてここに来たのはわかるんだけど、いまは本当に話をしてる時間がないのよ」

「そのようだな。一つ訊いてもいいか？　一大リフォームをするにしても、なぜ週末まで待たない？」

「こうするしかないのよ。ゆうべ近所のゴースト・ハンター志願者の一人が訪ねてきて、すごく腹の立ついたずらをしていったの」

エメットはどうぞと言われるのを待たずに小さな玄関広間に入った。「どんないたずらだ？」

「小さなゴーストを出現させたのよ。わたしの寝室に。わざと危害を加えようとしたのか、うっかりゴーストが手元から離れてしまったのかはわからないけど、いずれにせよ、わたしの寝室の壁はだれかがバーベキュー網に使おうとしたみたいに見えるわ。もしこのことが大家に知れたら、それを口実に賃貸契約を切られるでしょうね」

「手を貸そう」エメットは言った。

「なんですって？」

リディアが驚くのを見て、エメットはなぜか愉快な気持ちになった。「ペンキ塗りなら私にもできる」

「ああ」リディアが当惑した顔で廊下の先を見やった。「そう言ってくれるのはすごくうれしいけど――」

エメットは彼女の手から刷毛を取った。「貸せ」そう言って廊下を歩きだした。

「待ってよ」リディアが急いで追ってくる。「そのおしゃれな上着が汚れちゃう。かなり高いんでしょう？　わたしには弁償できないわ」

「上着の心配はいらない」エメットは寝室の入口で足を止め、壁に目を向けた。

どうぞと言われる前に部屋に入ったのは、ゴーストの与えた被害を見るためだった。犯人が近所の悪ガキだろうとだれだろうと、エメットの新しいコンサルタントが彼のために働きはじめてから二十四時間以内に〝訪問〟を受けたというのは、さすがに警戒を禁じえない。

寝室まで来たのは壁を調べるためだが、最初に意識を吸い寄せられたのは整えられていないベッドだった。もつれた白いシーツと乱れたキルトという光景には、妙になまめかしい雰囲気があった。昨夜、リディアはここで寝た。状況から察するに、一人で。この女性と初めて対面した朝と同じように、雄の本能がささやきかけてくるのをエメットは感じた。今回、その感覚はさらに強かった。やれやれ、いったいどれだけ複雑なことになるだろう？

戸口にたたずむ彼の背後にリディアが追いついた。エメットはどうにか目の前の問題に意識を集中させた。

ベッドはすでに壁際から離されている。床に敷かれたシーツは間に合わせの防水布だ。白いペンキの入ったバケツがその上に置かれ、そばにはぼろ布が何枚も用意されていた。

エメットは壁に残された焦げ跡を見た。三本の波打つ線。胃の腑《ふ》がぞくりと冷えた。

「困ったことになった」エメットは言った。

「わかってるわ。大家にばれたら一大事。だけどご覧のとおり、もう半分はペンキで塗りつぶしたの。だから、ちょっとどいてくれたら――」

エメットは壁の焦げ跡から目を逸らさずに、一度首を振った。「目下最大の問題はきみの大家じゃない」

「どういう意味？」

エメットはすぐには答えなかった。なにしろ勘違いということもありうる。もしかしたら想像力が暴走しているだけかもしれない。この焦げ跡が偶然という可能性もあるのだ。

ゆっくりと寝室に入りながら、焦げたペンキを観察した。見れば見るほど、自分の最初の反応が正しかったとわかる。これは、制御不能になった小さなゴーストがでたらめに残していった跡ではない。確かに不格好ではあるが、その意匠はわかる。三本の波打つ線は見間違えようがなかった。

「これは近所の悪ガキのしわざではない」エメットは言った。

「わからないわよ。このへんには何人か強力なゴースト・ハンターになりそうな子がいるんだから。どれも未来のならず者。どれもギルドに入りたがってる」

「その子たちがどれほど強力だろうと関係ない。この焦げ跡は意図的なものだ。でたらめに残されたんじゃない。犯人がだれにせよ、そいつは自分が召喚したゴーストを完全に制御できていた。訓練を受けていないゴースト・ハンターには、そこまで正確にゴーストを操ることはできない」

リディアが不安そうな目で彼を見た。「本当にそう思う？」

「ああ」エメットは静かな声で言った。「本当にそう思う。どうやら私たちは話をしたほうがよさそうだ」

リディアが長々と彼を見つめた。「あなたの失われた小箱と関係があると思ってるのね？」

「そうだ」

リディアが少したためらってから言った。「いいわ、話をしましょう。だけど別のときにして。いまはこの壁にペンキを塗りおえて、それから仕事に行かなきゃならないの」

エメットの手から刷毛を奪い返し、彼の前に回って壁に歩み寄った。

最初エメットはまた刷毛を取りあげたい気に駆られたが、どうにかこらえた。もしかしたらリディアとチェスター・ブレイディの関係については思い違いをしていたかもしれない。ほかのことでも思い違いをしているかもしれない。エメットはいまも臨機応変に動き、即興で演奏しているのだ。大事なのは、正しい音を奏でること。

「今夜ディナーに出かけよう」エメットは言った。「話はそのときだ」

リディアが顔をしかめた。「どういうこと？　昨日となにかが変わりでもしたの？」

エメットは壁に描かれた模様をちらりと見た。「変わったかもしれないし、変わっていないかもしれない」

険しい顔で睨《にら》まれた。「念のために言っておくと、わたしたちは契約を交わしてるのよ、ロンドンさん」

「覚えているとも、スミスさん。言っただろう、今夜説明する。それまでは、私の小箱の調査はいったんストップしてくれ」

リディアの目に警戒心がよぎった。「どうして？」

「いまは説明している時間がない」

「ちょっと待ってよ」声が瞬時にヒートアップする。「今日は骨董品店を三軒回る予定だったのよ」

「中止にしろ」

「でも――」

エメットはくるりと彼女のほうを向いた。「これは直接命令だ、スミスさん。今夜きちんと話をするまで、私に代わってあの小箱のことをこれ以上調べるんじゃない。わかったな？」

エメットがこの口調を用いると、たいていの人間は引きさがる。ところがリディアは口元をこわばらせはしたものの、一歩もさがろうとしなかった。

「いいえ、わからない」

「はっきりさせておこう。依頼人は私だ。もしきみが小箱の件で骨董業者への聞きこみを続けるなら、私は一セントも払わない」

「だけど契約はどうなるのよ」リディアが反論する。

「壁を塗れ、スミスさん。今夜七時に迎えに来る」

6

「それよりさ、今夜のデートの相手ってだれなの？」ゼーン・ホイトが尋ね、リディアの小さな冷蔵庫から〈カーテン・コーラ〉を勝手に取りだした。「博物館で知り合った人？」

「そうとも言えるわね。新しい依頼人よ」リディアは廊下の鏡をのぞきこんで、金の輪っかのイヤリングを整えた。「仕事の打ち合わせで、デートじゃないわ」

「ふうん。退屈そう」

エメット・ロンドンがどんな男性にせよ、断じて退屈ではない。リディアは鏡の中でゼーンと目を合わせ、にっこりした。

ゼーンは十三になったばかりだ。黒髪に黒い目で、細身で快活で、見守ってくれる頼もしい男性の存在が必要な難しい年ごろに差しかかっている。あいにく彼の家族に大人の男性はいない。父親はゴースト・ハンターで、何年も前に地下墓地で命を落とした。母親はそれからほどなく酔っ払い運転の事故で亡くなった。ゼーンを育てているのは叔母のオリンダ・ホイトだ。二人はリディアと同じアパートメントの三階に住んでいる。

リディアが友達だと思っていた人々と大学の同僚の大部分は、あの〝失われた週末〟のあとに、彼女の世界から消えてしまった。ゼーンとオリンダは、リディアがひどく友達を必要としていたときに仲良くなってくれた。いまでも心から感謝している。

「大事なのは、消えた家宝を探しだす手助けをしたら、ロンドンさんが大金を払ってくれることよ」リディアは言った。

「ふうん。それでも退屈そう」ゼーンが期待で顔を輝かせる。「家宝ってのが地下墓地で発掘されたものなら話は別だけど」

「違うわ。旧地球《オールド・アース》の骨董品よ」

「なんで旧地球《オールド・アース》のものなんかに首を突っこむのさ。また地下に潜りたいんじゃなかったの？」

「潜りたいわよ。だけどそういう依頼が舞いこんでくるようにするには、まず個人コンサルタントとしての評判を確立しなくちゃ。つまり、どんな仕事だって引き受けるってこと」

「なるほどね」ゼーンがコーラをごくりと飲んで鼻にしわを寄せた。「じゃあ、今夜はリディアが帰ってくるまでファズとここで宿題しててもいい？」

「いいわよ」この子が勉強する気になってくれるなら、なんだって認める。「ファズも仲間がいたほうが喜ぶし」

ゼーンは不和エネルギー共鳴者《ディィソナント》の素質を持っている。だれかに力ずくで別の方向に押し進められないかぎり、この少年の行く末は考えるまでもない。ゼーンが十八の年を迎えたら、ギルドに加わってゴースト・ハンターになることは、すでに決まっているようなものだ。なお悪いことに、ゼーンは革ジャンとカーキの上下に身を包んだ自分を思い描いて胸を躍らせている。

少年を思いとどまらせるべく、リディアはできるだけのことをしていた。彼女に言わせれば、ゴースト・ハンターはせいぜい値の張るボディガードだ。それも、危機的状況下ではあてにならないボディガード――リディアは半年前に身をもってそう学んだ。そして最悪の場合、ゴースト・ハンターはギャングだ。

ゼーンは賢い少年だから、そんな将来性もないような、腕っぷしだけが取《と》り柄《え》の仕事に就くなんてもったいない。ときどきゴースト・ハントをすることまではやめさせられなくても、必ず大学を卒業させてきちんとした職業に就かせる覚悟だった。

リディアはゼーンの向かいの椅子に腰かけた。「ねえゼーン、ロンドンさんが来る前に一つ訊きたいことがあるの。まじめな質問よ。だからまじめに聞いて」

ゼーンが怪訝《けげん》な顔になった。「なんか困ったことでもあったの？」

「かもね。ゆうべだれかがゴーストを召喚して、わたしの寝室に送りこんだの。今朝はそのことで職場に妙な電話もかかってきたわ。近所のだれかの仕業じゃないかと思うんだけど、心当たりはない？」

ゼーンがコーラを噴きだした。「からかってんの？　俺がつるんでる仲間にゴーストを召喚できるほど強いやつは一人もいないよ」

「年上の子たちは？　デリックとかリッチとか」

ゼーンがもう一口コーラを飲みながらそれについて考えた。「どうかなあ。ないと思うよ。最近越してきただれかとかじゃないの？」

「そう言うと思った」リディアはつぶやいた。

「ゴーストを召喚できるって大口たたくやつは多いけど、信じちゃだめだよ。そういうやつらはたいてい琥珀をじゃらじゃらさせてるけど、俺、いくつか火花を散らすところくらいしか実際見たことないもん」ゼーンがじっとリディアを見る。「見たのはそういうんじゃないんだよね？　火花じゃ？」

「ええ」ゼーンとその仲間が、本物のゴーストと呼ぶには小さすぎる無害なエネルギーのかけらを〝火花〟と呼んでいるのはリディアも知っていた。そういうたぐいは概して数秒で消えてしまう。制御しようにも小さすぎるし弱すぎるのだ。どんなに若くて弱いハンターでも、火花なら思春期を迎える前に出現させることができた。

「ほんとに本物のゴーストだった？」ゼーンは疑わしそうだ。

「信じなさい、ゼーン。わたしに一目でわかるものがあるとしたら、それは本物のゴーストよ」

「だよね」ゼーンの返事はいささか速すぎた。「信じるよ、リディア」

けれどリディアは少年の目を不安がよぎったのに気づいて、彼の考えていることを悟った。ゼーンはリディアの友達で忠実な擁護者だけど、心の底ではほかの人同様、彼女が〝失われた週末〟に地下墓地で体験したことのせいで精神に大きなダメージを受けたのではないかと心配しているのだ。

リディアがふたたび地下に潜っていくつかトラップと対峙しないかぎり、自分にもほかのだれに対しても、ストレスで壊れる心配はないと証明することはできない。

玄関をノックする音が響いて、ゼーンの尋問は中断させられた。

「きっと〝デートのお相手〟ね」リディアは立ちあがりかけた。

けれどゼーンがソファから跳び起きて玄関に駆けていった。「俺が出る」

そしてうやうやしく玄関を開けた。続く沈黙の一瞬、男性と少年が互いを品定めした。

「やあ」エメットが言う。「リディアを迎えに来た」

ゼーンがにんまりする。「こんばんは。俺、リディアの友達のゼーン。ゼーン・ホイトです」

「よろしく、ゼーン。エメット・ロンドンだ」ゼーンの首からさがっている大きな琥珀をちらりと見て、エメットがつけ足した。「いいネックレスだな」

「ありがと。俺ね、不和エネルギー共鳴者《ディソナント》なんだ。十八になったらギルドに入ってゴースト・ハンターになるんだよ」

「そうか」エメットが礼儀正しく応じた。

リディアは顔をしかめた。「あなたはまだ十三よ、ゼーン。十八になるまでに、なりたいものはあと百万回くらい変わるわ」

「絶対ないね」ゼーンが確信に満ちた声で言い、エメットに顔をしかめて見せた。「リディアはゴースト・ハンターがあんまり好きじゃないんだ。何カ月か前にいやな思いをしてさ、それで悪意を――」

「そこまで、ゼーン」リディアはすばやく割って入った。「ロンドンさんはディナーの予約をしてるはずよ。そろそろ出かけなくちゃ」

「はーい」ゼーンが言う。それから自慢気に目を輝かせてエメットを見た。「リディアの準備はばっちりだよ、ロンドンさん。今夜の彼女、すごくいいと思わない？」

エメットが考えるような顔でリディアを眺めまわした。彼の目も輝いている。その琥珀色の目には間違いなく愉快そうな表情が浮かんでいたが、それだけではなかった。男としての賞賛のようなものもこめられていた。リディアの体はなぜか火照《ほて》った。

わたしは赤くなってない。赤くなるわけがない。だってこれは仕事よ？

もしかしたらアクアマリン色のディナードレスではなく、仕事用のスーツを着るべきだったかもしれない。このドレスを買ったのは、地下墓地での大失敗の直前、ライアン・ケルソとつき合いはじめた直後だった。だけどライアンは〝失われた週末〟に続く数週間のあいだにリディアの人生から徐々《じょじょ》に消えていったので、このドレスを着る機会は一度もなかった。

六カ月以上も着られないままつるされっぱなしだったこの一着をクローゼットの奥から引っ張りだしたときは、ビジネス・ディナーにちょうどいいように思えたのだ。長袖と浅いネックラインのせいで、ちょっぴり取り澄ましているようにも見える。少なくとも、そのときリディアは自分にそう言い聞かせた。いま、急に自信がなくなってきた。

「そうだな」エメットが言った。「とても上品に見える」

上品？　それってどういう意味？　リディアは彼の体によく馴染《なじ》んでいる黒い麻のジャ

ケットと、黒いTシャツと、黒のパンツを眺めた。間違っても上品ではない。むしろ、危険でセクシーで興味をそそられる——。

リディアは咳払いをした。「行きましょうか。ゼーン、門限が来るまでここで宿題をしてファズと遊んでていいわ。だけど共鳴画面《レゾ・スクリーン》はだめよ。わかった?」

ゼーンが顔をしかめた。「ええっ、でもそんなに宿題ないよ」

「もし奇跡が起きて宿題が早く終わったら、家に帰る時間まで本を読んでなさい」リディアは無情に命じた。

ゼーンが呻いた。「わかったよ。共鳴画面は見ない」ふと思いついたようにつけ足した。「アイスクリームは?」

リディアはにっこりした。「いいわよ。だけどわたしにも少し残しておいてね」

「約束する」ゼーンが大仰な手つきで玄関の陰からリディアに手を振った。「行ってらっしゃーい」

リディアはハンドバッグの肩紐《かたひも》をしっかり握って廊下に踏みだした。背後でばたんとドアが閉じると、急にエメットと二人きりだということを意識しはじめた。なにも言わずに彼と並んで階段に向かった。

「ゼーンとは知り合って長いのか?」四階に向かって階段をおりはじめたとき、エメットが尋ねた。

「あの子とその叔母さんと知り合ったのは、このアパートメントに引っ越してきてすぐよ。

ゼーンとオリンダはすごく親切にしてくれたの、わたしが、その、友達を必要としてたときに」

「オリンダというのが叔母さんか？」

「ええ」リディアは階段をおりつづけた。「いい人よ。思いやりのある人。通りの先で〈水晶《クォーツ》カフェ〉って店をやってるわ。だけど彼女がゼーンに用意してる計画には、大学教育が含まれてないと思うの」

「じゃあ、なにが含まれている？」

「オリンダは、甥《おい》がじゅうぶんな年齢になったら、ギルドに加わってゴースト・ハンターとしての訓練を受けてほしいと公言してるの。ほら、優秀なハンターは稼ぎがいいから」

「そのようだな」

リディアは顔をしかめた。「残念ながらゼーンは、かなり強力な素質を持ってるみたいだわ」

「言いかえると、親切なオリンダ叔母さんは、甥がギルドに入ったらすぐに一家の収入を支えてくれるようになると思っているわけか」

「そのとおり」リディアはちらりと彼を見た。「誤解しないでね。オリンダのことは大好きよ。だけどわたしたちは宣戦布告なしの戦争をしてるようなものなの。わたしは、ゼーンがゴースト・ハンターになることを考える前に大学に行かせようとして戦ってる。オリンダは、甥が十八になるその日にギルドに入れたいと思ってる」

「想像はつく」

「あの子がゴースト・ハンターに抱いてる幻想を打ち砕いてやろうと努力してるけど、成果はたいしてあがってないわ。男の子って感受性が強いでしょう？　とくにゼーンぐらいの年ごろには、ああいう男臭《おとこくさ》いハンターのあれこれがかっこよく映るのね」

階段をおりきって外の駐車場に出ようとしたとき、エメットが謎めいた顔でリディアを見た。

「能力を持って生まれたという事実は、そう簡単に無視できることじゃない。遅かれ早かれ、ゼーンも自分のその側面を受け入れる必要がある。どんなにがんばっても、自分の才能が存在しないふりはできない」

冷静な論理にリディアは苛立《いらだ》った。「ゼーンは賢い子よ。医者にだって大学教授にだって作家にだってなれるわ。ときどき才能を使うのもだめだと言ってるんじゃないの。わたしはただ、過大評価されてる高額なボディガードごときになってほしくないだけ」

「ゴースト・ハンターがきみの中であまり高く評価されていないことはわかったが、ボディガードもときには役に立つぞ」

「そうかしら。同意しかねるわ」

エメットが暗灰色《あんかいしょく》のスライダーのそばで足を止め、手を伸ばして助手席のドアを開けた。

「私のコンサルタントを続けるんだったら、一人雇ったほうがよかっただろうな」

リディアはハイヒールを履いた足を片方車に入れたところで動きを止めた。「どういうこと？」

「残念ながらきみを解雇しなくてはならないようだ」

怒りと驚きがリディアの体を貫いた。「契約を打ち切りたいと伝えるためにわたしをディナーに連れだすの？」

「要約するとそんなところだ。きみの部屋の壁に残された焦げ跡で事情が変わった。この依頼について、きみにまだ話していないことがある」

7

レストランを選ぶのに、エメットは宿泊しているホテルのコンシェルジェの力を借りた。
「大学関係者が行くような店はどこだろうか。ほら、学生ではなく教授が集まるような」
「でしたらお客さま、ぴったりの店がございます。こぢんまりした魅力的なビストロです。〈カウンター・ポイント〉といいまして、ニューウェイブの創作料理を提供しております。ワインリストは一流ですし、大学教授の方々にたいへん人気がございます」

リディアは無言のまま、給仕長《メートル・ド》に案内されて窓辺のテーブルに向かった。彼女が怒っていることはエメットにもわかった。だがふつふつと煮える怒りの下で、この店を認める表情が一瞬浮かんだことにも気づいた。コンシェルジェにはあとでチップをやろう。まさに探していた店を提案してくれた。

エメットは店内をざっと見回し、磨き抜かれた木の床や、親密な雰囲気を作りだすようほどよく照明を抑えたテーブルや、モノトーンの制服に身を包んだウエイターを品定めした。最近ようやく〝カジュアル・シック〟というものがわかってきた。見ればそれとわかるていどに。そして〈カウンター・ポイント〉はずばりそれだ。大量のパスタを提供し、小さな野菜で恐ろしく巧妙かつ芸術的なことをやってのけるような店。

ウエイターが注文を取り終えるまで、リディアは本題に取りかかるのをこらえていた。ウエイターが去るやいなやテーブルの上で腕を重ね、ろうそくの炎の向こうからエメットを睨みつけた。

「さあ、話しましょう。わたしを解雇するって、どういうこと？」

リディアにどれくらい打ち明けたものか、エメットはかなりの時間をかけて思案してきた。最終的に、少なくともあるていどの真実を語ったほうがいいだろうと結論をくだした。それ以外のやり方では、この仕事から手を引くべきだとリディアを説得できないだろうから。

「私がここカデンスに来たのは、コレクションから盗まれた家宝を探すためだと言った」エメットは切りだした。

リディアの指先がテーブルの上で高速のスタッカートを打つ。「わたしに聞かせた〈驚異の部屋〉の話は嘘《うそ》だったって言うの？」

「あの話に嘘はない。だが、それを盗んだ人物が私の甥のクインだということは伏せていた」

これにはリディアも何度か目をしばたたいた。「甥？」

「姉の子だ。クインは……」エメットは言葉を切り、少し考えてから続けた。「先月十八になった」

「わからないわ。その子が家宝を盗んだの？」

「本人はそういう見方をしていないだろうな」

「ほかにどういう見方があるの？」

「厳密に言うと、クインは〈驚異の部屋〉を売り払った。領収証の写しを私宛てに送りつけてきた。念のため、だそうだ」

「念のためって、どういう意味？」

「最初から話したほうがよさそうだな。数カ月前、クインには新しい友達ができた。シルビアという娘だ。しかし姉とその夫は二人の友情を認めなかった。かいつまんで言うと、シルビアは仕事を探しにここカデンスにやって来て、クインもそのあとを追ったということだ」

リディアが顔をしかめた。「仕事って、どんな？」

「さあ。クインの話では、シルビアはかなり強力な幻エネルギー共鳴者《エフェメラル》で、超考古学の領域で働くのが夢らしい。だが訓練を受けていないし、認定も受けていない。あいにく蓄えもほとんどないし、家族もろくにいない。クインと出会ったころのシルビアは、ウエイトレスとして働きながらかつかつの生活をしていたそうだ」

「整理させて。つまりそのシルビアって子はカデンスにやって来て、クインもあとを追ってきた。あなたの小箱をたずさえて」

「そうだ。そしてクインはいなくなった。もう二週間近くだれもあいつと連絡を取れていない。姉は正気を失いかけてる。夫のほうも心配している」

リディアがじっとエメットを見た。「そこであなたは甥を探しに行くことにした？」

「ああ。私の調べたかぎりでは、クインはあの小箱をオールド・クォーターの骨董業者に売り払い、その金《かね》でホテルの部屋を取ったらしい。だがそのホテルには二晩泊まっただけで、その後は戻ってこなかった」

リディアが考えこんだ顔になる。「小箱を買った業者は？　話をしてみた？」

「店に行ってみたが、そこにはいなかった。小箱も見あたらなかった」

じっとエメットを見つめるリディアの目に理解がおりてきた。「チェスターのことね？　クインから小箱を買った業者というのはチェスターのことなんでしょう」

「そうだ」エメットは彼女の顔を観察しながら続けた。「私が訪ねたときには彼の店は閉まっていた。それでも中に入って、店内を調べさせてもらった」

「彼の店に押し入ったの？」

「時間を無駄にしたくなかった」

「信じられない！」

エメットはジャケットの内ポケットに手を入れた。「小箱は見つからなかったし、買っていった人物がいるとして、その身元をほのめかす手がかりもなかった。だが、これを見つけた」

チェスター・ブレイディの店の、カウンター裏の壁で見つけた一枚の写真を取りだして、テーブルに置いた。

そこに写っているのは、ぱっとしないナイトクラブとおぼしき場所でブース席に腰かける、まばゆい赤毛の女性だった。女性はカメラに向かって憂いの笑みを浮かべている。その隣りに座った小柄な脂《あぶら》ぎった男は、髪を後ろに撫《な》でつけて、安っぽい派手なスポーツコートをはおっている。そして顔が裂けるかと思うほどにっこり笑っていた。

リディアがちらりと写真を見おろして、すぐに視線をあげた。その目は色を増していた。

「〈シュール・ラウンジ〉で撮ったチェスターとわたしの写真じゃない。わたしのこの前の誕生祝いのときよ。チェスターはあの店に行くと必ずだれかにわたしとのツーショットを撮ってくれって頼んでたの。彼にとっては第二のわが家みたいな場所だったわ」

「ブレイディを見つけられなかった私は、代わりにきみを探すことにした」エメットは写真を手に取り、内ポケットに戻した。「きみを見つけるのは難しくはなかった。だがきみを見つけた直後に、ブレイディがあの石棺の中で遺体で発見された」

怒りがリディアの頬を染めた。「じゃあ、最初からすべてインチキだったのね。わたしに接触してきたのは、わたしとチェスターに関係があると思ったからで、純粋な依頼人の顔をしておきながら、本当の狙いは消えた家宝と甥につながる手がかりだったんだわ」

「ほかに当たれそうなところはなかった」エメットは穏やかに言った。

「思ったとおりよ」

「というと？」

リディアの手が白いテーブルクロスの上で小さな拳を握った。「こんなにうまい話があるわけないと思ったの」

エメットは肩をすくめてなにも言わなかった。

「今夜で嘘を終わらせる気になったのはなぜ？」リディアが語気荒く尋ねる。

「ゴーストがきみの寝室の壁に残していった焦げ跡だ」

当惑でリディアの怒りがいくらか薄れた。「それとこれと、いったいどういう関係が――」

ウエイターが前菜を手に現れたので、リディアが言葉を切った。エメットは自分の前に置かれた皿を見つめた。メニューには〈三声による手長エビのハーモニー〉と書かれていた。薄くスライスしたラディッシュの上に寝かされた、完ぺきに調理された三尾のエビのどれ一つとして、三声だろうと何声だろうとハーモニーを響かせているようには見えなかったが、それについてはつべこべ言わないことにした。ニューウェイブの創作料理というのは概念なのだ。

ウエイターがさがると同時にリディアが身を乗りだしてきた。「早く説明して。わたしの部屋の焦げた壁のせいって、いったいどういうこと？」

「ゴーストがきみの部屋の壁に残していったのは、でたらめな模様ではない。じっくり見れば、三本の波打つ線がわかるはずだ。お粗末なできだから、あれをやったハンターはゴーストを完全に制御する力を持っていないんだろうが、それでも模様については間違いない」

「それで？」

「何者かがきみにメッセージを残そうとしたんだと思う」

リディアが用心深い顔になった。「あなたにはそのメッセージがわかったって言うの？」

「ああ」エメットは手長エビを口に運んだ。「前に見たことがある」

「どこで？」リディアの声は硬かった。

エメットはフォークを置いてジャケットを広げると、今度はクインの机の上で見つけたメモを取りだした。無言でリディアに差しだす。

リディアが奪うように紙を取り、三本の波打つ線をちらりと見た。それから視線をあげて言った。「これは？」

「クインの部屋で見つけた。電話のそばにあったメモ帳の一枚だ。シルビアからの電話を受けたあとにメモを取ったんだろう。その電話から数時間後にクインはいなくなった」

「この線の意味はわかる？」

「いや。いま調べているところだ。だが何者かがゴーストを使って同じ模様をきみの部屋の壁に残そうとしたということは、おそらく重要な意味があるんだと思う。おそらくは危険な意味も」

リディアが無意識に紙切れをテーブルクロスに打ちつけながら言った。「そしておそらく、わたしはあなたの小箱がどうなったかも、甥のクインがどこにいるのかも知らないんだろう、ということね？」

エメットは肩をすくめた。「私はただ、何者かが法を犯してまでゴーストを召喚し、きみに警告を与えたということは、きみが危険にさらされたのは小箱について聞きこみを始めたせいじゃないかと思っただけだ。そして聞きこみをしなくちゃいけないということは、きみはおそらく小箱のありかも甥の居場所も知らないだろうと」

「これで今朝職場にかかってきた電話の説明がついたわ」リディアがしぶしぶ言った。

「電話って？」

「いたずら電話だと思ってた」リディアが片手で払うような仕草をする。「男の声だったわ。たぶん若い男の声。聞き覚えはなかった。ただ〝これ以上なにも訊くな〟とだけ言って、電話は切れたの」

「くそっ、なぜ私に報告しなかった？」

リディアがじろりと彼を睨んだ。「言ったでしょう、いたずら電話だと思ってたの。さっぱり意味がわからなかったんだもの。あなたの消えた小箱の調査と関係があるなんて、思いもしなかった」

「そんなわけはない。きみは賢いんだから、関係に思い至ったはずだ」

リディアの声が苛立ちで張りつめる。「ええ、確かにもしかしたらとは思ったわ。だけどわたしが危険にさらされてるかもしれないと思ったら、あなたが依頼を打ち切るんじゃないかと心配だったのよ」

「きみが心配しているとおりのことをしよう。明らかに私の誤算だった。私が巻きこむまで、きみはこの件に無関係だったんだ」

「契約を打ち切ればわたしをまた無関係にできると思ってるの？　そういうこと？」

「きみには手を引いてほしい」

彼女の顔にぱっと浮かんだ強情そうな怒りの表情に、エメットは身構えた。意外だったのは、怒り以外の表情もかいま見えたことだ。焦り、だろうか？

「あなたの思ってるとおりだとしても、もう手遅れよ」リディアが即座に言った。「何人かの骨董業者に話してしまったもの。わたしが小箱を探してることはもう広まってるわ」

「明日の朝いちばんに、依頼人に契約を打ち切られたからもう小箱は探していないという話を広めればいい」

「そんなのが通用すると思う？　話はとっくに骨董業界に広まってるのよ。そんなに簡単に取り消せるわけないでしょう。もし小箱のことを知ってる人がいたら、あなたがクビにしようとするまいと、まずわたしに接触してくるわ」

「そういう人物が現れたら私に連絡するように言え」

「役に立つ情報を持ってる人は、直接あなたとは話したがらないわ」リディアが身を乗りだした。みなぎる決意はいまにも手で触れられそうだ。「わたしはそういう人たちを知ってるの。彼らはわたしを信用してるけど、部外者のことは信用しない。ロンドンさん、あなたにはわたしが必要よ」

「きみを危険にさらしてもいいと思うほどは必要としていない」

「チェスターとグルじゃないかと疑ってたころは、わたしを危険にさらすことも気にしてなかったようだけど」

「それとこれとは話が違う」エメットはつぶやくように言った。

「うちに現れたのはすごく小さなゴーストだったのよ」

「弱いゴーストでもダメージは与えられる。きみを動けなくさせたり、十五分か二十分くらい意識を失わせることもできる」

「一時的に気を失ったり感覚が麻痺したりするのは、弱いゴーストとじかに接触したときによくある副作用よ」リディアがすました顔で言う。「恒久的なダメージを受けることはめったにないわ」

「まるで教科書か緊急救命室に置いてあるパンフレットから引用しているみたいだな。実際はどんな風に感じるか、知っているのか？」

「ええ」リディアの目が冷たくなった。「実際はどんな風に感じるか、よく知ってるわ。感覚が極限まで増幅されたみたいになるのよ。なにもかもがまぶしすぎて、熱すぎて、冷たすぎて、暗すぎて、うるさすぎるの。感覚に圧倒されて気を失うわ。もちろんあなたがものすごく強力なゴースト・ハンターなら話は別だけど。そういう人には、多少の免疫が認められるから」

　エメットは深く息を吸いこんだ。「きみが実際の感覚を知っていることはわかった」

「一つはっきりさせておくわね。わたしは過去四年間にわたる仕事のほとんどをデッド・シティでしてきたの。チームに所属するゴースト・ハンターがどれほど有能でも、それだけの時間を実地で過ごした超考古学者なら、必ず何度か小さなゴーストと接触してるわ」

　説得はうまく行っていないようだ、とエメットは思った。要点に的を絞ったほうがいいだろう。「わかっていないようだな、スミスさん。私はきみをクビにしたんだ」

「わかってないのはあなたよ、ロンドンさん。わたしをクビにはできないわ。契約があるもの」

「心配するな。働いてもらったぶんはちゃんと払う」

「こうなったらお金だけの問題じゃないの。あなたの話が事実なら、かわいそうなチェスターが殺されたのはあなたの小箱のせいかもしれない――」リディアが不意に言葉を止めた。

エメットは、彼女の視線がこちらに近づいてくるだれかに向けられていることに気づいた。

「お邪魔じゃないといいんだが、リディア。向こうの席からきみが見えてね、挨拶に来たんだ」

男の声は滑らかで洗練されていた。よく通る声。講堂で話すことに慣れた声だ。教養を感じさせる。

「あら、ライアン」リディアが冷たい笑みを浮かべた。「久しぶりね。こちらはエメット・ロンドンさんよ。エメット、こちらはライアン・ケルソ教授。大学の超考古学部の学部長なの」ちょっと間をおいてつけ足した。「かつての同僚よ」

単なる〝かつての同僚〟ではないな、とエメットは察知した。直感が働くほうではないが、それでもこの小さなテーブルの周りでうごめく潮流は見逃しようがなかった。不穏なことに、胸の奥深くで所有欲が首をもたげた。あまりいいことではないだろう。これ以上、事態を複雑にしたくない。

エメットはゆっくりと立ちあがりつつ、ライアン・ケルソの外見を一目で値踏みした。長身で、運動選手のような締まった体に、黒髪と灰色の瞳。彫刻刀で削ったような顔立ち。茶色のタートルネックとツイードのジャケットと股上の浅いズボンに身を包んだ姿は、まさしく洗練された大学教授そのものだ。左手首には琥珀のかたまりがついたブレスレットをはめている。

エメットは短く握手をした。「よろしく」

「こちらこそ」

ライアンがすばやくエメットを品定めしてから、視線をリディアに戻した。「きみが働いているあの風変わりな施設で、だれかが殺されたそうだね。新聞で読んだよ」

「亡くなったのはチェスター・ブレイディよ」リディアが硬い声で言った。「あなたは知らないでしょうけれど」

「知らない名前だな」ライアンの口元が軽蔑《けいべつ》の笑みに歪められた。「新聞によればその男は〝廃墟のネズミ〟で、おそらく犯罪仲間に殺されたんだろうとのことだった。いったいあそこでなにをしていたんだろうな？　きみが見つけたものを盗もうとしていたのかな？」

「チェスターはわたしの友達で、とても強力なトラップ・タングラーだったわ」リディアが冷たい声で言った。「わたしがこれまでに出会った中で、最高に強力な一人よ。もしきちんとした教育を受けていたら、きっと一流の超考古学者になってたでしょうね。いまごろ大学の学部長になっていたかもしれない」

ライアンが笑いで一蹴した。それから思いやるような温かい表情を目に浮かべた。「遺体を見つけるなんて、ひどくショックだっただろうね。ほら、半年前にあんなことがあった上に、今度はそんな――」

「だれもがわたしをか弱いと思うわけじゃないのよ」リディアが言い放った。「信じられないかもしれないけど、この事件担当の女性刑事はわたしを容疑者リストに加えたわ。どうやら彼女の目には、わたしは友達を殺してその遺体を石棺に押しこむというストレスにも完ぺきに耐えうると映ったようね」

「ええと――」いったいどう返したものかと、ライアンがしばし言葉を失った。

「つけ加えると、ある意味では光栄に感じたわ」リディアが続けた。

舌好調のリディアを見て、エメットは愉快になってきた。だがそろそろ仲裁したほうがよさそうだ。

「警察は決まって第一発見者に事情聴取をするものだ」エメットは言った。「だからリディアにあれこれ訊いた。私も聴取を受けた。彼女が遺体を発見したとき一緒にいたんでね。だが担当刑事の様子では、私たちのどちらも本気で疑っていないのは明らかだった。どちらにもアリバイがあるから」

「ほかの人より立派なアリバイがある人もいるわ」リディアがつぶやく。

エメットはそれを無視し、ライアンから視線を逸らさずに続けた。「どうやらブレイディには恨みを持つ友人や依頼人や仲間が多かったらしい。警察は、そのうちのだれかの犯行だろうと睨んでいる」

「筋が通るな」ライアンが話題を変えるチャンスに飛びついた。「いずれにせよ、元気そうでよかったよ、リディア」

「驚きよね？　わたしはどうにか正気を留めて、あっちの、、、世界に飛んでいかなかったの。少なくとも、いまのところはね。だけど安心して、まだ希望はあるわ。わたしは明日にでも正気を失うかもしれない」

さすがにライアンも赤くなった。「友達がきみを心配したって、責められないだろう？」

「お友達とやらが純粋にわたしを心配してたなら、医者から解放された時点で以前の仕事に戻れるよう、手を打ってくれたでしょうね」リディアが甘ったるい声で言った。

容赦《ようしゃ》する気はないようだ、とエメットは悟った。いったいなぜライアンは、リディアは超考古学の仕事を続けるには繊細すぎるという結論に至ったのだろう？

ライアンが困惑の表情を取り繕《つくろ》った。「なにが言いたいのかわからないな、リディア。きみの大学での雇用契約を、その、打ち切るという決定は――」

「わたしをクビにするって決定ね」

「その決定は、大学側がくだしたものだ」ライアンが早口に言う。「きみも知っていることだろう？　決めたのは学部じゃない」

「ちょっと待ってよ」リディアが小さく、けれど聞き逃しようのない憤慨の声を漏らした。「大学側が学部長の意見を重視するのは、あなたもわたしも知ってることでしょう？　正直に認めたらどうなのよ。わたしはもう使い物にならないと判断して、大学の委員会にそう進言したって」

「リディア、きみに起きたことでみんな胸を痛めていたんだよ」

「だけどわたしを復帰させるほどじゃなかった」

「学部長として、僕には大きな責任がある。あんなことがあったあとに、きみをチームの一員として送りだすような危険は冒せなかった。きみにとって最善の道を考えなくてはいけなかった」

「そこまでわたしを心配してたなら、すぐにデッド・シティに送りこまないっていう方法もあったはずよ。しばらく研究室で働かせて、わたしがストレスを受けても正気を失わないって全員が納得するまで待てばよかったじゃない」

ライアンの心配そうなしかめ面が苛立ちのそれに変わった。居心地が悪いのだろう、ちらりと店内を見回して、この気詰まりな状況から逃げだす口実を探した。

「決まりは決まりだ」こわばった声で言う。「忘れちゃいけないのは、リディア、きみの精神面の健康がなにより重要だということだよ。きみは恐ろしい経験をした。しっかり時間をかけて回復したほうがいい」

「もう完全に回復してるわ、ライアン」

「いいかい」ライアンの口調は少しばかり熱心すぎた。「あと半年後に、もう一度学部に申請するんだ。そのときは特別な配慮がなされるよう、僕が手を打つから」

「まあうれしいわ、ライアン。だけど半年後のわたしは以前の仕事が必要じゃなくなってるでしょうね。そのころには個人コンサルタントとしての仕事をフルタイムでこなしてるはずだから」

ライアンが少しうろたえた顔になった。「フリーランスになるのか？」

「そうよ。もうパートタイムで始めてるわ」

「知らなかったな――」

「二カ月前に超考古学の個人コンサルタントとしてソサエティに登録したの」ぎらりと目が光る。「こちらのロンドンさんは一人目の依頼人よ。そうよね、エメット？」

降参だ、とエメットは思った。リディアにみごとコーナーに追いつめられた。

「リディアとは二日前に契約を交わした」エメットは言った。

「そうか」ライアンが眉をひそめてエメットを見やり、それからリディアに視線を戻した。

「博物館での仕事はどうするんだ？」

「個人コンサルタントとしての仕事が軌道に乗ったら、もちろん辞めるわ。それまでは安定した収入が必要なの。あなたも知ってのとおり、大学での仕事を失ったことで経済的に大打撃を受けたから」

「そうか」ライアンが後じさりを始めた。「まあ、そういうことなら、よかったよ、うん。そうだ、学部もときどき個人コンサルタントや外部の識者を使うんだ。いずれきみに頼むこともあるかもしれない」

「大学との契約なら、喜んで検討するわ」リディアが落ちつき払って言った。「だけど忘れないで。個人コンサルタントは高いわよ。エメットに訊いてみるといいわ」

エメットはちょうど口に含んだワインを危うく噴きだしそうになった。ろうそくの炎越しに警告の目でリディアを睨む。調子に乗るな、お嬢さん。

「いくら出しても惜しくないさ」この状況下では誉められてもおかしくない寛大な態度を繕って、エメットは言った。

リディアがろうそくの明かりを圧倒するまばゆい勝利の笑みを返してきた。

ライアンが慎重な好奇心をたたえた目で、エメットを観察した。「集めているのはなにかな、ロンドンさん？」

エメットはリディアの口が開くのに気づいた。けれど彼女の向こう見ずな会話はもうじゅうぶんだった。ライアンに見えないテーブルの下で、セクシーで華奢《きゃしゃ》な黒のイブニングサンダルのつま先を、リディアが気づくていどの力で踏んだ。リディアは目を丸くしたが、それでも口を閉じた。

エメットはライアンを見て言った。「死者とともに埋葬された鏡を」

「鏡か」ライアンの声に含まれた愉快そうな響きは、テーブルに滴《したた》り落ちそうなほど濃厚だった。「それは面白い」

「レゾナンス・シティの自宅には、そういう鏡ばかりを集めた部屋があってね」エメットはのんびりと続けた。「壁際にふつうの鏡を並べて、その前に置いた小さな台にコレクションの鏡を立てかけてから、部屋全体に緑色の照明を投げかけるんだ。客はたいてい感心するよ」

テーブルの向こうでは、リディアが怒るべきか笑うべきか迷っているようだった。死者と一緒に埋葬されていた鏡が惑星ハーモニーの遺物の中ではもっともありふれていて、もっとも価値が低いことを、エメット以上に知っているのだ。おまけに、もっとも偽造されやすい代物でもある。デッド・シティ近くの骨董品店に行けば、複製や贋作にごまんと出会える。そんなものを手に入れようとするのは、初心者かうぶな個人蒐集家だけだ。

「緑色の照明？」ライアンが苦痛をこらえているような顔で言う。「それは独創的だな」

「金《かね》はかかったが、結果には満足している」エメットは言った。「照明と壁際の鏡が絶妙な雰囲気を醸しだしてくれてね。わかるだろう？」

「想像はつくよ」ライアンが乾いた声で言った。

リディアがにこやかに微笑んだ。「わたしたちが〈シュリンプトン博物館〉で狙ってるちょっと不気味な効果を作りだすのに成功したみたいね、エメット」

「〝不気味な〟――それだよ」エメットはライアンに向きなおった。「だがコレクションを完成させるには、もういくつか必要でね。だからここカデンスにやって来た。リディアは私が探しているのにぴったりの鏡を見つけると約束してくれた」

「彼女なら間違いなく見つけてくれるだろう」ライアンが肩越しに振り返った。「それじゃあこのへんで、連れのところに戻らないと。会えてよかった、ロンドンさん」

「こちらこそ」エメットは言った。

ライアンがリディアのほうを向く。「また元気そうな姿を見られてうれしいよ、リディア」

そう言うと、古い友達同士が別れ際によくやるような頬への軽いキスをしようと腰を屈めたが、狙いは外れた。ぎりぎりのところで、リディアが彼の意図にまったく気づいていないふりをしてフォークを取ろうと手を伸ばし、肘をライアンの股間にぶつけたのだ。

「うっ」ライアンが慌てて一歩さがり、そっと股間を押さえようとしたものの、すぐさま考えなおしたのだろう、何度か浅い呼吸をくり返すに留めた。

「あらごめんなさい」リディアがフォークを宙に掲げたまま言った。「そんなに近くに立ってるなんて知らなかったの。こちらこそ、また会えてうれしかったわ、ライアン。研究室のみんなにもよろしくね」

「伝えるよ」ライアンがテーブルから後じさりした。「それじゃあまた、リディア。コンサルタントの仕事が成功するよう祈っているよ」

くるりときびすを返すと、小さなテーブルの迷路をそそくさとすり抜けていった。エメットはその後ろ姿を見送りながら、ライアンは戦略的撤退をしたようだなと考えた。あるいは、恐れをなしての必死の逃走を。

8

沈黙が二人を包んだ。エメットがリディアを見ると、リディアもこちらを見た。完ぺきな理解の瞬間だな、とエメットは思った。

ウエイターが次の料理を手に戻ってきた。ウエイターが去ると、リディアはふたたび意識を食べ物に集中させた。

「彼は、半年前に起きたことのせいでわたしが共鳴力を失ったと思ってるの」しばらくしてリディアが言った。

「そんな印象を受けた」

「デッド・シティでひどい体験をしたの」

「知っている」エメットは穏やかな声で言った。

「知ってる?」リディアが眉をひそめてさっと顔をあげた。「それは意外――」言葉を切って顔をしかめる。「いえ、あなたなら知ってるでしょうね」

「レゾナンス・シティの部下の一人に連絡して、きみの背景をざっと調べさせた」

「なるほどね」

「報告では、きみはイリュージョン・トラップに不意をつかれたとあった。圧倒されて、なにが起きたかチームのだれも把握しないうちに地下墓地に消えてしまったと。捜索が行われたが、きみは見つからず、二日後に自分の脚で歩いて出てきたそうだな」

リディアが肩をすくめた。「そうみたいね。正直なところ、わたしは地下で過ごした四十八時間のことをなにも思い出せないの。精神分析医には、おそらくそのほうがいいんだろうと言われたわ」

「きみはなにが起きたと思っている？」

リディアが少しためらってから口を開いた。「トラップにはまったのかもしれないわ。確かにわたしは優秀だけど、完全無欠のタングラーなんていないもの。だけどほかにも可能性はある」

「どんな？」

「とてつもなく強力なゴーストにやられたのかもしれない。それなら、二日間の記憶を失ったことにも説明がつくわ」

エメットは顔をしかめた。「ゴーストのはずはないだろう。きみは大学の発掘チームと一緒だった。報告によると、チームには完全な認可を受けたゴースト・ハンター二人が帯同していたそうじゃないか」

リディアが片方の眉をつりあげた。「審問評議会の公式な報告書を読んだわね？」

「ああ」

「機密書類のはずだけど？」

「そうだな」

リディアはそれ以上追求しなかった。「あなたの言うとおりよ。チームには二人のハンターがいたわ。二人とも玄室の入口までわたしと一緒だったと証言してる。そして、自分たちが入口のところで小さなゴースト二、三体の相手をしてるうちに、わたしは玄室手前の小部屋の一つに消えてしまったんですって。それがわたしを見た最後だそうよ」

エメットは黙って続きを待った。

「二人は、わたしが基本的な安全手順に従わなかったと証言したわ」リディアの口元がこわばる。「わたしが無謀な行動に出たと示唆したのよ」

エメットはうなずいた。二人のハンターは、リディアは新たに見つかった小部屋の探索を急ぐあまり、彼らだけでなくチームのほかのメンバーをも待つことなく、一人で先走ったと証言した。報告の結論は直裁だった――リディアは自分からトラブルに飛びこんでいった。

エメットは、フォークにパスタを巻きつけるリディアを見つめながら言った。「イリュージョン・トラップに違いない。それほど強力なゴーストだったなら、ハンターたちが付近でエネルギーの痕跡《こんせき》を感知したはずだ」

「二人もそう言ってたわ」リディアがパスタを口に運ぶ。

「ハンターたちの証言を信じないと言いたいのか？」エメットは感情を隠した声で尋ねた。

リディアがフォークを置いた。「なにが起きたかわからないと言いたいの。あの小部屋で起きたことをなに一つ鮮明には覚えてないんだもの。あの日チームにいたほかの人の証言を信じるしかないわ」

「鮮明には覚えていない？」エメットは彼女をじっと見つめた。「さっきは、地下墓地で過ごした四十八時間のことをなにも思い出せないと言っていたが」

リディアはしばし無言のまま、ただエメットを見つめていた。ろうそくの光の中では、リディアの顔は謎めいて見えた。人生の四十八時間を失って、ふと目覚めたら異質な地下墓地の果てしない緑色の光の中に、琥珀も持たずに取り残されていたというのは、いったいどんな体験だったろう。地下で行方不明になった人の多くは二度と帰ってこない。自力で帰ってこられた人も、深刻なトラウマに悩まされ、長期の入院を余儀なくされるのが常だ。

リディアが質問に答える様子はなかった。ところが数秒後、彼女はなにかを決心したような顔になった。

「だれにも話してないんだけど、最近、記憶の断片を取り戻しつつあるような気がするの」リディアがろうそくの炎をじっと見つめながら言った。「問題は、わたしがそれをつかまえきれないということ。あれはまるで、一瞬だけ姿を現すゴーストだわ。この惑星で言うゴーストじゃなく、昔ながらの怖い話に出てくるお化けとか、影やまぼろしのことね」

「事件以来、医者に診てもらったことは？」

リディアの唇が歪んだ。「いまのわたしにいちばん必要ないのは、〝この患者は心的外傷による兆候をますます示しつつある〟っていう一文が診断書に書き加えられることよ。精神分析医の報告のおかげで、まっとうな仕事を一つ失ってるんだから」

「それと、きみが所属していた学部の長が、医者の診断は間違っていると証明するチャンスをきみに与えなかったおかげで」エメットはあえてつけ足した。

「ライアンとは同僚だったの。彼が学部長に昇進したのは、わたしの〝失われた週末〟から一カ月後よ。あの人はまさにそのタイミングで、わたしは頼りなさすぎて職務を果たせないと判断したようだわ」

「なるほど」

「本気で責めるつもりはないわ。学部の人間なら、どんなタングラーもわたしと同じ目に遭えば能力を損なわれると信じてるもの。だれだって同じチームに属したくないでしょう、そんな——」リディアが言葉を切って、片手で弧を描いた。「その、あてにならない人と。チームの一人がデッド・シティで正気を失ったりしたら、全員が危険にさらされるもの」

エメットは、ゴーストが残していった焦げ跡を隠そうと寝室の壁にペンキを塗っていたリディアの姿を思い出した。あのゴーストを召喚したのがだれであれ、彼女の半年前の恐ろしい体験を知っていたに違いない。自宅でいきなりゴーストに出くわしたら、それがどんなに小さくても、たいていの人はパニックを起こす。地下墓地に一人きりで四十八時間を過ごした人物なら、そんなちょっとした恐怖にもとりわけ強い反応を示すだろう。

この一件が終わるまでに、そんな冷酷な方法でリディアを怖がらせようとしたハンターをつかまえてみせる。

「こう言って少しは慰めになるなら」エメットは言った。「私はきみを繊細とも頼りないともストレスに負けそうだとも思わない。むしろ、たいした度胸の持ち主だと思っている」

「ほんとに？　よかった」リディアが鉄の意志を感じさせる笑みを浮かべた。「わたしにはちゃんと仕事ができると思ってもらえて。だって契約を交わしてるし、解雇される気はないから」

エメットは呻いた。「その話に逆戻りか」

「ごめんなさい」リディアがもう一口、パスタを頬張った。「だけど今夜のわたしには、それがいちばん重要な話なの」

「リディア、きみは大事な点を見落としている。ゆうべ何者かがきみの寝室にゴーストを送りこんだのは、私のせいなんだぞ。わからないか？　ここで私が依頼を打ち切らなければ、またなにか起こるかもしれない。だれにせよその人物は、私に協力してあの小箱を探すなと、きみにはっきり告げようとしているんだ」

「そうね。なぜかしら？」

エメットは肩をすくめた。「考えるまでもない。事件の裏にいる人物は、あの小箱が私をクインのところへ導くことを恐れているんだ。今後は、私が甥を見つけることを望んでいない人物がいるということを念頭に行動しなくてはならない」

リディアが緑と金に塗られた爪の一本で、こつこつとお皿をたたきながら言った。「そこまで強い感情を持ってる人がいるなら、あなたの甥は深刻な危険にさらされてるんじゃないかしら」

「そうだな。これまでは、甥は単にホルモンに突き動かされてガールフレンドを追い回しているものと思っていた。だがゆうべきみの寝室で起きたことを考えると――」

「あなたにはわたしが必要よ、エメット」リディアがフォークを彼に突きつけた。「認めなさい。どんな協力も必要だって」

「かもしれない。だがきみを危険にさらしたくない」

「わたしをチェスターの仲間だと思ってたころは、その点は気にならなかったようだけど？」

「話が違う」

「違わない。あのときから変わったことがあるとすれば、あなたはもう、わたしが小箱のありかを知ってるとは思っていないという点だけ。ねえ、わたしは大人だしプロよ。自分の道は自分で決められるわ」

「リディア――」

「わたしを追い払ったりなんかさせないわよ、エメット。わたしにはこの仕事が必要だし、あなたにはわたしが必要なの。あなたがどうしようと、わたしは小箱を探しつづけるわ」

「そういう行為には名称がある」

「知ってる。〝脅迫〟でしょ。わたしを止めることはできないわよ。本当に危険があるのなら、一緒に取り組んだほうが、どちらにとっても安全だわ。情報を共有すればいいのよ」

エメットはしばらくのあいだリディアを眺めていた。一言一句、本気であることは疑いようもない。エメットが許可しようとするまいと、小箱探しを続けるだろう。リディア・スミスを解雇するのは容易ではないと、わかっておくべきだった。

「いいだろう」ついにエメットは言った。「わかった。きみの勝ちだ」

リディアが満面の笑みを浮かべた。

「だがきみも言ったとおり」エメットは落ちついた口調で続けた。「一緒に取り組んだほうが安全だ」

「そうね。ええ、問題ないわ。あなたには逐一報告を――」

「博物館にいる日中は、まあ安全だろう」リディアが約束しようとするのをまるきり無視して続けた。「この件に、はぐれ者のゴースト・ハンターが関わっているのは間違いないが、そいつも目撃者がいるときはきみに危害を加えないだろう」

リディアが片方の眉をつりあげた。「そう?」

「ああ。つかまる可能性が高すぎる。知ってのとおり、ハンターは近距離で仕事をする。訓練と経験を積んだ強力なハンターでさえ、半ブロック以上離れた場所にゴーストを出現させて制御することはできない。たとえ久遠の壁《オールド・ウォール》のそばでもだ。そして私たちの敵は、訓練を積んだ人間ではないと思う」

「ずいぶん詳しいのね」リディアが冷めた口調で言った。

「頭を使え。デッド・シティの外でゴーストを召喚するのは違法だと、きみも知ってるだろう。だれにせよ、そんなことをするはぐれ者のハンターは、ギルド当局に気づかれる危険を冒していることになる。そういう行為に、ギルドは眉をひそめがちだからな」

「とりわけギルドにうまみがないときはね」リディアがやり返す。「だけどそのハンターがはぐれ者じゃなかったら？　ギルドの指示で動いてたら？」

「きみは本当にゴースト・ハンターを高く評価していないんだな」

「ギルドは所属メンバーが脇でちょっとお小遣《こづか》い稼ぎをするのを断固禁止してはいないだろうな、と思ってるだけよ。もちろんギルドに上前《うわまえ》を収めないなら話は別だけど」

「カデンスの超考古学者は全員、そこまでギルドに冷ややかなのか？」

「いいえ」リディアがパンの小さなかたまりをオリーブオイルに浸した。「信じられないかもしれないけど、元同僚の中には、ハンターをちょっとセクシーだと思ってる人もいたわ。実際に関係を持った人もいる。わたしの友達で〈シュリンプトン博物館〉で働いてるメラニー・トフトなんて、何週間かハンターと交際したことがあると言ってたわ」

エメットは彼女がからかっているのだと思った。数秒後、ようやく冗談ではないと気づいた。「ハンターと関係を持つことに、きみはあまり惹《ひ》かれないということか？」

リディアが片手を一振りしてその問いを払いのけ、パンにかぶりついた。「その件についてのわたしの意見なんてどうでもいいでしょ。わたしたちには考えるべきもっと大事な問題があるわ」

「いいだろう。話を戻すと、きみがいくつかのことに注意してくれるなら、日中はさほど心配しなくていいと思う。問題は夜だ」

「それで？」

「それで」エメットはゆっくりと言った。「どうしても契約を打ち切らせないと言うなら、今夜、きみはルームメイトを迎えることになる」

リディアが驚きに言葉を失って彼を見つめた。どうやらこの女性は、エメットも強情になれるとは思っていなかったらしい。だがあんな風に脅迫されて、代償を払わせずにおくものか。

もちろんそれほど大きな代償ではない。リディアの唖然《あぜん》とした表情でじゅうぶんだ。

9

「ねえ、過剰反応だと思わない？」

「思わない」エメットはスライダーの後部座席に手を伸ばし、小さなダッフルバッグをつかんだ。

リディアのアパートメントに戻る途中、宿泊しているホテルに寄って、今夜使いそうなものを拾ってきた。剃刀《かみそり》と着替えと、女性の部屋に一晩泊まる男に必要な身の回りの品を。

残りの荷物は、明日の朝ホテルをチェックアウトするときにまとめよう。チェックアウトすると想定して。というのも、リディアがソファを明け渡してバスルームを共有するというのがどういうものかを悟り、この依頼への熱意を失う可能性は消えていないから。なにしろリディアのアパートメントは極小だ。

「まあ、そこまで強情に言うなら――」

「言うとも」エメットは請け合った。「強情さは私のもっとも顕著《けんちょ》な特徴の一つだ」

「でしょうね」リディアが鋭い目で彼を睨んでからドアの取っ手をつかんだ。

エメットは運転席側のドアを開いて車からおりた。反射的に、狭くて薄暗い駐車場をチェックする。今夜は満車だ。アパートメントの住人の車は、大半が塗装が剝《は》げてフェンダーが歪み、暗がりにぼんやりと浮かびあがっている。壁際には大きなごみ容器が置かれていて、いまにもごみがあふれだしそうだ。中に収まりきらなかったのだろう空《から》のダンボール箱が、脇に積み重ねられていた。

〈デッド・シティ・ビュー・アパートメント〉にはあきらめの空気が漂っている。まるで住人全員が希望と上昇志向を失ってしまったかのようだ。

リディアをのぞく全員が。彼女がエメットの依頼を手放そうとしない理由なら、それほど考えなくても推測できた。金《かね》のためだけではない。エメットは、じゅうぶんな金を払って契約を終了させるという提案もしたのだ。きっとリディアにはリディアの計画があって、ふたたび地下に潜り、遺跡で働くことを目指しているのだろう。そんなリディアにとって、エメットは〈シュリンプトンの古の恐怖の館〉から脱出するための切符なのだ。

リディアと並んで歩きながら、セキュリティの壊れたドアに向かった。「ここの鍵が壊れていることは、大家に伝えてあるんだろうな？」

「ええ。エレベーターの故障と、ほかの問題点いくつかを知らせた手紙で一緒にね」リディアが言う。

二人は階段をのぼりはじめた。

「明日の朝いちばんに鍵を直そう」エメットは言った。

リディアが驚いてちらりと彼を見た。「あなたの問題じゃないのに」

「いまでは私の問題だ。この建物の安全性に既得権があると言ってもいい」

リディアは反論したそうな顔だったが、結局はなにも言わなかった。おそらく五階までの長い道のりをのぼりきるために、息を残しておきたかったのだろう。

　彼女を責められない。三階の踊り場に着いたとき、エメットはちらりとリディアを見た。

「エレベーターはいつから壊れている？」

「二、三カ月前よ。その前から危なっかしかったのに」

「どうりできみはスタイルがいいわけだ」

「ありがとう、と言っておくわ」奇妙な表情でエメットを見る。「わたしと一緒にいるってことは、定期的にこの階段をのぼりおりしなくちゃいけないってことよ。大家のドリフィールドが近々エレベーターを修理させるとも思えないし」

「そう簡単に私を追い払うことはできないぞ」エメットは返した。

　リディアが呻いた。「やっぱり」

　並んで五階までたどり着き、今度は薄暗い廊下を歩きだした。

「この廊下の天井の電球も新しいのに取り替えよう」

「あなた何者？　ミスター・修理屋？」

「昔からものを修理するのは好きだった――」エメットが言葉を切ったのは、ゴーストの気配を感じ取ったからだった。

「くそっ」ダッフルバッグを床におろす。「部屋の鍵を寄こせ」

「ええ？」リディアは鍵を取りだしたものの、手渡そうとはしなかった。「どうかした？」

「早く鍵を」エメットはリディアの手から鍵を奪い取り、廊下をさらに進んだ。「そこにいろ」

彼女が命令に従うかどうか、わざわざ待って確認しなかった。従う可能性は、よくて五分五分だろう。リディアは命令されることを好まない気がする。

だがいまは命令をくり返している時間などなかった。不安定な不和エネルギーが近くで揺らめいている。その発生源がリディアの部屋だという可能性は、極めて高い。

エメットは彼女の部屋の玄関にたどり着くと、鍵を錠に挿しこんで微弱なエネルギーを送りこみ、ノブを回した。

毒々しい緑色の光がドアの隙間から漏れだした。

エメットは大きくドアを開け、ゴーストを目の当たりにした。

ごみ箱の蓋サイズの緑色の球体が廊下で脈打っている。不気味な光の中で、エメットは壁際に一人と一匹の姿を見つけた。ゼーンはぎゅっと縮こまっている。ファズはその腕の中で狩りの目を光らせていた。小さな白い牙がきらめく。ゼーンもファズも動かない。ゴーストのエネルギーの先端は、ファズを必死に守ろうとしているゼーンの腕からほんの数センチだ。

エメットは一瞬、神経を集中させ、ゴーストの荒々しいエネルギー・パターンを解読した。複雑ではないし、弱い。訓練も経験も積んでいないアマチュアの仕事だ。が、だからといって、ゼーンやファズに触れても不快なダメージを与えないということにはならない。

エメットは数秒、火の玉のようなゴーストと共鳴した。完全に波長が合ったとき、共鳴パターンを乱して破壊する不和心的波動《ディソナント・サイキック・ウェイブ》を送りだす。腕時計の琥珀がほのかに熱を帯びた。

ゴーストがぱっと燃えあがって何度か明滅し、存在していたのが嘘のように消えた。

急におりてきた闇の中では、ゼーンとファズは片隅の影にしか見えなかった。

「ゼーン？」

「寝室に男がいるんだ」ゼーンが緊張してかすれた声でささやき、よろよろと立ちあがった。「ロンドンさん、向こうはナイフを持ってるよ。脅されたんだ、もし俺がちょっとでも逆らったらファズを殺すって——」

「ここから出ろ。ファズを連れて。早く」

ゼーンは反論しなかった。ダスト・バニーをしっかり抱いて、開いたままの玄関を目指して走っていった。ファズの琥珀色をした狩りの目が闇の中で燃えていた。

「ゼーン」リディアが戸口から叫ぶ。「なにがあったの？　大丈夫？」

「もちろんさ」

金属が擦《こす》れる音がした。音は寝室から聞こえており、暗い廊下に大きく響いた。エメットの頭に窓のことが浮かぶ。ここは地上からは五階分の高さがあるものの、屋上からはすぐだ。危険ではあるが、もし侵入者がじゅうぶんに身軽で大胆ならば、窓から抜けだして屋上によじのぼれると判断するかもしれない。

それ以外にこの部屋から出る経路は、玄関だけ。

エメットは物音に耳を澄ましつつ廊下を進んだ。

また金属が擦れる音が聞こえ、続いて鈍い衝撃音がした。侵入者は窓を開けることに成功したらしい。

エメットは寝室のドア横の壁に体を押しつけ、身を低くしてすばやく突入する準備をした。

「エメット」リディアのすらりとした姿が廊下の反対端に現れて、やや明かりを遮《さえぎ》った。

「なにしてるの？　お願いだから戻ってきて。向こうはナイフを持ってるって、ゼーンが」

前触れもなく、新たなゴーストのエネルギーが廊下で熱を放った。エメットからそう遠くない。毒々しい緑色の光が広がる。先ほどより小さい。侵入者は弱っているのだ。あるいは、逃げることに意識を取られているのか。

「危ない」リディアが叫んだ。

その後ろでゼーンが飛び跳ねる。「わあ、またゴーストだ！　見てよ、リディア」

エメットはつかの間集中し、新たなゴーストをエネルギーの波動でなぎ払った。

「すっごい」ゼーンが騒ぎ立てる。先ほどまで声からにじみだしていた恐怖は、いまや興奮に取って代わられていた。「ロンドンさんがやったこと、見た？」

エメットはリディアの反応を確認しなかった。これほど廃墟から離れていると、ゴーストを召喚するほうが追い払うより難しい。エネルギーを大量に使うので、急速に体力を消耗するのだ。

侵入者は二つ目のゴーストを召喚して、かなりの体力を消耗しただろう。窓から抜けだすために取っておくべきだった体力を。いまこそつかまえるチャンスだ。

エメットは戸口から寝室に駆けこんだ。

ゴースト・ハンターは開いた窓に片脚をかけていた。夜空を背景に、体の輪郭がくっきりと浮かびあがっている。侵入者は激しくあがいて体を引きあげようとした。

エメットは、ブーツに包まれた足をつかんで強く引っ張った。ハンターは転がるように寝室に引き戻され、どさりと絨毯《じゅうたん》の上に着地した。

頭からかぶったストッキングの、目のところに開けた穴からエメットを見あげる。月光が手の中のナイフに反射する。エメットは慎重に敵の周囲を回り、突破口を探した。侵入者は床の上でくるりと転がってすばやく起きあがった。

エメットとの距離を詰めようとはしない。

「さがれ、この野郎」男が警告して、じわじわと寝室のドアに向かいはじめた。「俺の邪魔さえしなけりゃ、だれにも危害は加えない」

ひどく興奮しているな、とエメットは相手を値踏みした。完全に自分をコントロールできていない。ゴーストを立てつづけに召喚したせいで、神経が高ぶったのだろう。

「ここでなにをしている?」エメットはぎりぎりナイフが届かない距離を保ちつつ、相手のほうに進みでた。「これはいったい、なんのつもりだ?」

「おまえには関係ない」ゴースト・ハンターが威嚇《いかく》しようとしてか、ナイフで切りつけるような動きを見せた。「さがれと言っただろう」

「私に話したほうが身のためだぞ」エメットは穏やかに言った。「さもないと、警察とギルドに話をすることになる」

ゴースト・ハンターがかすれた声で笑った。「警察には俺を傷つけることはできないし、ギルドは俺に手出しできない」

男はもう戸口まで来ていた。エメットから一瞬たりとも目を離さずに、戸口を抜けて廊下に滑りだす。

「昨夜ここにゴーストを出現させたのもおまえだな？」エメットはまるで世間話でもしているかのような、さりげない口調を保った。「なぜリディアに警告を与えた？」

「黙れ！　おまえのくだらない質問になんぞ答えられるか」男はそう言うと、危険を冒してちらりと肩越しに振り返った。背後の逃走経路を確認するために。

男が向きなおったとき、エメットはゴーストとともに待ちかまえていた。大きなゴーストと。

緑色のエネルギー体が侵入者の目の前で脈打ち、恐ろしく複雑なゴーストだけが放つ奇妙な光で室内を満たした。

「ばかな！　こんなの聞いてないぞ」ゴースト・ハンターはくるりと向きを変えて短い廊下を駆けだした。

そこに置かれていた小さなエンドテーブルにぶつかってよろめき、態勢を立てなおしてふたたび玄関広間へと駆けだす。パニックを起こしているのは明らかだ。エメットのゴーストを消そうともしなかった。

ゴーストについて厄介なのは、操ることはできるものの、すばやく動かすことはできない点だ。侵入者はやすやすと、エメットが召喚したゴーストを振り切れてしまう。

一方、ゴーストはエメットの行く手をふさいでいる。エメットはエネルギー・パターンを解除した。ゴーストが消え、エメットは戸口から廊下へ飛びだした。

前方では、侵入者が階段を目指していた。エメットはあとを追った。

「追わないで、エメット」リディアが言う。「そいつはナイフを持ってるわ」

エメットが心配しているのはナイフではなかった。侵入者がすでに階段吹き抜けにたどり着いており、いまにも駆けおりようとしていることだった。

入植者をたたえる記念碑のようながっしりした体つきの中年の女性が、ちょうど階段をのぼってきた。大きな乳房を覆うTシャツの胸のところには、スパンコールで〈不和は不可避〉というメッセージが記されている。廊下の頼りない明かりの中で、エメットは侵入者が驚き慌てるのがわかった。そして、躊躇するのが。

間違いない、人質候補が転がりこんできたことを悟ったのだ。

「床に伏せろ！」エメットは女性に向かって叫んだ。「早く！」

エメットが大いに安堵したことに、女性はみごとなスピードで状況を見極め、正しい結論にたどり着いた。大理石が倒れるように女性が床に伏せると、大きな音が響いた。

ゴースト・ハンターは手を伸ばして女性の上着をつかもうとしたが、この巨体を引き起こすことはできないと遅ればせながらに悟り、人質というアイデアを捨てた。

くるりと向きを変えて階段吹き抜けに飛びこむと、ブーツの音をやかましく響かせながら、猛スピードでおりていった。

エメットは突っ伏している女性を飛び越えて、階段の踊り場に着地した。

「いったいなにごと？」女性が用心深く顔をあげて尋ねた。「あんたはだれ？」

「話はあとだ」エメットは急降下に備えて階段の手すりをつかみ、侵入者を追った。

ゴースト・ハンターの足音はすでに遠のきつつあった。もう追いつけないだろうし、またゴーストを召喚したくない。いつまたほかの階からだれかが現れないともかぎらないのだ。ゴーストとの遭遇で、このアパートメントの住民がエメットに親近感を覚えることはないだろう。それに、考慮すべき法の問題もある。

二階までおりたとき、敵がセキュリティの壊れているドアをばたんとたたきつける音が聞こえた。

逃したな、とエメットは思った。

侵入者は俊足だった。若くて運動神経のいい男のスピードと身軽さを備えていた。だが自分のサイキック・エネルギーを制御する訓練は、まだ受けていないらしい。エメットが召喚した大きなゴーストを見て、パニックを起こした。実地での多岐にわたる作業からしか得られない経験を明らかに欠いていた。ということは、十代後半。

つまり、甥のクインと同じくらいの年齢だ。

エメットが手すり越しに身を乗りだすと、ストッキングをかぶった人物が駐車場に駆けだしていくところだった。地上にたどり着いたときには高速回転するエンジンの高い唸りが響いて、可能性が完全に消えたことを告げた。十五センチ幅の光の帯が不意に暗闇に現れた。四人乗り自動車コースターを特徴づける、光るフロントグリルだ。

車の助手席側のドアがばたんと閉じた。コースターは停められた車のあいだを滑るように進み、まっすぐエメットのほうへやって来た。

エメットは、古びた小型車のあいだの暗い隙間に飛びこんだ。コースターが唸りながら通りすぎる。獲物を取りあげられた飢《う》えた獣《けもの》のように。

獣は振り返らなかった。エメットは小型車のあいだにたたずみ、車が唸りながら小さな駐車場を抜けて通りに出ていくのを見送った。数秒後、車は角を曲がって消えた。

まだその場に立って考えていたとき、リディアが、続いてゼーンも駆けだしてきた。

「なんてこと！」リディアが人気《ひとけ》のない通りに目を凝らす。それからくるりとエメットのほうを向いた。「大丈夫だった？」

「ああ」エメットは深く息を吸いこんで、ゆっくりと吐きだした。「大丈夫だ」

どうせいつまでも秘密にしてはおけなかった。リディアは賢い女性だ。遅かれ早かれ、エメットがゴースト・ハンターだということに気づいていただろう。

10

「落ちこむことないよ」オリンダ・ホイトがばしんとエメットの肩をたたいた。「もしつかまえてたって、朝には逃げだしてただろうしね」

たたかれた衝撃でよろめきそうになるのを、エメットはかろうじて耐えた。オリンダは繊細な小鳩《こばと》というタイプではない。何年も業務用の鍋やフライパンを操り、カフェの客に給仕してきたおかげで、立派な筋肉の層を蓄えていた。

先ほどオリンダが階段吹き抜けから現れたときに、エメットがちらりと目にした〈不和は不可避〉Tシャツのスパンコールは、リビングルームの明かりの下ではいっそうきらきらして見えた。無数のラインストーンがまばゆいベルトを通したタイトなジーンズは、みごとな太腿《ふともも》を覆っている。足を包むランニングシューズを飾るのは蛍光ピンクの靴紐だ。長い灰色の髪はポニーテールにまとめられていた。

断じて、人ごみの中で目立たない女性ではない。

エメットはそんなことを思いつつ、オリンダの見解に答えた。「ああ、おそらくは」

「ロンドンさんがあいつにぶちかましたゴースト、すごかったなあ」ゼーンがもう百回目ではないかと思う言葉をくり返す。「見せたかったよ、オリンダ叔母さん。でっかいんだ。戸口を完全にふさいじゃってさ――ここはデッド・シティでもないのに」

「見られなくて残念だよ」オリンダがウインクをする。「だけど心配ないからね、ゼーン。じきにおまえもそれくらい大きなゴーストを出せるようになるんだから」

「相手のゴーストがつまんなく思えたなあ」ゼーンがうっとりと言う。

エメットは、ゼーンの前にお茶を置くリディアの顎がこわばったのに気づいたが、ゴーストを使った戦いについて、彼女はなにも言わなかった。

「本当に大丈夫なの？」リディアがゼーンにまた尋ねた。「怪我《けが》させられなかった？」

「まさか。大丈夫だって」ゼーンがお茶には見向きもせずに言う。エメットから目を逸らせないらしい。

ゼーンの目にありありと浮かぶ英雄崇拝に、エメットは呻き声を漏らしたくなった。リディアはこの展開をよしとしないだろう。

「最初から整理しよう」エメットは穏やかに言った。「なにが起きたか話してくれ、ゼーン」

「いいよ。言ったとおり、俺は宿題を終わらせて、家に帰る準備をしてるところだった。で、ドアを開けたら廊下にあの男がいたんだ。ストッキングをかぶってたから、見えたのは目だけ。ファズはいやな気配を嗅《か》ぎとったんだろうな、すぐに唸りだしたよ」

エメットはゼーンの前にしゃがんだ。「男はなにか言っていなかったか？　リディアを名前で呼んでいたか？　ここに住んでいるのがだれか知っている様子だったか？　それとも空き巣に入る部屋を探しているようだった？」

「わかんないよ。最初は俺と同じくらい、向こうも俺を見てびっくりしたみたいだった。留守だと思ってたんじゃないかな。でも俺がなんの用だって訊く前に、あいつがゴーストを出して。俺は必死でどうにかしようと――」ゼーンが急に言葉を止めた。「でも、なにもできなかった」

「いいんだ、ゼーン」エメットは細い肩に手を載せた。「人は自分の持っているもので対処しなくてはならない。きみにはまだゴーストを消すだけの力がないし、訓練も受けていない。だからもっと重要なことをした。落ちつきを保った。パニックを起こさなかった。そしておそらくファズの命を救った」

ゼーンが即座に顔をあげた。「ファズは攻撃したがったんだけど、俺が手を放したら、あいつにゴーストで感電させられるのはわかってた。それに、あれだけ大きなゴーストには、ファズくらい小さなものは殺せるってわかってた」

「エメットの言うとおりね」リディアがファズの薄汚れた灰色の毛を撫でた。「あなたはファズの命を救ってくれたんだわ。もしあなたがここにいなかったら、ファズは襲いかかってただろうし、それでおしまいだったと思う」

ゼーンがリディアの膝に乗っているダスト・バニーを見た。「あいつ、ゴーストを使って俺とファズを部屋の隅から動けなくさせたんだ。それからあちこち引っかきまわしはじめた。なにか売り払えそうなものを探してたんだと思うけど、リディアの共鳴画面は目に入らないみたいだった」

「驚くことじゃないわ」リディアが言う。「少なくとも八年前のものだから。数カ月前にボロ市で見つけたの。その男が目をつけなかったのも、もっともよ」

オリンダが鼻を鳴らした。「そんなに古いのを使わなくても、すてきな最近の型のを見つけてあげるって言ったのに」

「で、わたしはいらないと言った」リディアが返す。「トラックの荷台から落っこちたんじゃない器具を買うほうが好きなの。そのほうが、保証書が手に入りやすいから」

「はいはい。好きにおし。あたしはただ、なんで人生のささやかな楽しみを自分から奪っちゃうのかわからないってだけ。それも、その品物がどこから来たかはっきりわからないのはいやだって理由だけで」

エメットは二人に目配せをして黙らせてから、もう一度ゼーンのほうを向いた。「侵入してきた男がなにを探していたか、思い当たらないか？　あちこち引っかきまわしていたときに、なにか口走らなかったか？」

「とくになにも」ゼーンが唇を噛んで懸命に考える。「悪態はいっぱいついてたよ。ぴりぴりしてるみたいだった。車に仲間を待たせてたから、焦ってたんじゃないかな」

「だろうな」エメットはちらりとオリンダを見た。「あなたはなにも見ませんでしたか？」

「見なかったね」オリンダが首を振る。「なにかおかしいって最初に気づいたのは、カフェを閉めてあのいまいましい階段をのぼってうちに帰ってみたら、甥のゼーンがいなかったときよ。リディアの家の共鳴画面の前で眠っちまったのかもしれないと思って、五階まで来てみたら、ナイフを持った男の姿が目に飛びこんできて、あんたに伏せろと怒鳴られて。さっきの状況についてあたしが知ってるのはそれだけ」

「わかった」エメットは立ちあがった。「今夜はこれ以上話しても無駄だろう。みんな少し眠ったほうがいい」

「警察に通報するのかい？」オリンダがごく自然な口調で尋ねた。

エメットはリディアのほうを向いた。「通報することもできるが、たいして意味があるとは思えない。だれも怪我はしていないし、なにも盗まれていない。警察はだれかを寄こして調書を取ることもしないだろう」

「ふん。このあたりじゃあ、そうだろうね」オリンダがつぶやいた。「もしこのアパートメントが廃墟《ルーイン》ビュー・ヒルの上にあったなら、こっちが小便したいと言い終える前に警察はだれかを寄こしてるだろうに」

「洞察に満ちた意見をどうも」リディアが言った。「手がかりがゼロじゃないことは忘れないで。今夜押し入ってきた男はゴーストを用いた。つまり、ゴースト・ハンターということよ」

「それも若いハンターだ」エメットは思わずつけ足した。「ほとんど訓練を積んでいない」

「確かなの？」

「まず断言していいだろう」エメットは、バルコニーへとつながるスライド式の窓に歩み寄った。「だがその二つの事実から導きだされるのは、容疑者候補はきわめて多いということだ。警察は忙しすぎて捜査してくれないだろうが、われわれには別の選択肢がある」

一瞬、エメットの背後に水を打ったような静けさが広がった。

「ギルドに相談することを言ってるの？」やがてリディアが尋ねた。

「ハンターが能力を用いて罪を犯したときは、その土地のギルドの出番だ」エメットは彼女に思い出させた。

「あの連中から話を聞きだせると思うの？」リディアが強い口調で言う。「悪気はないけど、エメット、ギルド自体がこの件に関わってるかもしれないのよ」

「それはないよ、リディア」ゼーンの声は感情で熱くなっていた。「ギルドはメンバーをちゃんと管理してるんだ。そんなのだれでも知ってるよ。〈不和の時代〉からこっち、ハンターははぐれ者になったメンバーの面倒を自分たちで見てきたんだ」

「そうよね、もちろん」リディアが辛辣《しんらつ》な声で言う。「どうしてわたしは自分の過去をこんなに簡単に忘れちゃうのかしら？　ギルドが自分たちで内輪の問題を処理することはみんな知ってるのに。ギルドのメンバーの一人がナイフを手に他人の家に侵入して、いろんな人をゴーストで怖がらせてると証明しようとしてる外部者に、ギルドが骨身を惜しまず協力しないとほのめかすなんて、わたしはいったいどうしちゃったのかしらね？」

エメットはリディアの声にこめられた皮肉を無視した。「明日、〈カデンス・ギルド〉のボスと話をする」

「マーサー・ワイアットと？」リディアが信じられないと言いたげな顔でエメットを見た。

「ただ訪ねていって玄関をたたけば話ができると思ってるの？　どうかしてるわ。あなたはこの町の人間でもないのに。それはつまり、いくらあなたがハンターでも、この土地のギルドのメンバーじゃないということよ。どうしてワイアットが会ってくれると思うの？」

「プロとしての礼儀から」

リディアが目をしばたたいた。「なんですって？」

エメットは肩をすくめた。「来たければ一緒に来るといい」

リディアはわずかにぎょっとしたようだが、すぐに立ちなおった。「遠慮するわ。明日はお葬式に出席するの」

オリンダが青ざめた。「あたしの知ってる人かい？」

「チェスター・ブレイディよ」

「ああ、そうか。そうだったね」オリンダが首を振る。「チェスターにとって、あんたはいちばん友達に近い存在だったものね。まあ、チェスターはそれほど人づきあいのいいほうじゃなかったけど」

「私も行こう」エメットは言った。「ワイアットと会うのは夜の七時だから」

リディアが眉をひそめた。「もう会う約束になってるの？　夜に？」

「ディナーに招待された」

これには全員がエメットをまじまじと見た。不自然なほど目を見開いていないのはファズだけだ。

「すごいや！」ゼーンが感動したように言う。「マーサー・ワイアットからディナーに招待されるなんて」

「たまげたね」オリンダが喘ぐように言った。

「同感よ」リディアも言った。「相手に近寄らなくて済むように、スプーンは柄の長いのを使うといいわ」

また玄室にいた。遠い昔のものだけど、水晶の壁から放たれる謎めいた緑色の光でほのかに光っている。この神秘的な光は危険だ。なぜならその下には、古代人《オールド・ワンズ》が地下迷宮を守るために配置していったイリュージョン・トラップとゴーストのエネルギーが隠されているから。

手前の小部屋の暗い入口が見える。この夢の中ではいつもそうするように、そちらへ歩きだす。そしていつもと同じように、背後に気配を感じる。振り返ろうとして、影が動くのを見たと思うや、寒気に襲われ……。

はっと目覚めたリディアは、体が震えているのに気づいた。一瞬、自分がどこにいるのかわからない。その感覚はいつもより強かった。けれど寒気を感じたのはこれが初めてだ。

また冷たい風がベッドに吹き寄せた。続いて、ガラスの引き戸が閉まるくぐもった音がリビングルームから聞こえてくる。リディアはようやく、今夜このアパートメントにいるのは自分とファズだけではないことを思い出した。エメットがここにいるという事実には、先ほどの夢と同じくらいうろたえさせられた。もしかしたら、先ほどの夢以上に。リディアはゆっくりと起きあがり、冷たい夜気とドアの音から察するに、エメットはバルコニーに出たのだろうと考えた。

　時計に目をやる。午前三時。ベッドに入ったのは午前一時だった。寝る前に部屋を片づけたいとリディアが強情に言い張ったのだ。だれも異を唱えなかった。朝でいいじゃないかと言う人はいなかった。全員がリディアに協力して、侵入者がめちゃくちゃにしていった部屋を片づけてくれた。まるで、リディアには混沌《こんとん》の中で眠るなど不可能だと全員が知っているみたいに。二時間近くかかって、すべてのものを正しい引き出しと戸棚に戻した。

　午前三時は、外の空気を吸いに出るにはおかしな時間だ。新しいルームメイトにはほかにも奇妙な習慣があるのだろうか。

「ファズ？」

　ベッドの足元でファズがあくびをし、薄く開いた昼の目が、月光の中で鈍く輝いた。

「いいのよ、眠ってて。起こしてごめんね」

　リディアはそっと上掛けをめくり、ベッドから抜けだした。そのままドアに向かいかけたものの、ふと思い立ってローブを取った。狭い生活空間をエメットと共有するには、こちらの習慣をいくつか変えなくてはならないようだ。あまり面倒くさいことにならないといいのだが。

　スリッパを履いてローブの腰紐を締めてから、リビングルームに入っていった。カーテンは開いていた。月光がソファを照らし、間に合わせの寝床が空っぽであることを明らかにしていた。

バルコニーに目を向けると、エメットがいた。ジーンズを穿いているものの、身につけているのはそれだけだ。ゆったりと手すりに寄りかかり、縦に細く見える緑色の壁を眺めている。月明かりの中では、その肩はやけに広く見えた。

リディアは一瞬ためらい、もっとよく彼の背中を見たいという衝動と闘った。でも、なにがいけないっていうの？　ここはわたしのアパートメント、あれはわたしのバルコニーよ。半裸で歩き回られたら、見てしまうのも無理はないでしょう？

なにしろ最近はほとんどそういうものを拝んでいない。ドアに近づいてガラス越しにのぞいた。月光が彫りあげた、男らしい筋肉の滑らかな線を。男性の背中は——少なくともこの男性の背中は——その人物について多くを語るものらしい。エメットには心身両方の力が備わっている。見る者の目を釘づけにする色気も。

そして優雅さも。それは気取らない無意識の優雅さで、完全な支配力から生まれるたぐいのものだ。内面からにじみだすたぐいの。エメットの態度のなにかが、その内面の支配力を大いに物語っていた——ただ手すりに寄りかかっているいまでさえ。リディアは適切な表現を探した。

〝芯がある〟。それ以上の言葉はない。この男性は自らの力量を知っていて、自らの決断をくだし、自らの目で他人を判断する。リディアについても、ライアンやかつての同僚と違って、精神分析医の意見を鵜呑《うの》みにしなかった。地下墓地での四十八時間を一人きりで生き延びた人物について、一般的な見解を受け入れなかった。リディアのことを、繊細すぎて仕事ができないと決めつけなかった。

まあ、そんなエメットもしょせんはゴースト・ハンターで、それも強力な一人だけど。世の中に完ぺきな人間はいないということだ。

リディアはガラスの引き戸を開けてバルコニーに出た。

エメットは振り返らなかった。「なにも問題はないか？」

窓の向こうからのぞき見ていたことをずっと気づかれていたような、落ちつかない気分にさせられた。

「でもないわ」リディアも手すりに寄りかかった。「今夜ゼーンとファズにしてくれたことには、いくらお礼を言っても足りないもの」

「こう言って少しは気が楽になるのなら、今夜の侵入者には、あの子たちに危害を加える気はなかっただろう。きみの部屋をあさるあいだ、邪魔にならないようにしておきたかっただけだと思う」

「かもしれない。だけどあの子たちが邪魔になってたら、ゴーストで火傷《やけど》させることを躊躇したとも思えない」

エメットはその可能性を否定することなく、ただ片方の肩をすくめた。月光の中でその動きは滑らかだった。

深呼吸しなさい、とリディアは自分に言い聞かせた。何度も深呼吸するの。

沈黙がおりた。リディアは近くの建物の暗い影を見つめた。エメットが夜の冷気を感じていないように見えるのは、いったいどういうわけだろうと考えながら。

「なぜ私が黙っていたか、知りたいんだろう？」しばらくしてエメットが尋ねた。

その問いの意味はリディアにもわかった。「あなたが不和エネルギー共鳴者《ディソナント》だということをなぜ黙っていたか？　理由はわかるわ。わたしは最初からゴースト・ハンターをどう思ってるか、はっきり示してたもの。あなたが能力を秘密にしたのも無理はないわ。あの状況では、そういう判断をくだして当然よ」

「同感だ」

リディアはローブのベルトを指でいじった。「それ以外の、レゾナンス・シティに住むビジネスマンっていう部分だけど。あれは本当なの？」

「ああ」

リディアはほっとした。「どうしてゴースト・ハンターとして生計を立てないのか、訊いてもいい？」

「しばらくのあいだは、そうしていた」

「なにがあったの？」

「辞めた」

リディアは星空を見あげた。「いいわ。これ以上話したくないっていうサインくらい、わたしにもわかるから」

　また短い沈黙がおりた。

「半年前に地下墓地で起きたことは、きみのチームにいたゴースト・ハンター二人の責任だと思っているんだろう？」エメットが言った。

　リディアは手すりを握り締めた。「言ったでしょう、半年前になにが起きたのかわからないって。思い出せないって」

「それでもきみはハンターを責めている」

「向こうはわたしの無謀さを責めたのよ。お互い、けんかすることに決めたの」

　エメットがうなずいた。「これ以上話したくないというサインを出せるのは私だけではないようだ」

「ええ、そうよ」リディアは横を向き、エメットの厳しい横顔を眺めた。「じゃあ、もう一度話題を変えましょう。あなたは、今夜ここで起きたこととゆうべわたしの寝室に現れたゴーストに関係があると思ってるのね？」

「明白すぎるほど明白じゃないか？」

　リディアは手すりを握る指に力をこめた。「二つの事件は無関係だと自分に言い聞かせようとしてみたわ。だけど認める、説得は失敗よ」

「ゆうべのゴーストは警告のつもりだったんだろう」エメットが夜闇を見つめて言う。「きみに小箱探しをやめさせるための。だが何者かが今夜きみの部屋をあさったのはなぜだ？

いったいなにを探していた？」

「見当もつかないわ」リディアはしばし夜闇を見つめてからふたたび口を開いた。「もしかしたら警察に通報するべきかもしれない」

「警察の手には負えないだろう。きみの友達のブレイディを殺した人間だって探しだせるかどうか。この件にはハンターが絡んでいる。そしてハンターには群れる習性がある。ギルドの協力が必要だ。つまりここカデンスでは、マーサー・ワイアットの助けが必要ということだ」

「だけど警察が彼に話してくれるかもしれないわ」

「いや」エメットが言う。「それはだめだ。警察を通したら、ワイアットは面子をつぶされたとみなすだろう。それにわれわれにしたところで、警察になにを話すというんだ？　ゆうべのゴーストと今夜の騒動だけでは、たいした被害とは思ってもらえない」

「あなたの甥が行方不明だってことは？」

「犯罪が絡んでいるという証拠はない。クインはもう十八で、幼い子どもとは呼べないから、警察も捜索しようとは思わないだろう。家族の問題だと言われるに決まっている。そしておそらくそのとおりなんだ。クインを見つけることは私の問題で、警察に訴えることではない」

「〈驚異の部屋〉は？」

「同様に、家族の問題だ。正確には盗まれたわけでもない。身内が骨董業者に売り払ったんだ。私の手元には領収証の写しもある。いや、警察に通報はできない。せめてわれわれがなにを相手にしているかを突き止めるまでは」

エメットの頑《かたく》なな態度を目の当たりにして、リディアの心を占めていた感謝の念が苛立ちに席を譲った。「警察に話したくらいで、どんな害があるっていうの？」

「まず、私の甥が殺されるかもしれない」

リディアは凍りついた。「どういうこと？」

「いま警察を巻きこめば、敵はますます地下に潜伏するだろう。この件の黒幕がだれにせよ、面倒を片づけるもっとも簡単なやり方は、警察の関心を集めているものを排除することだと結論をくだすかもしれない」

リディアはため息をついた。「つまり、あなたの行方不明の甥を消すことだと？」

「そうだ」

「いいわ。おかしな話だけど、あなたの言いたいことはわかった。警察はなし。いまのところは」

エメットが少しだけリディアのほうを向いた。「協力に礼を言う」

「忘れたの？　わたしはあなたの高額な個人コンサルタントなのよ。わたしの目標は顧客を満足させることだけ」

エメットはそれを無視した。「きみに手を引かせることができれば、どんなにいいか」

「言ったでしょう、わたしをクビにはできないわ」

エメットがまじめな顔でリディアを見つめた。「できたとしても、手遅れだ」

「それはどういう意味？」

「今夜ここで起きたことを考えれば、どういうわけか、きみはもうこの件にどっぷり浸かっているど思うしかないという意味だ」

リディアの体をまた寒気が襲った。今度は気温とは関係なく。「今夜、わたしもまったく同じ結論にたどり着いたわ。いつもはそう見えないかもしれないけど、本当はわたし、すごく賢いのよ」

「知っている。どうやらしばらくのあいだ、バスルームをシェアすることになりそうだな」

リディアの頭に不意にある考えが浮かんで、気がつけばにんまりしていた。

「どうした？」エメットが問う。

「大家が訪ねてきても、絶対に姿を見せないでね。長期間、人を泊めちゃいけない決まりになってるの。賃貸契約書に名前のない人間がこのアパートメントで暮らすのは契約違反だって、ドリフィールドは言うわ」

「大家が来たらベッドの下に隠れよう」

「その体じゃ入りきらないわよ。心配しないで。ドリフィールドが五階まで階段をのぼってくるとは思えないから」リディアは向きを変えて部屋の中に戻ろうとしたが、ふと思い出して足を止めた。「忘れるところだった。ゼーンとファズを助けてくれたことに加えて、別のことでもお礼を言いたかったの」

「なんだ？」

「わたしに神経過敏っていうレッテルを貼らずにいてくれたこと」おずおずと微笑んだ。

「わたしにとってはすごく大きなことなの」

「それがハンターからの意見でも？」

「自分はビジネスマンだって言わなかった？」

エメットがゆっくりと微笑んだ。「そうだった」

リディアはドアの取っ手をつかみ、開けようとした。

「もう一つ」エメットが穏やかな声で言った。

なんだろうと振り返ったリディアは、彼が手すりから離れていたことを知った。いまではリディアのすぐそばにいる。ほとんど触れそうな距離に。完全に夜景をふさいで。リディアが動けば、むきだしの胸に擦れてしまう。

深呼吸よ、とリディアは自分に言い聞かせた。もっと深呼吸をするの。

「なに？」と尋ねた。ああ、深呼吸なんて無理。急に息苦しくなってしまった。

「きみが神経過敏じゃないなら――」エメットがゆっくりと切りだした。

リディアは彼の顔を探った。「ないなら？」

「――私に手を出されたら気を失うと思うか？」

もはや息苦しいだけではなかった。酸欠だった。「それは仮定の質問？」

「いや」

エメットの手に肩をつかまれた。焦がすような感覚がリディアの体を走った。ゴーストのエネルギーに接触したときよりはるかに刺激的。全神経が目覚めて共鳴する。髪の毛は逆立っているのではないだろうか。

ゴーストと接触したときに似ているけれど、痛みはない。これっぽっちも。あるのはただ、得も言われぬ高揚感だけ。高度の共鳴、とリディアは結論をくだした。じつに高度な共鳴。

エメットがわずかに首を屈めた。唇が重なる。エメットのキスには、リディアが彼の背中をじっくり観察して導きだしたすべての要素が含まれていた。支配、力、男の色気。

深呼吸なんて知ったことか。最後にリディアが少しでも〝親密な関係〟と呼べそうなものを結んだのは、ずいぶん前のことなのだ。そしてここはリディアのバルコニーだ。

両手を広げて彼の胸に押し当てた。肌の熱さが心地よく手のひらを焼く。唇の緊張がほぐれた。

エメットが呻いた。体の奥深くで芽生えた飢餓感《きがかん》の声に違いない。それを耳にしたリディアは、警戒して当然なのに、ますますスリルをかきたてられた。ためしに指を動かして、皮膚の下のたくましい筋肉を味わってみた。

その途端、肩をつかんでいたエメットの手に力がこもり、彼の熱と強さに呑みこまれた。エメットの片手が背中を滑りおりてお尻をさすり、丸みを愛撫《あいぶ》する。

と思うや引き寄せられて、二人の下半身が密着した。ジーンズとバスローブに遮られていても、エメットの股間にそそり立ったものを、リディアははっきりと感じた。

急に自分の脚のあいだに生じた潤いも。

エメットが片手を離してドアの取っ手をつかんだ。

「中に入ろう」唇越しにささやく。「ここは狭い」

リディアは異を唱えなかった。確かにこのバルコニーはとても狭い。

エメットが彼女をリビングルームに連れ戻そうと、ドアを開けた。リディアは一つ一つの動きを意識した。両足が床を離れる。乱れた上掛けとソファの座面が背中に触れる。首を回して枕に出会うと彼のにおいを感じた——陶然とさせられる、まさに男らしい、独特なにおい。イリュージョン・トラップの中のもつれたエネルギーに負けないくらい刺激的。そして、負けないくらい危険。

彼の両手が離れた途端、リディアはふたたび室内の冷気を感じた。

目を開けて見あげると、エメットがそびえるように立っていた。彼の指は忙《せわ》しなくジーンズの留め金を外そうとしている。

高まるエネルギーが、近くで目に見えない火花を散らす。エメットのすぐ後ろで小さな光が瞬くのが見えた。エメットがその光を放っているのだ。おそらくは無意識のうちに。

また小さな緑色の光が瞬いて、リディアはいきなり現実に引き戻された。ゴーストを召喚して間もないハンターとの性交渉がどんなものか、聞かせてくれたメラニーの言葉が、どこからともなくはっきりとよみがえってきた。〝能力を使うことで、ゴースト・ハンターは信じられないくらい勃起《ぼっき》するのよ。すごくむらむらするの。不和エネルギーを行使することの余波みたいなものでしょうね。専門家は、ホルモンかなにかに関係があると思ってるらしいわ〟

リディアは凍りついた。エメットが彼女と行為に及びたがっているのは、先ほど超能力を使ったことの副産物だなんて、耐えられない。いまならどんな女性でもかまわないだなんて、考えただけで落ちこむ。

「ちょっと待って」リディアはさっと起きあがり、髪をかきあげて目から払いのけた。深呼吸よ。「こんなことしちゃいけないわ。絶対に。こういうことがビジネス上の関係に支障を来《きた》すのは、だれだって知ってることよ」

ジーンズの腰あたりで動きまわっていたエメットの両手が止まった。しばらくのあいだ、彼は無言だった。その後ろで小さな緑色の光が瞬いて、消えた。

「きみの言うとおりだ」やがてエメットが言った。「そんなことはだれだって知っている」

そんなにあっさり同意しなくても、とリディアは苛立たしい気持ちで思った。少しくらい反論してくれたっていいのに、と。

それでも意志の力を振りしぼってどうにか平然とうなずき、ソファから起きあがった。

「いまのは特別な状況のせいよね。あなたが悪いんじゃないわ。百パーセント理解してるつもりよ」

「それはよかった」エメットの声を聞きながら、リディアはそそくさとローブを整えて腰紐を締めなおし、廊下に向かいはじめた。「理解力のある女性ほどすばらしいものはない」

「友達のメラニーが全部説明してくれたの」

「すばらしい。彼女がなにを説明したのか、訊いてもいいか？」

「ほら、ゴースト・ハンターが能力を使うと影響を及ぼされるって話よ、その、リビドーに」

「リディア――」

「いいのよ。ほんとに」両手を振りながら後退する。「どんな種類の能力も、それなりの奇妙な効果をもたらすわ」

「奇妙な効果」エメットがやけに落ちついた口調でくり返した。

「心配しないで。朝にはあなたも正常に戻ってるはず」

「本当にそう思うのか？」

「メラニーが言ってたもの、効果は一時的なものだって」間をおいて返事を待ったが、なにも返ってこなかったので、リディアはくるりと向きを変えて自分のベッドという安全圏に引き返した。その途中、小さなエンドテーブルの存在を忘れていたので、角に膝をぶつけてしまった。朝には痣《あざ》ができているだろう。それも、一つではない。もう少しでエメットの誘惑に流されるところだった。

どちらの痣も、表からは見えないことを祈ろう。

11

共同墓地〈永久《とわ》の響き〉は、起こりを植民地時代にまでさかのぼるため、歴史的な価値はあるものの、終《つい》の住処《すみか》としてはいちばん人気があるとは言えない。もっとも古い墓石は開拓者数名が眠る場所を示しているが、いまでは欠けて汚れて風雨で傷んでいる。好き放題にスプレーで落書きをされた墓標も少なくない。そして至るところに雑草がはびこっていた。

明け方はすっきり晴れていたのに、いまは西のほうから雲が流れて来つつある。日没までには降りだすだろう。冷たいそよ風がすでに木の葉を揺らしていた。

目に映る唯一のいきいきとした花は、リディアが途中で摘《つ》んできたものだ。その花束をチェスターの墓に捧げたとき、驚いたことに涙がこみあげてきた。

背筋を伸ばしてハンカチを探した。アパートメントを出る前にショルダーバッグに入れ忘れたことを、遅ればせながらに思い出す。あのときは泣く予定はなかったのだ。まさかチェスターの葬儀で。チェスターは盗人で嘘つきでたいへんな厄介者だったのに。

ああ。血まみれ《ブラッディ》。石棺の中に横たわるチェスターの遺体がまざまざと脳裏によみがえってきた。熱い涙があふれ、頬を転がり落ちる。チェスターについてどんなことが言えようと、彼はだれも殺さなかった。だれにも彼を殺す権利はない。

エメットが大きな白い布をリディアの手に押しこんできた。

「ありがとう」リディアは急いで目を押さえた。「チェスターはそんなにいい人じゃなかったのよ」

「知っている」

「人間って、家族がいないと、おかしな人とつるむものなの」リディアは鼻をかみ、自分のしたことに気づいて、慌ててハンカチをバッグに突っこんだ。「洗って返すわ」

「急がない」

リディアは話題を変えようと周囲を見まわした。この日の朝にバスルームの戸口で鉢合わせして以来、二人のあいだには、そこはかとない緊張感が漂っていた。

昨夜二度目にベッドに潜ったあと、リディアは二人のあいだの状況にどう対処したものかと、じっくり考えてみた。その結果、朝にはエメットも能力を使った余波から立ちなおって、あんな風に手を出したことを気まずく思っているだろうという結論に至った。

きっと彼はなにもかも後悔しているに違いないと思ったリディアは、なにもなかったふりをすることにした。残念ながら、昨夜の熱いくちづけの話題をリディアが断固として避けてみても、エメットの機嫌はよくならなかった。朝からずっと陰気で口数が少ない。

「オリンダが言ったこと、一つは当たってたわね」二人で車に戻る途中、リディアは言った。

「葬儀に来たのはわたしたちだけだった」

「でもないさ」エメットが言い、リディアの向こうの駐車場を見やった。

リディアが驚いて彼の視線を追うと、アリス・マルティネス刑事の見覚えのある姿が特徴のない青い車のフェンダーに寄りかかっていた。

「すてき」リディアはつぶやいた。「今日を輝かせるために、まさに必要としてたものよ。ここでなにしてるのかしら。生前のチェスターと知り合いだったわけでもないのに」

「挨拶したほうがいいだろう。気づいてしまったからには」

エメットがリディアの肘を取り、刑事のほうへと連れていく。マルティネス刑事は顔を包みこむ形のサングラスでその表情を隠したまま、歩いてくる二人を見つめていた。

「おはよう、刑事さん」リディアはサングラスに怯《ひる》むことなく言った。「葬儀に代表を寄こすなんて、警察も親切ね。そんな予算が警察にあったなんて、知らなかったわ」

「そう噛みつくな、リディア」エメットが言う。「マルティネス刑事がここに来たのはきっと仕事の延長だ。そうだろう、刑事さん？」

「どうも、スミスさん」マルティネス刑事がリディアに言い、それからエメットに会釈をした。「ロンドンさんも。じつは今日は私人として来たの」

「殺人者は犠牲者の葬儀に現れるという昔ながらの論理に基づいて？」エメットがさりげなく尋ねた。

「実際にどうなるかは蓋を開けてみなければわからないでしょう？」刑事が言った。

「今日ここに来たのはエメットとわたしだけよ」

「そのようね」

「それはつまり、殺人があった日から捜査は進展してないということね。いまも同じ二人の容疑者を調べてるんだもの。エメットとわたしを」

「そうとも言えないわ」刑事が応じた。「ロンドンさんは容疑者じゃないのよ。始めからね。彼のアリバイは完全だったわ。あなたのアリバイは、少しばかり裏づけるのが難しいけれど。自宅でベッドに潜っていた、だったわね？　一人きりで。そういう話を立証するのは容易じゃないの」

「反証を挙げるのも容易じゃないわ」リディアは言い返した。

エメットが割って入る。「捜査中の刑事を侮辱するのは、善良な市民のやることとも捜査に協力的な態度ともみなされにくいぞ、リディア」

リディアは顔が赤くなるのを感じた。「わたしはただ、マルティネス刑事はここで時間を無駄にしてるんじゃないかと思っただけよ。だって、葬儀に現れるほど愚かな殺人犯がこの世にいる？」

刑事がフェンダーから体を起こして運転席側のドアを開けた。「昔ながらの論理がどんなによく当てはまるか、聞けばきっと驚くわ。いずれにせよ、試してみる価値はあるわね」

「なにか手がかりは見つかったの？」リディアは尋ねた。

「使えそうなものはとくに」刑事が言う。「だけどちょっと気になることが見つかったわ」

「どんな？」

「ブレイディのアパートメントと店を調べようと、訪ねてみたんだけど」刑事が言う。「だれかに荒らされたあとだったの。どうやらなにかを探していたようね。部屋も店もめちゃめちゃにひっくり返されていたわ」

リディアは隣りでエメットがひどく静かになったのを感じた。刑事を見つめて言った。

「だれがチェスターの部屋をあさりたがるの？」

「わからない。あなたにも心当たりはないわよね？」

「チェスターとつき合いがあった人間に、立派な市民はそう多くないわ」リディアは言った。

「もちろん、ここにいる人間をのぞいて」エメットがそっと口を挟んだ。

リディアはちらりと彼を見て、自分のことを言われたのだと悟った。刑事はそんな二人をじっと見ていた。

「チェスターは〝廃墟のネズミ〟だったから」リディアは言った。「そこそこ価値のある遺物をたまに見つけていたわ。部屋と店を引っかきまわしたのがだれにせよ、その人物はチェスターが死んだと聞いて、警察の手が入る前にめぼしいものを探してみようと思い立ったんじゃないかしら」

「あるいは、その人物こそ殺人犯で」刑事が言いながら運転席に乗りこむ。「正体を突き止められないよう、証拠を消そうとしたのか」ドアを閉じようとする。

「待って」リディアは車に歩み寄った。「私人としてここに来たって、どういうこと？」

刑事が首を回し、人気《ひとけ》のない墓地を見渡した。陽光がサングラスに反射する。一瞬、リディアは刑事が答えないものと思った。

「上司からは、いいかげんに優先順位をつけることを覚えろと言われるわ」刑事が言った。

「つまりチェスター・ブレイディの死は、あなたのボスの華々しい捜査リストの中で高い位置を占めてないということね？」リディアは尖った声で言った。

「ええ。じつは月曜に、ブレイディ殺人事件の捜査は後まわしにすることが決まったの。この事件にかける時間も人員も足りなくてね。もっと力を注ぐべき事件はほかに山ほどある。だけどわたしは今朝は非番だったから、葬儀に出ても害はないと判断したの。言ったでしょう、実際にどうなるかは蓋を開けてみなければわからないって」

リディアの心を、もしかしたらこの女性を好きになれるかもしれないという思いがよぎった。「関係者としてお礼を言うわ」

刑事が一つうなずいて、車のイグニッションを共鳴させた。

リディアは、墓地の外へと続く細い道を去っていく車を見送った。それからエメットのほうを向いた。

「ふう、危なかったわね」

「なにがだ？」

リディアは顔をしかめた。「マルティネス刑事の話を聞いたでしょう？　だれかがチェスターの店と部屋をあさったことが警察に知れたのよ。あなた言ってたじゃない、小箱を見つける手がかりを探して店に押し入ったって。そのときに、わたしが映ってる写真を見つけたんでしょう？」

「私のあとにだれかが侵入したに違いない」エメットが考えこんだ顔で言う。「私はなにもかもともどおりにしておいた。写真をのぞいて」

「確かなの？」

「もちろんだ」

リディアは下唇を嚙んだ。「じゃあ、そのだれかが――」

「ああ。そのだれかが昨夜きみの部屋を引っかきまわしたのかもしれない」

リディアは身震いをして、だれもいない墓地を見渡した。「殺人犯は葬儀に現れるっていう昔ながらの論理が、今回は当てはまらなくて残念ね」

エメットが上着のポケットに挿していたサングラスを取って装着した。ふたたびリディアの腕を取ると、スライダーのほうへ連れていく。

「その論理が当てはまらなかったと断言はできない」エメットが小声で言う。

「どういう意味？」

「墓地を見おろす丘の上の木立で、太陽がなにかに反射した。金属だろう。あるいはガラスか」

「本当？」リディアはまぶしさに目を凝らし、数秒その木立を観察した。「なにも見えないわ」向きを変えようとしたとき、視界の端でなにかが光った。「あっ、見えた。本当だわ。なにかしら」

「なんでもありうる。双眼鏡のレンズも含めて」

「双眼鏡というと、バードウォッチャー？　それとも森の中で子どもが遊んでるとか？」

エメットがなにも言わずにスライダーのドアを開けた。

「冗談よ、ごめんなさい」リディアは車に乗りこんだ。「だれかが双眼鏡で葬儀を見てたかもしれないわね。だけど、どうして？」

「マルティネス刑事がここにいることを知っていて、目撃される危険を避けたのかもしれない。あるいは――」エメットが助手席側のドアを閉じて、スライダーのフロントを向った。

「あるいは？」運転席に乗りこんできた彼を、リディアは問い詰めた。

「あるいは、マルティネス刑事と同じ理由でやって来た」

「葬儀にだれが来るかを確かめたかった、ということ？」

「ああ」

「それって、ちょっとぞっとしない？」

エメットは返事をしないまま、イグニッションを共鳴させた。フラッシュロックが溶けて、大きなエンジンが貪欲《どんよく》に唸る。

エメットがスライダーを発進させると、車は小さな未舗装の駐車場から細い道へと走りだした。リディアは助手席のシートに背中をあずけ、最後にもう一度、寂しい墓地を振り返った。

葬儀場が手配した、墓のそばでの短いセレモニーのことを思った。チェスターの葬儀代をまかなうために小切手を振りだしたせいで、預金残高は危険なほど少なくなった。ファズの大好きなプレッツェルを切り詰めるはめにならなければいいのだが。

それから、チェスターの死を悼《いた》むために葬儀に出席したのは自分だけだったことも思った。エメットとマルティネス刑事は計算に入らない。二人とも、それぞれに思惑があってのことだ。

短いセレモニーがあれほど寂しく悲しいものだという現実を目の当たりにしても、いまさら驚くにはあたらないはずだ。予想できたことではないか。近しい家族や友達がいなければ、そうなるのは当然なのだから。

以前〈シュール・ラウンジ〉で何杯か安ワインを飲んだときに、チェスターに言われた言葉がよみがえってきた。〝リディア、俺たちには共通点がある。どっちもこの世に独りぼっちだ。仲良くしようぜ〟

もしも今日がリディアの葬儀だったなら、いったい何人が出席してくれただろう。リディアは心の中で可能性を探りはじめた。オリンダとゼーンはたぶん出席してくれる。ライアンは？　いや、わざわざ来るわけがない。だけど超考古学部から二、三人は来てくれるかもしれない。メラニー・トフトは？　もしかしたら。一緒に働きはじめて数カ月になるし。

エメットがちらりとリディアの手を見おろした。「なにをしている？」

「ええ？」リディアはわれに返ってエメットを見た。「ちょっと考え事を」

「なにか数えていただろう」

「数えてた？」

「指で」エメットが言う。

太腿のそばのシートに載せていた自分の左手を見おろしたリディアは、指が三本伸びていることに気づいて恥ずかしくなった。

「昔から算数は苦手なの」と言い訳をする。それからシートの上でゆっくりと五本の指すべてを伸ばした。

ありがたいことにエメットはそれ以上追求しなかった。リディアとしても、自分の葬儀に何人来てくれるだろうかと考えていたとは白状したくなかった。リディアが精神的に不安定だという噂を信じる理由を依頼人に与えることだけは絶対に避けたい。

「マルティネス刑事はチェスターを殺した犯人を見つけたいと本気で思ってるのかもしれないわ」リディアは言った。「だけど話を聞いたかぎりでは、上からのサポートは期待できなさそうね」

「優先順位は」エメットが言う。「だれにでもある。刑事にも」

「そうね。優先順位。ねえ、エメット、マルティネス刑事にはチェスターを殺した犯人を見つけられないと思うわ」

エメットはなにも言わなかった。

リディアはしわになった彼のハンカチをこっそりポケットから引っ張りだして、さらに数粒の愚かでまったく根拠のない涙を拭《ぬぐ》った。

12

その日の午後五時過ぎ、エメットは〈シュリンプトンの古の恐怖の館〉の入口から少し離れたバス停にスライダーを停車した。外に出てフェンダーにもたれ、腕組みをする。リディアを待つ。

午前中にささやかな葬儀を済ませたあと、リディアを〈シュリンプトン博物館〉まで送り、仕事が終わるころに迎えに来ると約束した。それからいままでは、クインを見つけるための新たな方策を練って過ごした。少なくとも、自分にはそう言い聞かせていた。

どうにか目の前の問題に集中することができた。その問題を解決するために、カデンスまでやって来たのだ。厄介なのは、リディアがその問題の一部で、リディアのことを考えるたびに事態がいっそうややこしくなる点だった。

昨夜彼女に言われたことが頭の中で不穏に響き、それ以外は整然としているエメットの思考を乱していた。〝どんな種類の能力も、それなりの奇妙な効果をもたらすわ……心配しないで。朝にはあなたも正常に戻ってるはず〟

くそっ。リディアは本当に、二人のあいだで共鳴した情熱を、ゴースト・ハンターだけに効果をもたらす、能力の奇妙な副産物だと思っているのか？

エメットはそれ以上この件について考えるのをやめて、デッド・シティを極端に模倣《もほう》した

〈シュリンプトン博物館〉の突飛な建物を眺めた。エメットに言わせれば、ごてごてと飾り立てたドームやでたらめな尖塔《せんとう》や嘘くさいアーチを備えた建物こそが、建築における恐怖だ。廃墟のレプリカのつもりだろうが、それらしいと言えなくもないのは緑色に塗られた壁だけだ。この建物には、デッド・シティの地上の建造物に見られる優美さも調和したバランスも見あたらない。

ほどなく、リディアが正面玄関から出てきてスライダーを見つけ、急ぎ足でやって来た。いったいどうして彼女はこんなところで働くようになったのだろう？　そんな疑問が浮かんできて、エメットはリディアの個人的な過去について知っている情報を思い返してみた。チェスター・ブレイヴィのような人間と友達になった経緯と理由を考えれば、答えは出たようなものだ。リディアはこの世に独りぼっちだった。半年前に大災難に見舞われたとき、リディアには家族もいなければ、転落をやわらげてくれるクッションもほとんど持ち合わせていなかった。

ライアン・ケルソ教授は助けに駆けつけなかったようだ。興味深い。エメットが急いで部下に集めさせた情報によると、リディアとケルソは一年近くにわたって同じチームで働いていた。惑星ハーモニーの発掘調査について、いくつか論文を共同執筆してもいる。どうやらリディアの〝失われた週末〟のあと、仕事の面で彼女はもう役に立たないとケルソは判断したらしい。マルティネス刑事はなんと言っていたっけ？　優先順位、それだ。

くそ野郎。

「どうかしたの、エメット？」リディアが目の前で足を止め、心配そうに眉をひそめた。

「バス停に駐車したせいで違反切符でも切られた？」

「いや」エメットはケルソへの敵意を振り払い、フェンダーから離れて助手席のドアを開けた。「立派な市民としての記録はきれいなままだ」

乗りこんだリディアの背後でドアを閉じ、フロントを回った。リディアは朝より元気そうだ。目に浮かんでいた不安の影は見あたらない。いまもどこかに潜んでいるのだろうが、いつもの決意に満ちた表情が戻ってきていた。この女性は間違いなく闘士だ。

「仕事はどうだった？」車を発進させながらエメットは尋ねた。

「穏やかだったわ」リディアが顔をしかめる。「チェスターが殺されたあとのちょっとしたブームが収まったせいで、エビちゃん《シュリンプ》館長は泣き言を言ってた。殴ってやろうかと思ったわ。メラニーに止められなかったら、たぶん実行してたでしょうね」

「一発で仕事を失うな」

「わかってる」リディアがしばし黙ってからふたたび口を開いた。「一日中チェスターのことを考えてたの」

「どんなことを？」

「彼を殺したやつを見つけたいの、エメット」

「マルティネス刑事は最善を尽くしている」

「マルティネス刑事はなにもわからないと認めたも同然よ。わたしね、私立探偵を雇おうかと考えてるの。いくらぐらいかかると思う?」

「きみが払えるよりはるかに多く」エメットは穏やかな口調で言った。「私たちはすでに別の問題を抱えている、リディア。集中しろ」

「そうね。集中。もしかしたらすべてつながってるのかもしれないわ、エメット。あなたの甥と小箱を見つけたら、チェスターを殺した犯人も見つかるのかもしれない」

「かもな」エメットは慎重に言った。

「気に入ったわ」リディアが手の指を曲げ伸ばしした。「すごく気に入った」

エメットとしては、彼女がその点に執着するのは望ましいことではない。報告書によると、リディアにはゴールに到達するためなら危険も辞さない傾向があるという。

「運がよければ、今夜ワイアットから有益な情報を聞きだせるかもしれない」エメットは言った。

リディアがさっとこちらを向いた。「マーサー・ワイアットとのディナーにびくついてるの?」

「いや。とはいえ楽しみにもしていないが」

「無理ないわ。ほかにしていたいことなら千個も思いつくもの。歯医者に行くのだって、それよりはまし」

「なぜそう言える?」

「マーサー・ワイアットはこの町屈指の有力者よ。つまり危険人物だってこと」

「どのギルドのボスも、その町の経済と政治に絶大な影響力を持っている」

「ワイアットは〈カデンス・ギルド〉をわがもののように治めてるわ。町の人間ならみんな知ってる。ワイアットはギルドの収入の上前をはねることで莫大《ばくだい》な富を手に入れてきたの。政治家だってワイアットの言いなりよ」

「つまりワイアットには政治も動かす力がある、と。どんな共同体にも大物はいるものだ」いまのエメットは、この話を続ける気分ではなかった。「怒らせる気はないが、リディア、またきみの過度なハンター嫌いが現れていると思う」

リディアがむっとしたように唇を引き結んだ。エメットは数秒のあいだ、いつでもわたしを解雇すればいいと言われるものと思った。

ところがリディアはこう言った。「気が変わったわ。あなたと一緒に行く」

驚きのあまり、エメットは〈デッド・シティ・ビュー・アパートメント〉の駐車場に入る角を通りすぎそうになった。

「無理するな」ぶっきらぼうに言った。

「無理してないわ。だってあなたはわたしの依頼人だもの。それに、今夜のこれはビジネス・ディナーみたいなものなんでしょう？」

そのディナーがどれほど厄介なものになるかと、エメットは思いやった。「まあ、そのようなものだ」

スライダーを古い小型車の隣りの空間に滑りこませ、エネルギーを送りこんでエンジンを切ってから、ドアを開けた。リディアも助手席側から車をおりる。二人は並んでセキュリティドアに向かった。

リディアが足を止め、驚いたように言った。「直ってる」

「きみが仕事に行っているあいだに、ゼーンと私で修理した」エメットは説明した。「あいにくエレベーターの修理に関しては、あまり知識がない」そう言って、ドアのロックを解除した。

「お帰り、リディア。ロンドンさん」ゼーンが三階の踊り場から手を振った。

「ただいま、ゼーン。セキュリティドアを直してくれたのね」

「ロンドンさんが手伝ってくれたよ」ゼーンが誇らしげに言う。「それよりニュースがあるんだ。なんだと思う？」

「なあに？」リディアが言う。

「手紙が届いたよ。〈レゾナンス・リレー・メッセンジャー・サービス〉の人が持ってきたんだ。サインが必要だって言うから、俺がしといた」

「へえ」リディアが皮肉っぽい笑みを浮かべた。「きっと〈復古舞踏会〉への招待状ね。どうなってるのかと思ってたのよ。ああ、舞踏会用のまともなドレスがまだ手に入るといいんだけど。きっと上等なのはもう売り切れちゃってるわ」

ゼーンがげらげらと笑った。「なに言ってるの。違うよ、冗談じゃないんだって。いま取ってくるね」そう言うと、向きを変えて廊下を駆けていった。

一緒に階段をのぼりながら、エメットは横目でリディアを見た。「〈復古舞踏会〉?」

リディアが鼻にしわを寄せた。「一年の終わりに開かれる盛大なダンスパーティよ。〈不和の時代〉の終わりを祝う、年に一度のお祭りの一部として七十五年前に始まったんだけど、いつかの時点で、カデンスで開かれる社交行事に変わってしまったの。地元の政治や経済に影響力を持つ人はみんな招かれるわ」

エメットはうなずいた。「なるほど。きみは毎年出席するのか?」

リディアが愉快そうな顔で彼を見た。「ばか言わないで。さっきのは冗談。わたしが〈復古舞踏会〉に行くわけないでしょ。わたしをなんだと思ってるの? かわいそうなお姫さま? おとぎ話に出てくる妖精は、夜にこのあたりをぶらついたりしないのよ」

そのときゼーンが階段吹き抜けにひょいと顔を出して茶色の封筒を振ったので、エメットはいわゆる修辞疑問というやつに答えなくて済んだ。

「だれから?」リディアが尋ねる。

「さあ」ゼーンが封筒をリディアに手渡した。「差出人の住所は、私書箱って言うんだっけ、その番号になってる」

リディアがゼーンをじっと見ながら封筒を受け取った。「もう調べたのね?」

「そりゃそうさ。〈レゾナンス・リレー〉から郵便物が届くなんて、めったにないことだもん。配達の人は、このへんに来たのをちょっとびびってるみたいだったよ。だから俺にサインさせたんだ。再配達でまた戻ってきたくなかったんだね」

8月の新刊のご案内

『星のかけらを奏でて』

記憶のかけらを探すリディアが出逢ったのは謎めいたハンサムな依頼人と、棺の中の死体――!?

ジェイン・アン・クレンツ
石原未奈子 訳　定価970円(税込)

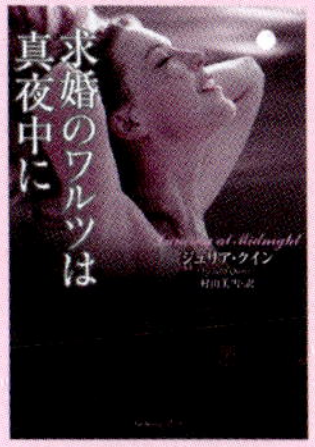

『求婚のワルツは真夜中に』

恋を知らない伯爵令嬢が出逢ったのは心に傷を負った男爵……。

ジュリア・クイン
村山美雪 訳　定価1080円(税込)

ラズベリーブックス

次回配本のお知らせ　9月は2冊刊行です!!

『理想の結婚のための狩りの手引き』

サラ・ベネット 著 旦紀子 訳

放蕩者に求婚したオリヴィアだが……!?

花嫁学校を卒業の日、オリヴィアは友人たちと“理想の夫と結婚しよう”と誓い合う。じつはオリヴィアの胸には、すでに“理想の夫“がいた。10歳のときに池で溺れかかっていた彼女を助け、結婚しようと言ってくれたニックだ。思い切ってニックを訪ねたオリヴィアは結婚を提案するが、放蕩者の自分と良家の子女であるきみとが結婚できるわけがないと言われてしまう。オリヴィアの初恋の行方は?

『公爵との出逢いは木の上で』

イザベラ・ブラッドフォード 著 寺尾まち子 訳

貧しい伯爵令嬢に突然いいなづけの公爵が――?

シャーロットは伯爵令嬢だが父亡き後は母と妹たちと田舎で暮らしている。同じ年頃の娘たちが結婚していくなか、自分の境遇では良縁は望めないだろうと諦めていたシャーロットの家に、ある夜突然の来客が。彼はマーチボーン公爵からの使いだと名乗り、シャーロットと公爵が一週間以内に結婚することを告げた――。

8月

…説レーベル

…ーブックス

…してみたい

…挑戦!!

キュートなロマンティック・ヒストリカル♥

原作はコレ!!

定価980円(税込)

エマ・ワイルズ

旅先のサハラで事件に巻き込まれ逮捕、死刑を宣告されたサラが助かる唯一の方法、それは褐色の王子アーメドと結婚することだった!!

原作はコレ!!

定価980円(税込)

エマ・ホリー

妖精伝説が残る町で働くゾーイと、なぜか満月の夜にだけ町の女性たちと一夜限りの関係を持つマグナス。ふたりの恋の行方は……!?

原作はコレ!!

定価960円(税込)

ドナ・マックミーンズ

花嫁学校の生徒たちに"寝室での作法"を教えることになった処女のエマは、ヌードモデルになることを条件に画家のチェンバーズに指南役を頼むが……!?

第2弾は2012年9月11日発売!!

『買いとられた伯爵令嬢』
マンガ/夏生恒　定価680円(税込)
"TLの女王"がロマンス初挑戦!!
原作/エマ・ワイルズ
(『砂漠の王子とさらわれた令嬢』収録)
カリブの海賊に拉致されたイザベルは、愛人になり自分を満足させれば国に帰してやるという謎めいたイギリス男の申し出に…!?
定価980円(税込)

『100万ドルの魔法使い』
マンガ/曜名　定価650円(税込)
人気作家、初の描きおろしコミックス!!
原作/テレサ・マデイラス
マジックコンテストを開催したニューヨークの大富豪、トリスタンの前に突然降ってきた"魔女"の正体は!?
定価980円(税込)

竹書房 出版物のご案内

『-tokyo- にじいろカフェ』
こんどうみき[著]　A5変型判・定価1,890円(税込)・好評発売中!
『カフェうらら』の著者が東京と近郊のうららかなカフェ120軒をご案内!　カフェの雰囲気を虹色にたとえて、7つ(7色)のテーマごとに紹介しています。

『猫は魔術師』
「ねこ新聞」[監修]　定価840円(税込)・好評発売中!
あさのあつこ、群ようこ、浅田次郎、山田洋次……。
各界猫好き著名人40人による"愛猫へのラブレター"。

『ねこは猫の夢を見る』
「ねこ新聞」[監修]　定価1,680円(税込)・好評発売中!
猫を愛した画家、猫に愛された詩人。
猫がテーマの"名画"と"詩"、32の組み合わせ。

『うさぎ島日和 -RABBIT ISLAND NOW-』
DVD・価格2,940円(税込)・絶賛発売中!
瀬戸内海に浮かぶ小島"うさぎの楽園"でたくましくものんびり気ままに暮らす300羽のうさぎたちをたっぷり収録!

『DVD カピバラ日和』
DVD・価格2,940円(税込)・絶賛発売中!
見てるだけで心がほっこり和む
とってもの〜んびりな癒し系動物"カピバラ"の世界初DVD。

『上野のパンダ日和』
DVD・価格2,000円(税込)・絶賛発売中!
上野のアイドル"リーリー&シンシン"の
愛らしい姿をたっぷり収録した初DVD!!

「臆病ね」リディアが封を切った。鍵が転がりだし、音を立てて階段に落ちた。

「私が拾おう」エメットは腰を屈めて、琥珀と鋼《はがね》でできた鍵を拾った。

「ありがとう」リディアが言い、封筒から抜きだした一枚だけの便せんを開いた。その目から楽しげな光が消えた。「なんてこと、チェスターからだわ」

「ブレイディ？」エメットは思わず鍵を握り締めた。「内容は？」

リディアが紙面に目を走らせた。「待って、字が汚くて……日付はどこよ。あった、これだわ。このあいだの月曜」

エメットはすばやく計算した。「殺された前日か。それがどうして今日まで届かなかった？」

リディアがすばやく全体に目を走らせた。「葬儀のあとに配達してくれるよう、指示しておいたと書いてあるわ」

エメットは階段吹き抜けの壁に片方の肩をもたせかけた。「彼の言い分を聞かせてくれ」

リディアが一つ息を吸いこんで、声に出して読みはじめた。

リディアへ
おまえがこの手紙を読んでるってことは、俺は〈カーテン〉の向こう側へ放りだされちまったってことだな。これは俺の遺言状だと思ってくれ。おまえとは何度かもめたこともあったが、あれはただのビジネスだ。

いままでずっと黙ってたが、おまえと〈シュール・ラウンジ〉で呑みながらあれこれ話をしてるとき、これは本物のデートなんだって勝手に思いこんでたんだぜ。ときどき自分の部屋に帰って考えたもんさ、もしおまえがこんなにやさしくなかったら、もし俺がこんなに失敗だらけの人生を歩んでなかったら、いったいどうなってただろうってな。

俺がよく言ってたのを覚えてるか？　おまえはいいやつすぎるって。もう一度言わせてもらうぜ。どんなに正直で情に篤《あつ》くて仕事熱心でも、報われることはないぞ。だが認めてやるよ。おまえみたいな人間がほんとにこの世に存在してると知ることができたのは、悪くない体験だった。こんなことを言うのは、おまえみたいな連中から楽に稼がせてもらったから、だけじゃないぞ。

ともかく、この手紙で伝えたいのは、もし俺に万一のことがあったら、〝老後の蓄え〟をおまえに受け取ってほしいってことだ。〈ローズ銀行〉にあずけてある。同封した鍵を使え。

じゃあな、リディア。なにもかも、ありがとよ。

愛をこめて。チェスター

追伸

やっぱりあのろくでなしのケルソと別れたのは正解だったと思うぜ。いまにおまえにもわかるだろう。あいつは他人を利用する悪党だ、リディア。俺にはわかるんだ。たぶん俺もその一人だからだろうな。

リディアが不意に読むのをやめた。エメットが顔をあげると、葬儀のときに渡したハンカチをリディアが引っ張りだすのが見えた。彼女が涙を拭う姿に、ゼーンが動揺する。少年はなにか言おうと口を開きかけたが、エメットが目配せをして首を振ると、またつぐんだ。しばらくしてリディアがハンカチをバッグに戻し、エメットから鍵を受け取った。

「さあ」リディアが言う。「面白くなってきたわね。いったいチェスターは老後のためになにを蓄えていたのかしら？」

エメットは腕時計を見おろした。「今夜は答えはおあずけだ。銀行はもう閉まっている」

「〈ローズ銀行〉は別よ」リディアが請け合った。「あそこは永遠に閉まらないの」

13

一時間半後、エメットはある結論をくだした。〈シュール・ラウンジ〉は、チェスター・ブレイディの第二のわが家と聞いてまさに思い浮かべるような、そんな店だった。空気には安酒と安たばこと強烈な料理用油のにおいが染みついている。店内はいかにも安っぽいバーらしく、昼でも追い払えない薄暗さに包まれていた。

もうすぐ午後七時。常連客はすでに集まりはじめている。古びたブース席には、ポマードをつけすぎて髪をてからせた男たちや、ぴったりしすぎたワンピースを着た女たちが陣取っていた。店内には小さなステージもある。看板によると、今夜九時から〈アース・トーンズ〉というグループが演奏をする予定らしい。それまでは、驚くほど良質の共鳴《レゾ》ジャズが一対のスピーカーから流れていた。

エメットは、ビニール張りのブース席の一つでチェスター・ブレイディと酒を飲むリディアの写真を思い出した。

「ここへはよく来るのか？」乾いた声で尋ねた。

「ここ二年は月に二、三度」リディアがまじめな声で答える。「音楽がいいから」

「ここ二年？」

「チェスターと知り合ってからの期間よ」

「ああ」

エメットはリディアをそっと引き寄せて、ちょうど通りかかったウエイトレスをうまくよけさせた。ウエイトレスが手にしたトレイには、〈ホワイトノイズ・ビール〉の瓶数本と、原形を留《とど》めないほどしっかり揚げられた一口サイズのなにかをぎっしり詰めたバスケットが載っていた。

「どれがローズだ？」エメットはリディアに尋ねた。

「カウンターの奥よ」リディアが先に立って、混み合った店内を歩きだした。この店の様子に慣れた人の滑らかさで。

エメットは先を行くリディアを眺めた。このみすぼらしいバーにはそぐわない。テーブルランプの黄色っぽい光を受けて、赤毛は陽気なかがり火のように輝いている。マーサー・ワイアットとのディナーに同席するというので、顧問弁護士か銀行家に会いに行くような服装だ。かっちりした焦茶色のビジネススーツに控えめなパンプスという姿は、ここでは恐ろしく場違いに見えた。けれどウエイトレスは親しげに会釈をした。リディアも挨拶を返す。

「こんばんは、ベッキー」

リディアがバーの奥の端で立ち止まった。エメットもその背後で足を止める。

「あれがローズよ」リディアが言い、バーの反対端でウイスキーを注いでいるスキンヘッドの巨漢を示した。

エメットはその男を観察した。太い首、山のような肩、ライムグリーンのTシャツの袖を盛りあげる筋肉、二の腕に刻まれた無数の入《い》れ墨《ずみ》。

「名前を裏切る容姿だな」エメットは感想を述べた。

「ローズはすごくやさしい人よ」リディアが言う。

「だろうな」

「音的調和《ミュージカル・ハーモニック》超共鳴者なの」リディアが説明した。「クラシック音楽の勉強をしたのよ。でも本当は共鳴ジャズのほうが好きなんですって」

どうりで店内にすばらしい曲が流れているわけだ。ローズは音楽のわかる男らしい。

「よう、リディア」バーの端にリディアの姿を見つけて、大男の顔がぱっと明るくなった。「来てくれてうれしいよ。チェスターにあんなことがあったから、もう二度と会えないんじゃないかと思ってた」

ローズが滑るようにこちらへやって来た。体格を裏切る、滑らかでバランスの取れた動きだ。

「こんばんは、ローズ」リディアがつま先立ちになってバーの向こうに身を乗りだし、ローズの頰に軽くキスをした。「チェスターがもういないなんて、信じられないわよね」

「じつを言うと、あいつがこれだけ生き延びられたほうが驚きだ」ローズが太い腕をバーの上で重ねる。「あいつはあの長く多彩な経歴の中で、知り合った人間ほぼ全員を怒らせてきたからな」ローズがエメットを見た。「友達か？」

エメットは手を差しだした。「エメット・ロンドン。リディアの依頼人だ」

「依頼人だって？」

ローズの握手はしっかりしていたが礼儀正しく、やたらと握り締めて強さを誇示するようなところはいっさいなかった。ローズは自分とその体格をすんなり受け入れている男なのだろう。リディアが気に入っているのもわかる気がする。

「このあと、ビジネス・ディナーなの」リディアが言った。

「冗談だろう」ローズがリディアの全身をじろじろと眺める。「傷つけるつもりはないが、リディア、茶色はおまえさんには似合わないよ」

「次に買い物に行くときまで必ず覚えておくわ。ローズ、今日はあまり時間がないの。チェスターのロッカーの鍵を手に入れたんだけど、彼の荷物を引き取ってもいい？」

「もちろん。自分にもしものことがあったら、おまえさんが来るからよろしくって、チェスターに言われてたんでな」ローズがウエイトレスに合図をした。「ちょっと任せるぞ、ベッキー。俺は裏に行ってくる」

ベッキーが了解と片手をあげた。

「〈ローズ銀行〉へようこそ」ローズがリディアに言った。

それからバーの後ろにあるドアの鍵を開け、先頭に立って暗い廊下に踏みだした。リディアが続き、エメットもあとを追った。

ドアは驚くほど重かった。三人の後ろで、ずしんと閉じる。磁石鋼《じしゃくこう》だろう。破壊するには火炎放射器か小型爆弾が必要だ。廊下の壁も同じ素材で覆われていた。

　ローズがエネルギーを送りこんで明かりのスイッチを入れる。天井に取りつけられた共鳴蛍光灯の冷たい光が通路を照らし、二列に並んだ磁石鋼のロッカーをあらわにした。どれもみな、重厚な共鳴磁石錠で厳重に守られている。

「まるで銀行の金庫室だな」エメットは言った。

「二十四時間の監視つきのな」ロッカーのあいだの通路を歩くローズの禿《は》げ頭を共鳴蛍光灯が照らす。「ここに侵入したけりゃ、俺か俺のパートナーを突破するしかない。〈シュール・ラウンジ〉は二十四時間営業だから、バーの後ろにだれもいない時間はない。自慢させてもらうと、〈ローズ銀行〉が襲われたことは一度もない」

「監査を受けたことも、保険をつけたことも、税金を払ったことも、許可を受けたことも、だろう？」エメットは言った。

　ローズがロッカーの前で足を止めた。「ああ。〈ローズ銀行〉はどんな管理機構ともあまりつき合いがないんでな」

「ローズは厳選された顧客を相手にしてるの」リディアが言いながら、バッグの中に手を突っこんだ。

「俺たちがロッカーを貸すのは、おまえさんたちの言う〝伝統的な銀行〟があまり好きじゃない連中さ」ローズが説明した。

「それはきっと、その人たちのほとんどが、本物の銀行の入口をくぐっただけで逮捕されるからじゃないの？」リディアが茶色の封筒に入って送られてきた鍵を取りだした。「チェスターはここになにをあずけてると思う？」

「なんだろうな」ローズが鍵を受け取る。「〈ローズ銀行〉のポリシーは、あれこれとやかく訊かないこと、だからな。期日までに賃料を払ってさえくれれば、だれでも大事なお客さんだ」

鍵が挿しこまれて錠前の共鳴パターンを乱すと、かちりと音がした。ローズが扉を開ける。リディアがその後ろに近寄って、小さなロッカーの中をのぞきこんだ。

「古いダッフルバッグみたいね」リディアが言って、手を伸ばした。

「私が取ろう」エメットは言った。

リディアが場所を空けたので、エメットはくたびれた小さな帆布の鞄《かばん》をロッカーから取りだした。あまり重くない。

リディアが古い鞄を見つめた。「どうしてチェスターはわたしにこれを受け取ってほしかったのかしら」

「あいつにはほかにだれもいなかったからな」ローズがロッカーの扉を閉めた。「チェスターにとって、おまえさんはいちばん友達に近い存在だった。いつも言ってたよ、おまえさんとは共通点がたくさんあるって」

リディアはスライダーの助手席の足元にダッフルバッグをおろした。エメットが運転席に乗りこみ、エネルギーを送りこんでエンジンをかけるそばで、鞄のジッパーを開ける。ダッシュボードの光の中で、こんもりとふくらんだ封筒と小さな紙袋が見えた。

「ひょっとしたら当たりくじを譲り受けるのかもしれないぞ」エメットが言う。

「それはないわ」リディアは封筒を取りだした。「チェスターは運に恵まれたタイプじゃなかったから」

封を切ると、中から黄ばんだ書類の束が出てきた。一枚目の紙を確認する。朝からずっと寄せては引いていた憂鬱の波がまた押し寄せてきて、しばしリディアを呑みこんだ。

「それはなんだ?」エメットが尋ねる。

「〈超考古学ソサエティ〉への会員登録申請書。それと、ソサエティから返ってきた申請却下書」リディアはあまりの意外さに首を振った。「チェスターはいつもソサエティをこきおろしてたのに。だけどこれを見るかぎり、二十年間、毎年のように、申請してたようだわ」

「そして毎年却下されていた?」

「ええ。かわいそうに。口ではなにを言っていても、心の奥では法的に認められることを願ってやまなかったのね」

「しかし、その書類が老後の蓄えだとは思えないが」

「そうね」

リディアは書類を封筒に戻し、ダッフルバッグから紙袋を取りだした。触れた瞬間、凍りついた。ぞくぞくする感覚が全身を駆け抜ける。サイキック・エネルギーだ。

「すごい」リディアはささやいた。

エメットが鋭い目を向ける。「なんだった？」

「古いものよ」ひどく慎重に、紙袋を膝の上に置いた。「とてつもなく古いもの」

「ハーモニーの遺物か？」

「ええ」この響きは間違えようがない。なにしろリディアは超考古学者だ。それも、指折りの。「だけどただの遺物じゃないわ。確実にイリュージョン・トラップのエネルギーを感じるの。だけどそんなのありえない。デッド・シティの外でトラップが発見されたことは一度もないんだもの。トラップをつなぎとめる方法がないんだもの」

「古代ハーモニー人に関して、〝絶対〟はないぞ。彼らについて知られていないことは、まだ山ほどある。気をつけろ、リディア」

「あら、わたしは専門家よ。忘れた？」

「忘れていない」エメットが言う。「それでも気をつけろ」

「あなたがゴースト・ハンターとして働いてたころ、一緒に仕事をするのはさぞ苦痛だったでしょうね」

「ときどきそんなことを言われたな」エメットが認める。「だが悪いことばかりでもないぞ。私は一人の超考古学者も行方不明にさせなかった」

リディアは彼を無視して、手の中で紙袋の向きを変えた。それから慎重に袋を開いて中をのぞきこんだ。薄暗い車内では、リディアの両手を組み合わせたくらいの大きさの、色の濃い丸みを帯びたものとしかわからなかった。

「響きに妙なところがあるわ」リディアは言った。「間違いなく本物の遺物よ。はるか昔のもの。だけどこの波動、わたしがこれまでに同じくらい古いものから感じたどんなものとも違う」

「いまもトラップのエネルギーを感じるか？」

「わからない。感じるものが多すぎて。なんだかまるで――」リディアは不意に言葉を止めた。依頼人の前でばかなまねをするのは賢明とは言えない。

「まるで、なんだ？」

「言ってもきっと信じないわ」リディアは紙袋を両手で抱え、暴れる想像力を押さえこもうとした。ありえない。そんなわけがない。

だけど、もしそうだったら？

そう思った途端、もう一つの〝もし〟が浮かんできて、高揚感が消えた。もし、ライアンやほかの人が思っているように、本当に共鳴力を失ってしまっていたら？　もし、半年前の大惨事がいまごろになって影響を及ぼしはじめていたら？　もし、わたしが間違っていたら？

「リディア？　大丈夫か？」

「ええ」

「袋にはなにが入っている？」

エメットの穏やかな声で、下へと向かう螺旋《らせん》から救いだされた。リディアは車窓の外を見つめ、車通りの多い市街地を抜けていたことに気づいた。車はいまや町を見おろす丘の一つをのぼっている。高級住宅街だ。大きな門に、長い私道に、広い屋敷。

「リディア？　袋の中身を教えてくれる気はあるのか？」

「ええ」自分が真に驚くべきものを手にしているのか、それとも明日の朝いちばんに静かですてきな精神病棟に入ることになるのか、確かめる方法は一つしかない。

深呼吸よ。

リディアは深く息を吸いこんで意を決すると、袋の中に手を入れた。温かく滑らかな表面に指が触れた瞬間、先ほどよりはるかに強い興奮のざわめきが全身を駆け抜けた。

「瓶みたいだわ」リディアはささやくように言った。

エメットが曲がりくねった道路から目を逸らさずに尋ねた。「きみが感じたトラップはどうなった？」

「心配するのはやめて。自分のしてることはわかってる」

エメットはなにも言わずに、スライダーを道の端に寄せてエンジンを切った。シートの上で向きを変え、リディアがゆっくりと紙袋から遺物を取りだすのを見守った。

形から瓶と予測したのが当たっていたことは、すぐにわかった。

「いったいこれはなんだ？」エメットが声をひそめて尋ねる。

「軟膏《なんこう》を入れておくのに使われていた瓶だと思うわ」リディアはもっとよく眺めて、ちらちらと光る表面に集中しようとした。「だけどこれまで目にしたどんなものとも違う」

自分が手にしているものをじっと見つめた。ダッシュボードが投げかける淡い光に後ろから照らされて、封をされた瓶は内側から輝いているように見える。色が移ろい、揺れて、表面で躍る。見たこともない色調の赤や金色だ。その色調を表現する言葉を思いつく前に、色は奇妙な緑と青に変わった。

リディアはごくりと唾を飲みこんだ。「エメット？　わたしは幻覚を見てるんじゃないわよね。またセラピーを受けるのはいやよ」

エメットが瓶から視線を逸らさずに言った。「まさか、そんな——ありえない。もっとよく照らしてみよう」

そう言うと、座席のあいだのコンソールに手を伸ばして小さな懐中電灯を取りだした。エネルギーを送りこんでスイッチを入れ、リディアの手の中の古い瓶に光を投げかけた。

二人とも、長いあいだ身動きもせずにただじっと古《いにしえ》の驚異を見つめていた。懐中電灯の明るい光の中で、瓶の表面の色は完全に息づいた。落ちつきのない光と闇の海が、優美に形づくられた瓶のいちばん広い面でうねる。どの色合いもそれぞれの内なるエネルギーによって生命を吹きこまれているかのようだ。果てしなく広がるかに思えるまばゆい光と色が、現れては消える。

「ドリームストーンだ」エメットがまったく感情のない声で言った。

「ありえないわ」リディアはまた言った。

「それ以外にありえないことは、きみも私もわかっているはずだ」エメットがリディアの手から瓶を取ってわずかに向きを変え、懐中電灯の光が当たる角度を変えた。「正真正銘、加工されたドリームストーンだ。まったく、とてつもない〝老後の蓄え〟だな」

リディアはゆっくりと首を振った。自分の目も感覚も信じられなかった。

ドリームストーンとはよく名づけたものだ。めったに見つかることはないが、ときどきかけらが発見される。たいていは死火山付近で発掘された透明水晶に埋めこまれた形で。非常に稀少であるのに加えて、これまでいかなる試みがなされても、保護している水晶から取りだすことはできずに来た。ごくわずかに触れただけで砕けてしまうのだ。その様子は、粉々になったようにも溶けたようにも見える。

これまで惑星ハーモニーで人類によって考案されたいかなるテクノロジーを応用しても、本体を破壊せずに扱うことはできなかった。鉱山の採掘者や企業にとって、ドリームストーンはまさに夢そのものだ。出会ったときはいとも美しく、触れた瞬間に消えてしまう。

ところがエメットの手の中の瓶は、古代ハーモニー人はドリームストーンを加工する方法を見つけていたという事実をありありと証明しているではないか。

リディアはうなじの毛が逆立つのを感じた。「もしかしたらこれのせいでチェスターは殺されたのかもしれない」

「その可能性はかなり高そうだな」エメットが瓶の角度を四分の一ほど変える。「みごとだ」

「これがどういうことか、わかる？」

「博物館か個人蒐集家にこれを売れるほど長生きしていたら、チェスターは人生をやりなおせていた」

リディアは手を振って片づけた。「金銭的な価値なんてどうでもいいわ。そもそも値段がつけられないのよ。これほどのものは存在しないんだから」

「それは違うな、リディア、どんなものにも値段はつけられる」

「だけど加工されたドリームストーンにはとんでもない意味があるわ。わからない？　この瓶は、ドリームストーンは加工できるっていう証拠なのよ。ドリームストーンの波長を調律して、ほかの素材みたいに操れるようにする方法があるんだわ。これにどんな性質があるか、だれにわかるっていうの？」

「いい質問だ」エメットが瓶の観察を続けながら言った。

「いつかの時点で、古代ハーモニー人はドリームストーンを実際に取り扱う方法を見つけたのよ」

「そうだな」

リディアは眉をひそめた。エメットはこの目もくらむような発見にリディアほど感動していないように見える。とはいえエメットはビジネスマンで、超考古学者ではない。違った――とリディアは心の中で訂正した――この人はゴースト・ハンター兼ビジネスマン。よほどのものでないかぎり感動しないのだろう。

エメットがまた瓶の向きを変えた。「ブレイディはどこでこれを見つけたんだろうな」

「さあ。チェスターは〝廃墟のネズミ〟だったもの。しょっちゅう一人で違法な発掘をしてたわ。地下墓地に潜りこんだいつかのときに、この瓶に出くわしたんじゃない？」

リディアが見ていると、エメットがさらに瓶の向きを四分の一ほど変えて、別の面に懐中電灯の光を投げかけた。そのとき、揺らめく色彩の川の中に永遠に閉じこめられた鳥の姿が浮かびあがり、リディアは息が止まりそうになった。

「エメット！」

「私も見た」エメットが言う。

今度は感動したような声だった。それも無理はない。人類が古代ハーモニーの遺跡を発掘しはじめて以来、一度として、古代人が具象芸術を楽しんでいたことを示す証拠に出会ったことはないのだ。

遠い昔に消滅したデッド・シティの住民は、動物だろうと植物だろうと自分たちだろうと、絵も写真も残していない。彼らの目に海や大地がどんな風に映っていたかも、自分たちをどんな風に見ていたかも、教えてくれるものはなに一つなかった――少なくとも、人類に解釈できるものはなに一つ。

いまこの瞬間まで。

いま二人の目の前では、小さな瓶の表面を流れる色彩の海の中で、小さな鳥が舞っている。二人は存在するはずのないものを見ている。

エメットがゆっくりと姿勢を正し、懐中電灯を消した。「どうやらきみの友達のブレイディは、コールドウェル・フロストが偶然オールド・フリクエンシーの遺跡を見つけて自分は神になったと思いこんで以来、最高に重要な発見をしたようだな」

「驚いたわ」リディアはささやくように言った。「言葉もない」

「ダッフルバッグの中に、ほかには？」

「ええ？　ああ、そうね、バッグ」リディアはジッパーを開けたままの帆布の鞄をもう一度のぞきこみ、中を探った。手が別の封筒に触れた。「まだなにかあったわ」

封筒を取りだして開くと、一枚の写真が滑りだしてきた。リディアが手に取って光に近づけてみると、これもまた〈シュール・ラウンジ〉のブース席で撮ったリディアとチェスターの写真だった。チェスターの前には見慣れた《超考古学ジャーナル》誌が立てかけられており、彼は誇らしげに微笑んでいた。

「ブレイディは本当にきみとのツーショットが好きだったようだな」エメットが言う。

「ええ」写真を眺めていると、また悲しくなってきた。「よく撮ってもらったわ」

「きみとつき合っているという妄想を満たしてくれたんだろうな」

「たぶんね」リディアはすばやくまばたきをして涙を振り払った。「だけどこの一枚は特別なの。わたしの論文がジャーナルのこの号に載ったのよ。もちろんライアンとの共同執筆だったけど。必死に頼みこんで、どうにかチェスターの名前を助言者として連ねさせることに成功したわ」

「きっとチェスターにとっては最初で最後の権威との遭遇だったんだろう」

「それが彼にとってどんなに意味のあることだったか、いままで本当にはわかってなかったわ」リディアはそっとつぶやいた。

「家に帰るまで、この瓶はバッグに入れておいたほうがいい」エメットが瓶をリディアに返しながら言った。「それからマーサー・ワイアットとその妻の前でなにをしようとも、これについてはいっさい口にするな」

「わたしをなんだと思ってるの？」リディアは尋ねながら瓶を包みなおしてバッグに収めた。

「イカれてるとでも？」

エメットがエネルギーを送りこんで車のエンジンをかけ、ふたたび路上を走りだしたとき、彼の唇がわずかに弧を描いた。「いや、きみをイカれているとは思っていない」

リディアはシートの上で姿勢を整え、しっかりとバッグを胸に抱いた。また興奮が弾けて体を駆け抜け、多幸感がそのあとに続く。加工されたドリームストーン。そして鳥の姿。

「ありがとう」リディアは満足した思いで言った。「うれしいわ」

14

苦痛なほど形式張ったディナーの中盤で、リディアは当夜の女主人にある評価をくだした。タマラ・ワイアットのことは好きになれない。もっと厳密に言えば、タマラがだれにも見られていないと思っているときにエメットを見る目が気に入らない。

タマラの目に浮かぶ好奇の光は、プレッツェル容器をじっと見ているファズを連想させる。蓋を開けるための考察に、喜んで時間と情熱を注ごうとしているときのあの子を。

タマラは物腰がやわらかで洗練されていて、どこにいてもその存在を周囲から際立《きわだ》たせる魅力を備えた女性だ。黒髪は優雅なシニヨンにまとめられ、貴族的な頬骨と顎の線を強調している。首もとには高価な宝石が輝き、琥珀は金にはめこまれて耳を飾っている。ガウンの深いネックラインは、ふしだらな印象を与える寸前の位置でぎりぎり踏みとどまっていた。

一時間半前に到着したとき、リディアはあることに気づいた。エメットはワイアット夫妻と面識がある。マーサーとエメットは礼儀にかなった挨拶を交わした。だがタマラとエメットのあいだでは、水面下でなにかが起きていた。

二人のあいだの共鳴パターンを読み解くには、ふだんより時間がかかってしまった。無理もない。なにしろ今夜はほかのことに気を取られっぱなしだ。意識の三分の一ほどは〈カデンス・ギルド〉のボスにもてなされるという奇怪な体験に集中しているものの、残りはチェスターから託された世にも稀《まれ》なる小瓶のことばかり考えている。執事がバッグを置いてくれた優美な衣装だんすを確かめに、五分ごとに駆けていかないので精一杯だ。

落ちつきなさい、とリディアは自分に言い聞かせ、手袋をはめた給仕係が目の前に皿を置くのを眺めた。もしもあの小瓶にとってマーサー・ワイアットの屋敷の中は安全でないとするならば、この世に安全な場所など存在しないことになる。これほどのセキュリティが備わっている場所など、ここ以外では〈カデンス大学博物館〉しか知らない。

「それで、リディア、きみは個人コンサルタントの仕事をしているそうだが？」マーサーが表向きは礼儀正しく興味を示して尋ねた。

タマラが微笑む。「大学の職を離れるにはまだずいぶん若いんじゃなくて？　たいていのコンサルタントはもっと年齢を重ねているし、経験も積んでいるわ」

リディアはバッグの心配をやめた。タマラを無視してマーサーのほうを見る。

マーサー・ワイアットは少なくとも妻より四十歳は上だ。銀髪にタカのような顔立ちで、明らかに金《かね》と権力を手にすることに慣れている。その複数の指にはめられているのが大きくて重そうな琥珀の指輪だ。ギルドのボスを務めているからには、必然的にきわめて強力な不和《ディ》エ《ソ》ネ《ナ》ル《ン》ギ《ト》ー共鳴者ということになるだろう。

「わたしの年齢の超考古学者が独り立ちするのは、よくあることではありません」リディアは言った。「ですが、まったくない話でもありません」

ここまでの会話は、リディアが大学の教職員とのお茶の時間で耐えることを覚えたような、表面的なものばかりだった。本当の会話はディナーのあとに始まるのだろう。

「大学の官僚主義になじめない人間もいる」エメットがさりげない口調で言った。「団体生活になじめない人間がいるように。リディアには、いわゆる起業家精神があるんだ」

タマラが上品な笑みをリディアに投げかけた。「エメットはどうやってあなたを見つけたのかしら？」

「わたしは〈超考古学ソサエティ〉にコンサルタントとして名前を連ねていますし、《超考古学ジャーナル》誌に広告も出しています」リディアはさらりと答えた。

「それだけでは誠実さを保証するにはほど遠いでしょう？」タマラが言う。「骨董業界には詐欺師やペテン師があふれているもの」

「確かにおっしゃるとおりです」リディアは小声で言った。「だけど全体的に見て、ソサエティのリストから不誠実な超考古学者を引き当てる確率は、ギルドのホールから不誠実なゴースト・ハンターを引き当てる確率に比べると、かなり低いと言わざるを得ません」

タマラの目が怒りで険しくなった。「ギルドは厳格な規則に従っているわ」

「ええ」リディアはデザートのフルーツアイスクリームをスプーンで掬った。「わたしが最近二度もゴースト・ハンターに押し入られたのは、そのせいでしょうか？」

マーサーが冷たい目でエメットを睨んだ。「彼女はいったいなんの話をしている？」

エメットが肩をすくめた。「聞こえたとおりだ。リディアは最近、ハンターに不快な思いをさせられた。そのせいで職業観を歪められたらしい」

マーサーがリディアに向きなおった。「詳しく聞かせてくれんか」

リディアはスプーンを置いた。「カデンスのギルドを率いていらっしゃるからには、あなたもご存じでしょう、町を駆けまわって違法行為を犯しているゴースト・ハンターがいることを。それだけじゃなく、彼らはそうした違法行為を犯す際にゴーストを使っているんです。わたしはアパートメントに二度、侵入されました」

マーサーの顎がこわばった。さっとエメットを見てからリディアに視線を戻す。「ゴースト・ハンターが関わっているというのは間違いないのかね？」

「犯人が召喚したゴーストをこの目で見ました」リディアはきっぱりと言った。「エメットに訊いてください。ハンターの一人を追い払ってくれたのは彼なので。共犯者が駐車場で待機していなければ、つかまえられたと思います」

マーサーの射るような目がふたたびエメットに向けられた。「いまの話は本当か？」

「すべて本当だ」エメットが気楽に答える。「侵入者はギルドの命令を受けていなかったと、もちろん保証してくれるだろうな？」

「無論ギルドはそんな命令などくだしていない」マーサーがナプキンを取り去って、不意に席を立った。「部下に調べさせると約束しよう。ギルドは自らを取り締まる」

「それはなによりですね」リディアは礼儀正しく言った。

マーサーに睨みつけられた。

リディアはタマラのほうを向いた。「それで、〈カデンス・ギルド〉のボスの妻になるっていうのは、どんな感じなのかしら？　毎年〈復古舞踏会〉に出席する以外になにをしてらっしゃるの？」

「いろいろと忙しくしているわ」タマラが穏やかに答えた。

マーサーが見るからに誇らしげに妻を眺めた。「タマラはじつに有能だ。彼女のおかげで、わがギルドはカデンスの慈善事業のいくつかを支援する活発な財団を設立することができた。財団の運営はタマラが監督してくれている」

誉め言葉に、タマラの表情がやわらいだ。「もちろん一人ですべてを切り盛りしているわけではないわ。とても幸運なことに、デンバー・ガルブレイス゠ソーンダイクを理事に迎えることができたの。ここカデンスにおけるガルブレイス゠ソーンダイク家の長い歴史はあなたも聞いたことがあるでしょう？」

「ガルブレイス゠ソーンダイク家というと、まさかあの有名な？」悔しいことに、リディアは感心していた。「慈善事業にたっぷり出資していて、大学博物館の後援者で、重要な委員会や評議会には必ず名を連ねていて、ほかにもとにかくいろいろやっている、あの？　もちろん聞いたことはあるわ。だけどギルドとつながりがあるなんて知らなかった」

マーサーがくっくと笑った。「なかったとも――タマラが一家に近づいて、若きデンバーにギルド財団の理事に加わらないかと持ちかけるまではな」

「やるじゃないか、タマラ」エメットが賞賛の言葉を送る。

「ありがとう」タマラが小さな声で言った。「ギルドのイメージを刷新するための、大きな最初の一歩だと思っているわ」

「いかにも」マーサーが活気ある声で言った。「わしに言わせるなら、輝かしい最初の一歩だ。若きデンバーは弁護士でな。町の有力者全員とコネがある」

「その彼が、どうしてギルドのために働く気になったの？」リディアはずばり尋ねた。

タマラは不快そうな顔になったが、マーサーはまた愉快そうに笑っただけだった。

「よくある話さ」マーサーが呑気《のんき》に言う。「裕福で社会的な地位もある一家に生まれた青年が、父親に認められたいと願う。デンバーは一家の弁護士事務所には入りたくなかった。パパの下では働きたくなかったんだろう。自分の足で立ちたかった。そこへタマラから財団での仕事をオファーされ、飛びついたというわけだ」

「とても熱心に働いてくれているわ」タマラが言う。

マーサーがエメットのほうを向いた。「二人だけで話したいことがある。タマラ、すまないがリディアをサロンに案内してお茶を差しあげてくれ。われわれもあとで合流する」

「もちろんよ、あなた」タマラが優雅に席を立ち、リディアを部屋の外へと手でうながした。

リディアはちらりとエメットを見た。エメットがごくわずかにうなずく。リディアは難なくその意味を読み取り、一瞬迷ったものの、結局はエメットの考えを受け入れた。一緒にいるより別々のほうが、より多くの情報を引きだせるかもしれない。リディアは無言でタマラに続き、食堂をあとにした。

廊下の壁は木目の美しい濃い色の羽目板張りで、鏡のように磨きあげられていた。菱形《ひしがた》のガラスがはめこまれた両開き扉を抜けると、黄色とえび茶色で設《しつら》えられた部屋が待っていた。

リディアの体にぞくぞくする感覚が走った。向きを変えると、古代ハーモニーの遺物がいくつも収められた戸棚があった。あまりにも多くが一箇所にまとめて陳列されているので、部屋の反対側にいても共鳴エネルギーを感じる。リディアは無意識のうちに戸棚へ歩み寄り、その前で足を止めた。

「すばらしいコレクションね」つぶやくように言った。

「夫が何年も前から蒐集してきた品よ。わたしたちが結婚するずっと前から」タマラが言い、小さな丸テーブルに置かれていたポットを手にした。「お茶はいかが？」

「ありがとう、いただくわ」リディアは奇妙な形をした緑水晶の板を眺め、おそらく墓の玄室の扉の一部だったのだろうと推測した。「ご主人と結婚されたのは確か去年よね？　そういえば、新聞かなにかで読んだわ。あなたはカデンス出身じゃないのよね？」

「ええ。マーサーと出会ったときはレゾナンス・シティに住んでいたわ」タマラがカップと受け皿を手に歩いてきた。「マーサーはレゾナンスで開かれたギルド評議会に出席したの。わたしたちはあるパーティで引き合わされたわ」

「そうなの」

「そのパーティは、〈レゾナンス・ギルド〉の長の婚約を発表するために開かれたものだったの」タマラがさりげない声で説明した。

冷たい感覚がリディアの体を駆け抜けた。手が震えないよう慎重に、タマラからカップと受け皿を受け取る。とんでもなく高価だろう絨毯に共鳴茶をこぼしたら、目も当てられない。リディアには払えない額の請求書がギルドから送られてくるに決まっている。

「本当に？」リディアはお茶をすすった。ディナーで口にしたものすべてと同じで、目を見張るほどおいしい。「〈レゾナンス・ギルド〉のボスはだれと結婚したの？」

タマラが愉快そうな顔になった。「わたしと婚約していたの。だけどうまく行かなくなって。そのパーティからほどなく婚約を解消したわ。それから少しあとに、わたしはカデンスに移ってきたの」

「なるほど」いますぐやめなさい、とリディアは自分に命じた。思いがけないことが起こりそうだとわかったからって、それが起きる手助けをする必要はないのよ。

それでもやめられなかった。事実を確かめずにはいられなかった。

「じゃあ、レゾナンスであなたが結婚しようとしてたギルドのボスというのは、だれなの？」

「もちろんエメットよ」タマラがにこやかに言った。「十カ月前に引退するまで、エメットは六年間、〈レゾナンス・ギルド〉の長を務めていたの」

マーサーが腰をおろした大きな読書用の椅子は、深い紫色の革張りだった。ブランデーグラスを口元に掲げ、グラスの縁越しにエメットを眺める。「ずばり要件を言おう。今夜、ここへ来てもらった理由は二つ。一つ目は、おまえに取引を持ちかけたかったからだ、息子よ」

「私はあなたの息子じゃない」エメットは片腕を暖炉《だんろ》の上の横木に載せた。「それから、すべての条件を聞くまではどんな取引にも応じる気はない」

マーサーが大きく息を吐きだした。「正直に言おう、エメット。おまえの助けが必要だ。礼として、おまえの助けになろう」

「なぜ私が必要なんだ？　ギルドには頼りにできる人間が掃いて捨てるほどいるだろう」

マーサーが首を振った。「この件では頼れない。説明させてくれ。じつはまだ公式な発表はしていないが、わしは一年以内に席を明け渡そうと考えている。この決定を知っているのは、ごく近しい人間だけだ。その全員が口外しないと誓ってくれた」

今夜、こんな話を聞かされるとは思ってもみなかった。マーサー・ワイアットは三十年以上にわたって〈カデンス・ギルド〉を鉄の拳で掌握《しょうあく》してきた。生きているかぎりその手を放さないものと、広く考えられている。

「引退するのか？」エメットは用心深く尋ねた。

「ずいぶん長いあいだ、この手で治めてきた。つい最近まで、ギルドはわしの人生において常にもっとも重要なものだった。最初の妻はすばらしい女性だったが、わしは一度も時間を割いて彼女を知ろうとはしなかった。妻が死んで、わしには二人の子どもが残された。育てるのはほかの人間に任せきりだった。いまでは二人とも大人になって、三人の孫もできたが、そのだれ一人として知っているとは言えない」

「当ててみようか。ついに足を止めてバラの香りを嗅ぐことにした――そういうことだな？」

「滑稽《こっけい》か？」

「予想外だったと言っておこう。なぜ突然そんな心境の変化を？　体のことで、医者からなにか脅されたのか？」

「いやいや。新しい妻を迎えただけだ」

「ああ、なるほど。うっかりしていた」

「わしは生まれて初めて恋をしているんだ、エメット」マーサーは真剣な顔で言った。「タマラとの結婚は、おまえも知ってのとおり、初めは政略結婚だったが、二人で変えようとしているところだ」

エメットはじっと彼を見つめた。「もっと子どもがほしくなったのか？」

「子どもを望む以外にも、結婚する理由はあるだろう」マーサーが思い出させた。

エメットは唸るように言った。「真実の愛？　勘弁してくれ。そんな夢みたいな戯言《ざれごと》には少しばかり年をとりすぎているんじゃないか、マーサー？」

「おまえは夢のない男のようだな、エメット」

「最後に会ったときには、あなたもそうだった。結婚を終わらせるのは、法的にも経済的にも悪夢だ」エメットは、二人ともが知っていることを口にしなかった。結婚の誓いを無効にするための数少ない合法的な理由の一つは、姦淫《かんいん》であるということを。「子どもがほしくないなら、結婚にどんな意味がある？」

マーサーが両脚を伸ばして暖炉の火を見つめた。「おまえにはわからないようだから、この話はここまでにしておこう。いま大事なのは、わしが引退を考えているということだ」

「悪気はないが、マーサー、なかなか理解しにくい話だ」

「なぜだ？　わしはタマラより四十歳上だ。今後どれだけの時間を一緒に過ごせるか、わかったものではない。だが残されているかぎりの時間を楽しみたいと思っている。わしには金《かね》も、健康も、美しい妻もある。ギルドに専心しつづけるなど愚かなことだ」

エメットはしばしマーサーを見つめた。「タマラはその決断を知っているのか？」

「ああ、知っているとも」

「ふん」エメットは肩をすくめた。「その話と私と、どんな関係がある？」

「おまえの力を借りたい。もちろんただでとは言わん。おまえがここカデンスに来た理由は知っている。部下の話では、甥が行方不明だそうだな。わしならおまえの力になれるかもしれん」

今夜は驚きの連続だ、とエメットは思った。いまは流れに身を任せるしかない。「取引について話をする前に、なにを望んでいるのか聞かせてもらいたい」

マーサーがゆっくりとうなずいてブランデーをすすった。やがてグラスを脇に置くと、重厚な椅子の肘掛けに肘をついて、両手の指先を合わせた。

「話したとおり、わしは引退するつもりだ。だがその際、法に則《のっと》ったやり方をしたい。その先もギルドが正しい道を進んでいけるようなやり方を」

「つまり」エメットは言った。「後継者を自分の手で選びたいと」

「そのとおりだ。わしは何年もかけて、自律できる強力な組織を築いてきた。大部分は目標を達成できたと思っている。きちんと働いたメンバーには、高い報酬と、本人だけでなく家族にも社会的な保証が約束される」

「命令に従い、あれこれ質問をせず、あなたに逆らわないかぎり」エメットは言った。

「忠誠心には大いに報いてきた」

「そしてあなたに立ち向かったりあなたの決定に疑問を抱いたりした人間はだれだろうと押しつぶしてきた。じつに時代遅れな人だ、マーサー」

「ギルドのような組織をどのように運営するかについて、過去におまえと意見が食い違ったことは認める」

「おっしゃるとおり。あなたのやり方は七十年ほど時代遅れだ」

「〈カデンス・ギルド〉の長を務めてきたあいだ、伝統を重んじてきたのは事実だ」

エメットはまた唸った。これには反論できない。

「だがこう言えばおまえも興味を引かれるのではないか？」マーサーが続けた。「そろそろ〈カデンス・ギルド〉も変わるときだという結論をくだした」

「実際に変わったところを見たら、その言葉を信じよう」

「われわれは〈レゾナンス・ギルド〉の先例に従うつもりだ」マーサーが動じることなく言

う。「〈カデンス・ギルド〉にも〈レゾナンス・ギルド〉と同じように、時代に合った組織に生まれ変わってほしい」

エメットは相手の顔を探った。「本気なんだな?」

「心の底から本気だ。だが大きな変革は一夜では実現しない。強いリーダーシップも必要だ。わしはこの一年で変革に着手しようと決めた。タマラの手を借りてな」

「ギルド財団のことか?」

「あれはほんのスタートで、タマラは慈善事業に熱心に取り組んでいる。財団はカデンスにおけるギルドのイメージを変えるのに、大いに役立ってくれるだろう。だが組織そのものを変える作業は、わしが長として留まっているあいだには終わらないはずだ。だからこそ、用意しなくてはならんのだ。おまえの言葉を借りると、後継者を自分の手で選ぶために」

急に暗い疑念が湧いてきた。エメットは胸の前で腕組みをし、片方の肩を暖炉の上の横木にもたせかけた。「後継者に心当たりはいるのか?」

「ああ、もちろん」マーサーが愉快さのかけらもなく微笑む。「おまえだ」

エメットはゆっくりと息を吐きだした。「こんなことは言いたくはないが、マーサー、最後にゴーストを召喚したときに脳みそをやられたんじゃないか?」

「衝撃的な申し出だということはわかっている。だが考えてみてほしいと願うわしの気持ちもわかるだろう? いまは考えてみるだけでいい。急ぎはしない。計画を立てる時間は一年ある。詳細を詰めるにはじゅうぶんな時間が」

「詰めることなど一つもない。いま返事をする。申し出は受けられない。私は独り立ちしたんだ、マーサー。いまの私はただのビジネスマンだ」

マーサーが合わせていた指先を離して身を乗りだした。その鋭い目は情熱と決意で輝いていた。「いいか、息子よ――」

「私はあなたの息子じゃない」エメットは食いしばった歯のあいだからくり返した。

「すまん。言葉のあやだ」

ふざけるな、とエメットは心の中で悪態をついた。何年も前から噂されている話なら、彼もマーサーも知っている。今夜、その話を深追いする気はない。マーサー・ワイアットとは、とくに。

「わしが言いたかったのは」マーサーが続けた。「大事なギルドを信用できる手にゆだねたいということだ。この組織を、新しい現代的な道に沿って進めてくれる手にな。それができる理想的な人間がおまえだ」

「断る」

「〈レゾナンス・ギルド〉を率いていたときに独力で改革したのはおまえだろう。新しいやり方を確立し、事業に乗りだして、尊敬すべき組織に変えたのはおまえだ。〈カデンス・ギルド〉でも同じことをしてほしいと願っている」

「聞いていないのかもしれないが、私はギルドの政治からは足を洗った。いまではビジネス・コンサルタントだ」

「それこそわしの望んでいる人材だ」マーサーが大まじめに言う。「〈カデンス・ギルド〉を立派な会社組織に変えられるビジネス・コンサルタント」

「いいかげんにしてくれ、マーサー。あなたの計画には関わりたくない。うまく行くことは祈るが、巻きこまれたくはない」

「そうか」マーサーが椅子の背もたれに寄りかかった。あてが外れた男のようには見えない。むしろじっくりタイミングを待つことにした男のように見える。「そういうことなら、この問題はいまのところは忘れよう。では、もう一つの件だ」

エメットは暖炉の横木から離れた。窓に歩み寄って、眼下に広がる町の灯《あか》りを眺める。

「本当に甥のことでなにか知っているのか、マーサー？　それともあれは、今夜私をここへおびき寄せて、ギルドを引き継ぐよう説得するための罠《わな》にすぎないのか？」

「正直に言おう。正確な居場所を知っているわけではない。だが情報提供者からは、おまえの甥のクインは若い娘を追ってこの町にやって来たと聞いている。間違いないか？」

「ああ」

「その若い娘は行方をくらまし、おまえの甥も——不和《デ》エ《ィ》ネ《ソ》ル《ナ》ギー共鳴者《ント》だそうだが——それからほどなく姿を消した、と情報提供者は言っている」

エメットは月光を浴びてぼんやりと浮かびあがるデッド・シティの廃墟を眺めた。「いい情報提供者を抱えているようだな」

「これほど長く〈カデンス・ギルド〉の長という地位に就いていると、いろいろ便利なこともあるものだ」マーサーが辛辣《しんらつ》に言った。「たっぷり時間をかけて、組織の内外に信頼できる情報網を張りめぐらした」

　エメットはゆっくりと彼のほうを向いた。「なにを知っている？」

「クインの女友達は、この数週間のうちにカデンスで行方をくらました最初の若者ではない」マーサーが続けた。「行方不明者の全員が未成年ではないし、心配している家族もいないようだから、その事実を重要視する者はいなかった」

「いままでは」

「いままでは」マーサーが認める。「それに、犯罪をほのめかすものも見あたらなかった」

「行方不明者は何人だ？」

「正確な数はわからん。毎年、何人の若者が行方をくらましているか、知ったらきっと驚くぞ。わしも調べてみるまでは、まったく知らなかった。大半は路上生活を送るようになるか、〈カーテン〉を崇拝する集団に染まるかだ。別の町に行く者もいる。だれも気にしていないらしい」

「あなたはなぜ急に気にするようになった？」

「おまえがこの町で甥を探していると聞いて、少しばかり調査をした。すると、ここ数週間のうちにいなくなった若者の数人が不和エネルギー共鳴者《ディソナント》だとわかった。ギルドに申請を出したものの、まだ訓練を受けていないゴースト・ハンターだ。一人として基礎訓練にも教義指南にも現れなかった。わしは最初、だれかにそそのかされてギャングかカルト集団か無認可の発掘チームにでも加わったんだろうと考えた。ギルドは、違法な目的でゴースト・ハンターを利用する外部者をよく思っていない。

「イメージが損なわれるから？」エメットは辛辣に言った。

「そうだ。こういうことは過去にもときどき起こってきた。それを止めるのは比較的簡単だ。だが今回は、事態は少々こみ入っている」

「警察には行ったか？」エメットはさりげなく尋ねた。

マーサーが不快の色をあらわにした。「行くわけがない。そんなことをしたら、すぐにマスコミに嗅ぎつけられる。新聞の見出しに、ギルドはもはや自らを取り締まれなくなったなどと書きたてられるのはごめんだ。わしが生きているかぎりは、そんなことはさせん」

「そうか」〈カデンス・ギルド〉を改革するのは容易ではなさそうだ、とエメットは思った。ボスがこんな態度では。

「そこで先ほど話したとおり」マーサーが続けた。「おまえと協力し合えるのではないかという結論にたどり着いた」

「クインを見つけるためにギルドの力を使っていいと言うのか？」

マーサーがつかの間、目を閉じた。ふたたび開いたとき、その目には悲しげな怒りがにじんでいた。「それほど単純だったなら、どんなにいいか。だがあいにく、いまのわがギルドは信用できないのだ」

エメットはしばしマーサーを見つめ、その言葉が意味することを悟った。「詳しく説明してもらったほうがよさそうだ」

「組織内に裏切り者がいると信じる理由がある」マーサーが疲れた声で言った。「わしに近い人物だ」

エメットはなにも言わなかった。そんなことを知るのがマーサーにとってどれほど堪《こた》えるか、わかっていた。

「おまえの甥について、たったあれだけの情報をつかむにも、ギルドの外に頼らなくてはならなかった」マーサーが言う。「わしの信用する何者かが、わしを裏切ろうとしておるんだ、エメット」

「どんなギルドの長にも敵がいる。それは否定できない事実だ」

「無論そうだ。わしとてこれまで何人もの敵に対処してきた。だが今回はわけが違う。もっと狡猾《こうかつ》で、正体を特定できない。わしの側近のだれということもありうる。だれでも」

「あなたが計画している〈カデンス・ギルド〉の今後を知っていて、それをよく思っていないだれかでは？」

「だろうな。だがそれだけではないかもしれん。個人的な感情ということもありうる。いまの時点では純粋にわからんのだ。わかっているのは、もはや自分の部下を信用できないということだけだ」

「そのことと、訓練を受けていない未熟なハンターが通りからさらわれているらしいことに、どんな関係が？」

「ふと思いついたのだ。だれにせよ、この裏切り者は独自のハンター組織を作りあげて、メンバーに直接命令をくだし、忠実に従わせようとしているのではないかと」

「ギルドに敵対する組織を作りあげようとしてるということか？　マーサー、それは少し考えすぎじゃないか？」

「考えてみろ」マーサーは譲らない。「もしその悪党がわしに逆らおうと思ったら、支持してくれる母体が必要になる。つまり、独自の訓練を積んだゴースト・ハンター集団が必要になるということだ。それには、まだギルドの教義を指南されていない若者をかき集めるよりほかにいい手があるか？」

エメットは小さく口笛を吹いた。「妄想に取り憑《つ》かれているわけではないんだな、マーサー？」

「慎重になっているだけだ。その二つは違う」

確かに違うが、敵の多いギルドのボスとなると、見分けるのは常に容易とはかぎらない。マーサー・ワイアットは愚かな男ではない。たとえいまは深刻な恋の病に冒されているとしても。賢くて強力で、なにより多くの難局を生き延びてきた男だ。その彼の本能が、側近に裏切り者がいると告げているなら、警告が当たっている可能性は高い。

エメットは足の下の絨毯の模様をしばらく眺めた。やがて顔をあげて言った。「要するに、あなたの言う裏切り者を私に排除してほしいということだな？」

「この不快な事態におまえの協力を必要としていることは否定しない。もはや自分の部下を信用できないのだ。わしに言わせれば、われわれの利害は一致している、息子よ。おまえは甥を見つけたい。わしは彼をさらったかもしれない人物を見つけたい」

エメットは、今回は〝息子〟という呼びかけを聞き流した。いまはほかに優先すべきことがある。長いあいだ町の灯りを眺めながら、マーサー・ワイアットとの関わりを深めることの是非を考えた。

実際のところ、選択肢は限られている。いちばん重要なのはクインの無事だ。

「そっちが持っている情報は？」ついにエメットは尋ねた。

「それほど多くはない。言ったとおり、そんな情報を得るにもギルドの外に頼らねばならなかった。おまえならいずれ自力で探りだしただろうが、少なくとも時間を短縮してやることはできる。そしていまは、時間が肝要だ」

エメットは肩越しに振り返ってマーサーを見た。「聞かせてくれ」

マーサーが椅子の上で身を乗りだし、張りつめた表情で語りだした。「行方不明になった日、おまえの甥は西の壁近くのオールド・クォーターにある若者のためのシェルター施設を訪ねている」

「その施設の名前は？」エメットは即座に尋ねた。

「〈トランスヴァース・ウェイブ〉だ。何年か前に〈アンダーソン・エイムズ信託〉によって設立された。まずはそこを当たるべきだと思うが、約束してくれ、エメット、控えめに行動するとな」

「なぜそんな約束をしなくてはならない？」

マーサーがため息をついた。「アンダーソン・エイムズは二年前にこの世を去った。弁護士たちが数カ月かけて信託を調査してみると、破産寸前だとわかった。〈トランスヴァース・ウェイブ〉は去年、閉鎖の危機に追いこまれたが、ぎりぎりのところで新たな資金援助がなされた。閉鎖を免れるぎりぎりのところでな」

「くそっ、そういうことか」ようやく全貌がつかめた。「救いの手を差し伸べて、いま〈トランスヴァース・ウェイブ〉を支えているのは、ギルド財団なんだな？　私に控えめな行動を取ってほしいのは、そのシェルター施設がタマラお気に入りの新しい慈善プロジェクトだからだろう」

マーサーの目が狭まると、急に冷酷な本性がのぞいた。「タマラはわしの疑念をなにも知らない。この件が表沙汰になってタマラやギルド財団が恥をかくようなことは、わしが許さん。わかったな？」

15

リディアは膝の上のバッグをぎゅっとつかみ、窓の向こうの守衛に穏やかな笑みを投げかけながら、エメットの運転する車でワイアット邸の正門を通り抜けた。

車内に沈黙が垂れこめて、刻一刻と濃密になっていく。

「今夜の出来事を大学の学部の社交行事ランキングで順位づけするなら、二位ね」やがてリディアは言った。

「そんなに上位か？」エメットが言う。

「学部内で開かれる月に一度のシェリー酒会ほど楽しくなかったけど、週に一度のコーヒー会ほどはひどくなかったわ」

「私なら第一位をつける」

リディアはちらりと彼を見た。「フィアンセが愛してるのは自分じゃなくマーサー・ワイアットだと悟った婚約発表パーティよりひどかったって言いたいの？」

「聞いたのか」エメットがカーブでギアを落としながら言う。「サロンで過ごすうちにタマラとずいぶん仲良くなったようだな」

「というより、その話はしょっぱなで飛びだして、その後は会話も尻すぼみだったわ。わたしはワイアットの蒐集したハーモニーの遺物をじっくり見せてもらったの。ありがたいことに、遺物の話なら何時間でもできるしね。あなたとマーサーが書斎から出てきたころには、タマラは退屈のあまり半分眠りかけていたわ」

「タマラは自分に利益がないことには集中力がもたない性格でね。たとえば私との婚約とか」

「自分に利益があることには、恐ろしいほどの集中力を発揮するんでしょうね」リディアはちょっと間をおいて続けた。「彼女も琥珀を身につけてたわ。あれには実用的な意味があるの？　それとも単なるファッション？」

「実用だ。タマラも強力な不和エネルギー共鳴者《ディソナント》なんだ」

「なるほどね」筋の通らない話ではない。統計的に言ってゴースト・ハンターはほとんどが男性だが、リディアは何度か女性のハンターと地下墓地で仕事をしたことがある。「まあ、あなたと婚約することにも、きっと大きな利益があったのよ。たとえば〈レゾナンス・ギルド〉のボスの妻になることが魅力的に思えたとか」

冷たい笑みがエメットの唇の端をカーブさせた。「お茶を飲みながらずいぶん雑多な情報を仕入れたな」

リディアは怒りで自制心を失い、シートの上でさっと向きを変えた。「どうして話してくれなかったの？」

「理由はいくつかある」エメットの声は過剰なほどさりげなかった。「第一に、きみがゴースト・ハンターをどう思っているかを考えると、わざわざギルドの内情を語る理由が見つからなかった。第二に、状況と直接関係があるとは思えなかった」

リディアはじっと彼を見つめた。「ごまかさないで。あなたは元ギルドのボスなのに、それとわたしたちの契約に関係がないって言うの？」

「半年前に地下墓地で過ごした四十八時間に起きたことは、私たちの契約に関係があるか？」

「それとこれとはまったく別問題よ」

「きみにも私にも過去はある。二人とも過去は変えられない。だが二人とも前に進んだ。私はもうギルドに属していない」

「ばか言わないで。一度ギルドに入ったら、一生ギルドの人間よ」

「一度イリュージョン・トラップでひどい目に遭ったトラップ・タングラーは、二度と元には戻れないと言う者もいる」

「同列で扱おうとするのはやめて」リディアは鋭く言い返した。

「どうしたいんだ、リディア？　契約を打ち切りたいのか？」

「いいえ、違うわ。そう簡単にわたしを片づけられると思ったら大間違いよ」

「では、協力する方法を見つけるしかないな」

「どうやったらそれができるのよ。あなたには不意打ちを食らわされてばかりなのに」リディアは噛みつくように言った。

「契約を交わしたからといって、過去に起きた個人的な出来事をすべて打ち明けなくてはならないわけではないだろう？」

「ギルドのボスだっていう事実は、個人的な出来事じゃないわ」

「元ギルドのボスだ」

「どうしてわたしは知らなかったのかしら」

「〈フリクエンシー・ギルド〉や〈クリスタル・ギルド〉の長の名前を知っているか？」

「それは……いえ」リディアは顔をしかめた。「認めるわ。カデンス以外のギルドの政治に関心を払ったことはない。〈レゾナンス・ギルド〉が改革に着手したとかいう話は小耳に挟んだけど、でも――」

「でも、信じられなかったから関心を払わなかった。違うか？」

「というか、よそのギルドが改革したからって、〈カデンス・ギルド〉が変わるわけないと思ったのよ。少なくとも、マーサー・ワイアットがボスの座に納まってるあいだは」

「こう言って気が楽になるのなら、もしきみがニュースを追っていたとしても、私の名前にはたどり着かなかっただろう」車が滑るように交差点をすり抜ける。「その地位に就いていたあいだは目立たないようにしていたからな」

「そうなの」

またとげとげしい沈黙が広がった。リディアの腹の虫は治まらなかった。

わたしとしたことが、ギルドのボスと契約を結んでいたなんて。

いいえ、元ギルドのボスと。

だけどフリーランスのコンサルタントなら柔軟な姿勢を心がけなくては。アカデミックな世界にぬくぬくと守られていたころとは違うのだ。明文化されたものと暗黙のもの、両方の厳格な序列と社会的な規則で守られていたころとは。個人コンサルタントとしての地位を確立したいなら、多少の危険も受け入れるしかない。

「どうして引退することにしたの？」リディアはつっけんどんに尋ねた。

「私は六年間、〈レゾノンス・ギルド〉を率いた。組織を再編するにはそれだけの時間がかかった。改革が終わったら、手を引きたいと思っている自分に気づいた。そこで、契約を更新してほしいという委員会からの申し出を拒否して、ダニエルが任命されるよう手配した」

「ダニエルって？」

「弟だ」

「じゃあ、あなた自ら後継者を選んだのね？」

「ギルドの運営となると、ダニエルと私の考え方は似ている。あいつなら、今後もギルドを新たな方向へと導いてくれるはずだ。数年後には、以前の姿を思い出せる人間はいなくなっているだろう。〈レゾナンス・ギルド〉も、町の主要な企業の一つになっているに違いない」

リディアはためらったものの、結局は強い好奇心に負けた。「引退するつもりだとタマラに話したのは、いつ？」

「婚約発表パーティの数日前だ。その場で指輪を返されはしなかったから、私の決断を理解して、支持してくれるものと思っていた」

「説得すれば、あなたの考えを変えさせられると思ったのかもね」

「確かに何度か話し合った」エメットが認める。「私の考えは変わらなかった」

スライダーをリディアのアパートメントの駐車場に滑りこませる。「〈レゾナンス・ギルド〉の改革に費やした六年のあいだで、タマラは唯一の誤算だった」

「冗談でしょう」

エメットが車を停めてエンジンを切った。それから一瞬、なにも言わずにただハンドルの前に座っていた。考えているのだろう、とリディアは思った。真剣に考えているのだ。

「タマラが愛していたのは私個人ではなく、ギルドのボスと結婚するという発想だったということに、最初から気づいているべきだったと思っているんだろう？」エメットが感情を排した声で尋ねた。

「ねえ、落ちこまないで」リディアはドアの取っ手をつかんで押し開けた。「わたしだってライアンのことでは失敗したもの。あの人がわたしに興味を持ってたのは、わたしが超考古学部の序列を駆けあがって、共同執筆者として発表できる論文を書いていたあいだだけよ」

「書いていたのはきみなのか？」エメットが問う。

「ライアンは優秀な超考古学者だけど、わたしほどじゃないわ」リディアは穏やかな声で言った。「あの〝失われた週末〟のあと、わたしが共同執筆者としてあまり役に立たなくなったことは明らかだった。少なくとも、しばらくのあいだはね。だけどすべてきれいに片づいたわ。ライアンはわたしとの最後の共同執筆論文のおかげで昇進したの。いまでは学部長として、部下が書いた論文をどれも自分の名前で発表してる。調査をするのは部下で、名声を得るのは彼。わかりやすいと思わない？」

リディアはバッグを両腕で抱きかかえたまま車をおりた。エメットが運転席を出てドアを閉じ、鍵をかけてから、車の前を回ってリディアのそばに来た。二人は並んで階段に向かいはじめた。

「きみがライアンとつき合っているころから知り合いだったなら、それとなく教えてやれたんだが」エメットが言った。

「わたしも、タマラがずる賢くて野心的で、だれにもなににも自分の邪魔をさせない女性だって教えてあげられたわ。彼女は権力が大好きなのよ。惹かれるのね」

エメットがエネルギーを送りこんでセキュリティドアを開けた。「たった数時間一緒にいただけでそれがわかるのか？」

リディアは咳払いをして、学者らしい声で言った。「超心理学的に言えば、彼女はセックスと権力を結びつけて考えるのよ」

「つまり、ギルドの長を引退したときに、私はそれほどセクシーに見えなくなったということか？」

リディアはバッグを抱きかかえて階段をのぼりはじめた。「権力はいつだって興味深いものだけど、それが取る形は二種類あるわ。個人的、内面的なものと、小道具しだいのものよ」

「小道具？」

「ほら――役職とか立場とか、社会的な地位とか。そういう種類の権力にしか惹かれない人もいるの。タマラはそういう一人だと思う」

「きみの言うとおりかもしれない」エメットが並んで階段をのぼる。「タマラは私がビジネス・コンサルタントになるつもりだと知って、私への関心を失ったようだから」

「まあ、なにごとも経験よ」リディアは言った。

「それで、われわれの契約はまだ生きているのかな？」

「ええ」リディアは言った。「わたしたちの契約はまだ生きてるわ」

無言のまま五階にたどり着き、向きを変えてリディアの部屋の玄関に歩きだした。

リディアは胸に抱きかかえているバッグを見おろした。「これをどうするか決めるまで、安全な保管場所を見つけなくちゃ」

「明日の朝、本物の銀行の金庫にあずけるのはどうだ？」

「いい考えね。でも永遠にそこにあずけてはおけないわ。これはすばらしい発見なのよ、エメット。きちんと研究する必要がある」

エメットがいたずらっぽい訳知りの笑みを浮かべた。「なあ、いいことを思いついたぞ。そのドリームストーンの瓶を大学に渡して、ライアン・ケルソとその部下に論文を書かせて、《超考古学ジャーナル》誌で発表させるんだ」

「わたしの死体を越えてからにして」つぶやいた瞬間、リディアの脳裏にチェスターの遺体がよみがえり、彼女は顔をしかめた。「この状況では、あまりいいたとえじゃなかったわね」

エメットの笑みも消えた。「そうだな」

「今夜はこの瓶をどうするか、冷静に考えられそうにないわ。一晩では多すぎるほどの情報量だったもの。わたしの神経はこれほどの刺激に慣れてないの」

「刺激？」

「そうよ、刺激。この遺物に、〈カデンス・ギルド〉のボスとのディナーに、コンサルタント業で最初の依頼人が〈レゾナンス・ギルド〉の元ボスだっていう事実。強烈すぎるわ」

「なるほど」エメットが言った。「刺激か」

「わたしはこのところ穏やかな生活を送ってるの。ああ、ときどき死体に出くわすけど。それから、ときどき奇妙なゴーストが現れて寝室の壁に穴を空けそうになるけど。でもまあ、せいぜいそんなところよ」

「確かに穏やかな生活だな」エメットが錠に鍵を挿しこんだ。

リディアは鋭い目で彼を見た。「そういえば、忘れるところだった――クインのことで、ワイアットから役に立ちそうな情報は聞きだせた？」

「かもしれない」

「それはっかりね。〝かもしれない〟」

「手がかりになりそうなことは聞きだせた」エメットがさりげなく言いながらドアを開けた。

「明日、当たってみるつもりだ」

リディアは玄関広間に入った。「その手がかりとやらと引き換えに、ボス・ワイアットはなにを要求してきたの？」

「きみにはずいぶん皮肉っぽいところがあると、だれかに言われたことはないか？」

「わたしにあるのは、ギルドの政治の仕組みについての深い知識よ」

エメットがなにも言わずにリディアを見つめた。

「少なくとも、ここカデンスのギルドの仕組みについては知ってるわ」リディアは言いなおした。「マーサー・ワイアットは、だれのためだろうと善意からなにかをするような人じゃない」

エメットが肩をすくめた。それから下に手を伸ばし、足の周りを漂っていたファズを拾いあげた。「取引をした」

リディアは凍りついた。「どんな？」

「きみには関係ない」エメットが静かに言う。「これはギルドのビジネスだ」

「またそれ？〝ギルドのビジネス〟。わたしはあなたのコンサルタントなのよ。なにが起きてるか、知る権利があるわ」

「ワイアットとの取引は、きみとの契約の範囲内にはない」

「信じないわよ。一ミリもね」

「好きにしろ」エメットがキッチンに入っていき、プレッツェル容器の蓋を開けた。「私はこれ以上なにも話さない」

リディアは反論しようと口を開いたが、そのとき電話の留守番メッセージのランプが点滅しているのに気づいた。

部屋を横切り、ボタンを押した。

『〈グリーリィ骨董品店〉のバーソロミュー・グリーリィだ。こないだ店に訪ねてきた件で電話した。例のものがいまどこにあるか、情報を手に入れたよ。購入したコレクターは、適正な価格で手放すことに同意してる。俺は喜んで仲介するし、おまえが言っていた仲介料を喜んでいただくつもりだ。明日の朝、店に来てくれ。いつもより早めに店を開ける。十時ごろでどうだ？』

リディアの体に達成感が走った。「あなたの小箱が見つかったみたいよ、エメット」

エメットが電話をちらりと見た。それから無表情な顔でリディアを見る。「だとしたら、きみの仕事も終わったということだな？　これで事態はシンプルになる。明日、小箱を受け取りに行って、きみに小切手を渡そう。われわれの契約は法的に満了したことになり、きみはこの件から手を引ける」

達成感はたちどころに消えた。エメットの言うとおり。〈驚異の部屋〉がエメットのもとに戻れば、二人の契約は満了する。それについて、リディアにできることはない。

だけど、なぜどうにかしたいと思うのだろう？　エメットはよりによって元ギルドのボスだ。〈カデンス・ギルド〉のボス、マーサー・ワイアットからディナーに招待されるような男だ。おまけに、マーサー・ワイアットと取引をするような男だ。そして元婚約者はワイアットの妻。これ以上、厄介なこともない。

もちろんリディアはこの契約をできるだけ早急に終わらせたいと思っている。エメットが払ってくれる報酬を手に入れれば、新しいアパートメントに引っ越せる。満足した顧客リストに彼の名前を載せられれば、コンサルタントとしての新たなキャリアをじつに幸先《さいさき》よく始められたことになる。人生は上向いてきた。

それなのに、どうして胸が躍《おど》らないのだろう?

リディアは明るい笑みを浮かべた。「どうやら明日の夜にはソファを取り返せそうね」

16

寝室のドアがそっと開く音で、エメットは陰気な考え事から引っ張りだされた。最初に感じたのが小さな安堵《あんど》の波だった。このソファに横たわって明かりを消した瞬間から、可能性と策略と問題と危険の沼に、ずぶずぶと沈みつづけていた。

ワイアットとの取引をどうごまかして甥のクインを探しだすか、考えようとしても、明日にはエメットとの契約が終わるとわかったときのリディアの明るい笑みがくり返し浮かんできて、思考を妨げられた。〝どうやら明日の夜にはソファを取り返せそうね〟

まったく、あれほどうれしそうにしなくてもいいだろうに。いいとも、喜んで返してやるさ。このいまいましいソファはあちこちたわむし、ごつごつしているし、短すぎる。

むきだしのつま先が廊下のエンドテーブルにぶつかる音がかすかに聞こえてきた。さらに押し殺した呻き声とくぐもった悪態が続く。エメットは頭の後ろに回していた片腕を抜いて掲げ、腕時計の蛍光の文字盤を見た。午前二時。どうやらリディアも寝つけずにいたらしい。

エメットがこねくり回していたどんな計画も不測の事態への対処法も、たったいま持ちあがった火急の疑問を前にして、どこかに消え去った。なぜリディアは廊下をこちらにやって来る？

持ちあがったのがその疑問だけではないことを、エメットは激しく意識していた。リディアがベッドを離れてこちらに近づいていると悟っただけで、股間のものが上掛けにテントを張っていた。

リディアはまだ怒っているだろうか。明日あの小箱を取り返したら、二人がまた顔を合わせる論理的な理由がなくなるという事実は、エメットの頭に浮かんだように、リディアの頭にも浮かんだだろうか。そもそもリディアは気にするだろうか。バーソロミュー・グリーリィからの留守番メッセージを聞いたとき、とてもうれしそうだった。二人の契約が満了するという知らせにも喜びを示した。

エメットは身動きもせずに横たわり、じつに愚かな期待のせいで血が熱くなっていくのを感じていた。私はいったいなにが起きると思っているんだ？　リディアが寝室を出てきたのは一緒にソファに横たわるためだと思うほど、頭が悪くなったのか？

どうせ彼女はキッチンに向かうに決まっている。状況を考えると、筋が通る目的地はそこしかない。リディアは寝つけなくて、ミルクでも飲もうと思いついた。そういうことだ。

白いローブの淡い輪郭がそっと角を曲がるのが見えた。肩の上の黒っぽいかたまりはファズだろう。

エメットは息を詰めて、こっちへ来いとリディアに念を送った。

リディアはキッチンに向かった。

エメットは深々と息をつき、リディアが戸口の向こうに消えるのを見送った。数秒後、冷蔵庫のドアが開く音が聞こえた。キッチンへと続く戸口からつかの間、光が漏れて、すぐにまた消えた。ガラスが触れ合うような、やわらかな音が聞こえる。リディアが食器棚からグラスを取りだしたのだろう。続いてプレッツェル容器の蓋を開ける音が聞こえてきた。

まったく。これだけごそごそされて私が目を覚まさないと思っているのか？

エメットは上掛けをめくって立ちあがった。キッチンまであと少しというとき、自分がボクサーショーツしか着けていないことを思い出した。見おろして、これでは目覚めた息子をごまかすなど不可能だと悟る。呻きたいのをこらえて鞄の中からジーンズを引っ張りだし、すばやく脚を突っこんだ。

「起こすつもりはなかったんだけど」キッチンの戸口からリディアの声がした。

エメットは彼女に背中を向けたまま、慎重にジッパーをあげた。「もともと眠っていなかった」

どうにかジッパーをあげることに成功してから向きを変えた。リディアはあまりにもおいしそうで、味見したいのを我慢するのが精一杯だった。

リディアは片手にグラスを、もう片方の手にはプレッツェルをいくつか持っていた。いま、その一つをファズに食べさせた。

「私も少しもらっていいか？」エメットは尋ね、もっと気の利いたことの言えない自分にうんざりした。

「どうぞ、お好きなだけ」

キッチンに入るとき、腕がローブの袖に擦れた。まるで電気を流されたかのように、強烈なエネルギーがすでに活気づいている体を駆け抜けた。

　エメットはプレッツェル容器の蓋を力任せに開けて、中に手を突っこもうとした。

「そっちはやめたほうがいいと思うわ」リディアが言った。「たぶんファズがよだれを垂らしてるから。オーブンの中にある袋から取って。わたしの分はそこに隠してるの。ファズの力はオーブンを開けられるほど強くないから」

　エメットは蓋を戻してオーブンを引き開けた。中にあるプレッツェルの袋をまじまじと見る。「袋を中に入れたまま、うっかりオーブンを点けてしまったことは？」

「一度だけ」リディアが認めた。「いまは流しの下に消火器を常備してるわ」

　エメットは一つかみプレッツェルを取って、オーブンを閉じた。

　どうやらリディアはまだ怒っているようだ。それもこれも、エメットがマーサー・ワイアットとの取引について詳しく教えないから。

　いったいなにを失うことがある？　リディアがこれ以上怒ることもあるまい。これはギルドのビジネスだが、もしかしたらリディアにはいくつか知る権利があるのかもしれない。

「降参だ。ワイアットとの取引について説明しよう」エメットはプレッツェルを呑みくだして言った。

　リディアがつんと顎をあげた。「無理しないで。わたしには関係ないことだと思ってるんでしょう？」

「実際に関係ないんだ。だが冷たい態度が堪《こた》えてきた」

「驚きね。ギルドのボスに冷たい態度が通用するなんて」

「元ギルドのボスだ」エメットはプレッツェルをもう一つ口に放りこんだ。「簡潔に言うと、ワイアットがつかんだ情報によれば、クインは行方不明になる直前にオールド・クォーターのとある施設を訪れていたらしい。〈トランスヴァース・ウェイブ〉という、若者のためのシェルターだ」

リディアが考えこんだ顔になった。「そこなら知ってるわ。何年か前に設立されたシェルターでしょう？　ストリート・キッズに社会福祉を提供してる施設よ」

「ワイアットは、なんらかのつながりがあるとみなしている。ほかにも数人、訓練を積んでいないハンターのたまごが行方不明になっているらしい。その子たちもこのシェルターになにかしらつながりを持っていた。ワイアットは、なにが起きているのか私に突き止めてほしいと言っている。ただし、人目につかないように」

リディアが首を傾《かし》げた。「どうして人目についちゃいけないの？」

「数カ月前、カデンス・ギルド財団がこのシェルターに資金援助を始めたからだ」

「あーあ」

「まさに」エメットはまたプレッツェルを口に放りこんだ。

「そのシェルターで違法なことが行われてるとしたら、ギルドにとってはたいへんな失態ね」

「とりわけタマラにとっては」エメットは少しためらってから続けた。「マーサーは彼女に本気で恋しているらしい。タマラを守りたがっている」

「マーサー・ワイアットがギルドのボスとして行使する権力以外のものに恋するなんて、ちょっと想像できないわ」

「人は変わる」

「変わる人もいるし、変わらない人もいるのよ」

「皮肉屋だな。とにかく、話はそれだけじゃない。ワイアットの考えでは、側近の中に裏切り者がいる。そしてシェルターで起きていることは、その人物が陰で糸を引いている」

「なるほどね。この話の行き着く先がわかった気がするわ」

「クインを見つける手がかりと引き換えに、私はワイアットの側近の中から裏切り者を突き止めることを承諾した」

リディアが深い息をついた。「そうなの。じゃあ、いまやあなたは〈カデンス・ギルド〉のボスのスパイなのね」

エメットはなにも言わずにただ咀嚼《そしやく》していた。

「ええ、わかってる。あなたが悪いんじゃないわ」リディアが言った。

これにはエメットも驚いた。「本当にそう思うのか?」

「ええ。もしわたしがあなただったら、きっと同じ取引に応じてるもの。なにしろあなたの最重要課題は甥を見つけだすことでしょ。それに、ワイアットがくれた手がかりはなかなか役に立ちそうな気がするわ。この世では、ただでなにかを手に入れられることなんてないものね。ギルドが関わってるとなると、いっそう」

「私の見解もそんなところだ」エメットは最後のプレッツェルを呑みこんだ。「さっきはぴりぴりして悪かった」

「自分の行動を弁解するのに慣れてないんでしょう？」

エメットは彼女を見た。「そうじゃない。詳しく説明しなかったのは、きみがワイアットと地元のギルドをどう思っているか、知っていたからだ」

「マーサー・ワイアットのことをほとんど信用してないのは認めるわ。だけど――」

「だけど？」

リディアがひねくれた笑みを浮かべた。「あなたはマーサー・ワイアットじゃない」

エメットの胸の奥深くで、なにかがほぐれた。「それはつまり、私を信用しているということか？」

リディアが片方の肩を小さくすくめた。「ワイアットより、はるかにね」

まあ、永遠の信頼を宣言したのではなさそうだ。だが、少なくともワイアットと同じカテゴリーに入れられてもいないらしい。

「明日、例の小箱を受け取ったら、その施設を調べてみるつもりだ」エメットは言った。

「それがよさそうね。幸運を祈ってるわ、エメット。甥御さんの無事も祈ってる」

エメットは二呼吸ほど置いて口を開いた。「契約を終わらせる前に、教えておきたいことがある」

「なあに？」

「きみがゴースト・ハンターに抱いているちょっとした誤解を解いておきたい」

リディアが暗がりからエメットを見つめた。「またギルドの政治について講釈を垂れるつもりなら――」

「政治とはまったく関係ない」

「そうなの？」

エメットは冷蔵庫に背中をあずけ、腕組みをした。「ゆうべきみが言っていた奇妙な効果のことだが。どこでそんな情報を仕入れてきたのか知らないが、その情報は間違っている」

「メラニーよ」リディアが咳払いをした。「博物館の同僚のメラニー・トフトが教えてくれたの。確信を持ってるように見えたけど」

「ゴーストを召喚したり消したりすると、確かに高揚感を得る」エメットはひどくゆっくりと話した。「だがここで言っておきたいのは、その効果はすぐに薄れるということだ」

「すぐって、どれくらい？」

「最大で三十分」

リディアが思案顔になった。「考えてみると、メラニーは時間のことは言ってなかったわ」

「そうか。ともかく私がはっきりさせておきたいのは、そうした効果はゆうべきみとのあいだで起きたことの理由になるほど長続きしないということだ」

「そうなの」リディアがささやくように言った。

エメットは腕組みを解いて一歩彼女に近づいた。キッチンは狭いので、それだけで二人は面と向き合う格好になった。リディアの温かな香りを嗅ぎつけて、ぞくぞくするような渇望がエメットの全身を駆けめぐる。彼女もそれを感じ取ったのがわかったが、リディアはエメットをかわそうとはしなかった。ファズがしばしエメットを見つめ、リディアの肩から転がり落ちるように離れると、プレッツェル容器のあるほうへと駆けていった。

「それから、間違いなくこれの理由でもない」言うなりエメットはリディアを腕の中に引き寄せて、唇を重ねた。

人生最悪の数秒に思える時間が流れるあいだ、エメットは彼女に押しのけられるものと覚悟した。

ところがそのとき、リディアの体がしなやかになるのを感じて、突然すべてが順調になった。順調どころではない。最高だ。

リディアの腕が首に絡みついて、指が髪に潜りこんでくる。やわらかな唇が開いたので、ありがたく味わわさせてもらう。切望が唸り声をあげて全身をめぐり、夢のような高揚感があとに続く。いまならゴーストを十体でも、いや、百体でも召喚できそうだ――あいにくほかのことで忙しいが。

長い禁欲生活というのは、エメットの年齢の男性にはあまりよくないことなのだろう。エメットの年齢の男性は、行きずりの関係に耽《ふけ》るものではない。結婚していてしかるべきだ。ベッドに妻がいるべきだ。ありきたりに思えてくるほど定期的にセックスをしているべきだ。

少し退屈に思えてくるほど。たとえば朝食のように。

朝食がこれほど美味だったことはないが。

リディアは温かく、夜の香りがした。女の香り。独特で驚きをはらんでいて、謎めいている。エメットがこれまで一度も嗅いだことがなく、きっと死ぬまで忘れないだろう香りだ。

エメットは片手を動かしてお尻の丸みを撫でおろし、太腿に指を這わせた。リディアが身じろぎすると、小さなつま先がエメットの足に触れた。エメットは彼女をカウンターに追いつめて、白い首筋にキスをした。

それから二人のあいだに手を滑りこませると、ローブの腰紐を探り当てて、ほどいた。リディアが両手で彼の顔を包んだ。

「だめよ、エメット」

エメットはぴたりと動きを止めた。それから顔をあげてリディアを見おろした。「だめ？」

リディアの顔に切ない笑みが浮かんだ。「いい考えだとは思えないわ。厳密に言うと、わたしたちはまだ仕事上の契約を交わしてる関係だもの」

「それは明日の朝に終わる」

「わかってる。だけどそれまでは、わたしたちはコンサルタントと依頼人よ」

怒りともどかしさがエメットの中で渦《うず》を巻いた。「なにを言っている？　きみは私が欲しい。私はきみが欲しい。なにが問題だ？」

「問題は」リディアが揺るぎない声で言った。「わたしたちがお互い相手をよく知らないってことよ。あなたは依頼人で、わたしは一夜かぎりの情事なんて望んでないってこと」

「なぜ正直に言わない？　本当の問題は、私がギルドの人間だったことなんだろう？」

「違うわ」

「違うものか」エメットは不意に彼女から手を離して、カウンターからさがった。「きみはギルドに関係のある人間すべてに偏見を持ちすぎていて、ゴースト・ハンターとふつうの肉体関係を持つことさえできないんだ」

「わたしを責めないでよ」リディアがすばやく荒っぽい動きでローブのベルトを締めなおした。「よく知らない男性と寝ないからって、わたしがふつうじゃないことにはならないわ」

「くそっ」エメットは乱暴に髪をかきあげた。「きみがふつうじゃないとほのめかすつもりはなかった」

「いいえ、あったのよ。あなた、まさにそう言ったもの。元同僚から共鳴力を失ったと思われてるだけでじゅうぶんひどいの。ほかの面でもふつうじゃないと言われる必要なんてないわ。悪いけど、このへんで失礼するわね。ベッドに戻らなくちゃ」

リディアがくるりと向きを変えて大股でキッチンから出ていくのを、エメットは力なく見送った。カウンターの上からじっと見あげているファズに視線を向けた。

「たったいま大失敗をやらかしたと感じたことはあるか？」エメットは尋ねた。

17

ベッドサイドの電話が鳴る音でリディアは目を覚ました。手を伸ばしてテーブルをたたき、しばし探ってようやく電話を見つける。どうにか受話器を耳に当てたとき、エメットがリビングルームの子機で応じた。

「ロンドンだ」くぐもった声で言う。

リディアはぞっとして、ベッドの上に跳び起きた。「もしもし。もしもし？」

「失礼」ライアン・ケルソがぶっきらぼうな声で言う。「番号を間違えたようです」

「ライアン？」リディアは急いで言った。「待って」

「リディア、きみか？」今度は困惑した声だ。

「ええ、わたしよ。エメット、こっちで取ったから、もう受話器を置いて」

「すまない」エメットがさらりと言った。「きみたちが話をしているあいだに朝食の準備をしておこう。ごゆっくり。私はシャワーもまだだ」

エメットが電話を切るカチリという音がした。続く水を打ったような短い静けさのあいだに、ライアンが状況を呑みこんでいくのがリディアにはわかる気がした。朝のこんなに早い時間にエメットがリディアのアパートメントの電話に応じることの意味を。リディアは自制心を総動員し、リビングルームにずかずかと入っていってエメットを怒鳴りつけたい衝動をこらえた。

心を落ちつけて、すばやく可能性を吟味した。もしかしたらライアンが電話をかけてきたのは、学部がリディアを復職させることに決めたと伝えるためかもしれない。あるいは、大学側が個人コンサルタントとしてリディアを雇いたがっていると伝えるためか。ひょっとすると、リディアの新たなキャリアはついに離陸しようとしているのかもしれない。

「ごめんなさい」リディアはきびきびと言った。「だれかが間違って子機を取ったみたい」

「電話に出たのは、このあいだ〈カウンター・ポイント〉で一緒だった男じゃないか？」

ライアンの声には、今度は不満の色がにじんでいた。リディアはむっとした。この人につべこべ言われる筋合いはない。

「ロンドンさんはうちに泊まってるの」

ふと、寝室に影がおりた。リディアが部屋の向こうを見やると、〝ロンドンさん〟が戸口をふさいでいた。昨夜と同じで、ジーンズしか身に着けていない。リディアはあっちへ行ってと手を振ったが、彼は一向に退かなかった。

「なにか用なの、ライアン？」リディアは尋ねた。

ライアンが咳払いをする。次に聞こえてきた声は、少しばかり愛想がよすぎた。「じつは電話をかけたのは、ランチに誘おうと思ったからなんだ」

「ランチ？」

「このあいだの夜にきみを見かけて、ずいぶん長いあいだゆっくり話をしていなかったことに気づいてね」ライアンが早口に言う。「積もる話もいろいろある」

「そうなの」リディアには、彼が仕事の打ち合わせをほのめかしているのか、それとも単に友達ぶっているのか、判断がつきかねた。「そのランチだけど、いつにしたいの？」

「今日はどうかな」ライアンが言う。

今日は朝のうちにドリームストーンの瓶を安全な銀行の金庫室にあずけて、それからエメットと一緒にバーソロミュー・グリーリィのところへ〈驚異の部屋〉を取り返しに行かなくてはならない。加えて、博物館での業務もある。今日は遅刻することになるから、ランチ休憩も仕事をしなくてはならないだろう。

「今日は予定がいっぱいなの。明日はどう？」

「くそっ、リディア、きみにどうしても話があるんだ」ライアンの声が苛立ちと切迫感をにじませた。「今日。できるだけ早く。きみのアパートメントへ行ってもいい」

ライアンは明らかになんらかの不安を抱えている。リディアは、寝室のドア枠に片方の肩をあずけてじっとこちらを見つめているエメットを無視しようと努めた。

「いったい急にどうしたの、ライアン？」リディアは尋ねた。

「職業上の問題が関わっているんだ」ライアンがこわばった声で言う。

リディアは熱意を隠そうとした。「大学のために、わたしにコンサルタントをしてほしいの？」

短いけれど意味深な間が空いた。「そういうことじゃない」

リディアの熱意は瞬時に薄れた。「ライアン、今日は忙しいの。遊んでる時間はないのよ」

「待て、リディア、切らないでくれ。重要なことなんだ。もしかしたらこれまででもっとも重要なことかもしれない。電話では話したくない。だが信じてくれ、これは古代ハーモニーの大発見に関わることなんだ」

リディアは受話器を握る手に力をこめた。「大発見って、どんな？」

「いまは話せない。直接会ってからでないと」ライアンが少しためらってから続けた。「ある噂を耳にした。それ以上は話せないが、一つだけは言える。噂が本当なら、きみはキャリアを取り戻せる」

リディアは自信が押し寄せてくるのを感じた。ライアンがわたしを必要としている。それはつまり、いま優位に立っているのはわたしだということ。慎重にカードを切らなくては。

「ねえライアン、今週の予定をはっきりさせてから、今日中に電話するわ」

「リディア、待て、切らないでくれ。僕たち両方の未来がこれにかかっているんだぞ」

「あとでね、ライアン」リディアはそっと受話器を置いた。それからエメットを見た。

「なんだって？」エメットが問う。

「ライアンは、チェスターがわたしに遺したもののことをどこかで聞きつけたんじゃないかという、いやな予感がするわ」

「あの瓶のことを知っていると思うのか？」

「そこまでは思わないけど、わたしがあの瓶についてなにか知っていると思ってるような印象を受けたの」

「それだけでもまずいな」エメットがドア枠を離れてベッドに歩み寄り、リディアにローブを放った。「起きろ、私の小さなセックスの女神。銀行が開くと同時に入店するぞ。なによりも先に、あの瓶を安全な金庫に納めたい」

リディアはローブをつかんで彼の目を見た。「〝セックスの女神〟？」

「〝セクシーな子猫ちゃん〟のほうがいいか？」

「いいえ、忘れて。〝セックスの女神〟でけっこうよ」

〈カデンス・シティ銀行〉はきっかり午前九時に開く。九時二十分には、リディアは必要な書類すべてに記入し終えていた。銀行員の案内でリディアとエメットは静かな金庫室に通され、二人きりで残された。

リディアは紙袋から瓶を取りだし、安全な金庫に保管してしまう前にもう一度だけ眺めようとした。

「これが本物だなんて、まだ信じられない」リディアは移ろうのをやめない色の流れを見つめた。まるで瓶の表面を彩る異質な海のようだ。「岩みたいに固いのに、それでも純粋なドリームストーンだなんて。どうしてそんなことがありうるの？　本当なら、溶けて粉々にならなくちゃおかしいのに」

「それほど思いがけないことか？」エメットが言った。

「思いがけない？　ドリームストーンを加工する技術はないとされてるのよ？」

「考えてもみろ」エメットがリディアの手の中の瓶を見つめる。「われわれ人類はこの惑星に来てまだ二百年ほどしか経たないが、すでに琥珀を用いて共鳴する方法を見つけだしている。その方法を、共鳴画面を起動させたり夕飯を作ったりといった、日常生活のありとあらゆる場面で利用している。一方、古代ハーモニー人はおそらくこの惑星で進化した」

「それは断言できないわ」リディアはすばやく反論した。「彼らも数千年前に〈カーテン〉をくぐってここにたどり着いたのかもしれないでしょ。わたしたちの先祖が二世紀前にやって来たのと同じように。専門家はみんな、過去に何度〈カーテン〉が開閉したかも、開いたときにどの惑星とリンクしたかも、わからないと言ってるわ」

エメットが肩をすくめた。「なんとでも。きみの意見がどうあれ、古代ハーモニー人がこの惑星に何千年も存在した可能性はある。だろう？」

「そうね」

「だとしたら、この惑星の基本的な調和的周波数《ハーモニック・フリクエンシー》に波長を合わせていく時間は山ほどあったはずだ。彼らが琥珀でなにをしていたか、だれにわかる？　古代ハーモニー人がゴーストやイリュージョン・トラップを作りだした方法すら、われわれにはまだわかっていない。ゴーストやトラップをコントロールできる人間はいるが、ゼロからそれらを作りだす方法を思いついた者は一人もいないんだ」

「そのとおりね」

リディアは手の中の瓶を見つめた。数世紀の重みと、人類が考案したのではないけれど人類の波長と激しく共鳴する創造物のこだまを感じた。「もしかしたら古代ハーモニー人は、超能力を集中させるのに、琥珀以上に適したなにかを見つけたのか、あるいは作りだしたのかもしれないわね」

「だとしても驚きはしない。この惑星であと何千年か過ごしたら、私たちもそういうもっと適したなにかを思いつくのかもしれない」エメットが腕時計に目を落とした。「そろそろ九時半だ。グリーリィとの約束に遅れる」

「そうね」いつでもまたここへ来てすばらしい瓶を眺めればいい、とリディアは自分に言い聞かせた。瓶を紙袋に戻そうとした途中で、ふと手が止まった。

「どうした？」エメットが尋ねた。

「わからない」リディアは袋からふたたび瓶を出し、重みを測るように両手で包んだ。軽い心的探査《サイキック・プローブ》を送りこむ。琥珀のブレスレットが熱を帯びた。リディアは慎重に、瓶から放たれるエネルギーの調和的波動《ハーモニック・パルス》を探った。

琥珀がますます熱を帯びた。小さな震えが全身を駆け抜ける。「ああ、なんてこと」

エメットがさらに近づいてきて、リディアの顔をじっと見つめた。「なにを感じ取っている？　それが作られた時代か？」

「いいえ。そうじゃないの。ゆうべ、なんだか妙な感じがすると言ったのを覚えてる？　イリュージョン・トラップのエネルギーみたいなものを感じるって。単にドリームストーン特有のなにかだろうと思ってたんだけど、いま、確信が持てなくなってきたわ」

エメットがちらりと瓶を見て、すぐさまリディアの目に視線を戻した。リディアの言葉がほのめかすことを理解したのだろう。

「ゴーストのエネルギーじゃない」エメットが確信に満ちた声で言う。「それなら、きみより先に私が感知しているはずだ」

「そうね」リディアはささやくように言った。「イリュージョン・トラップのエネルギーよ」

「だがトラップは地下墓地の外にはほぼ存在しないはずだ」

リディアは無言でうなずいた。エメットの言うとおりだ。それでも、金庫室の中を見まわさずにはいられなかった。四隅にじっと目を凝らし、琥珀のブレスレットを通して共鳴感覚を増幅させ、集中させる。どこにも闇の池は見あたらない。テーブルの下や天井付近にも不可解な影はない。

もちろん、ここにイリュージョン・トラップがあるはずはない。なにしろいま二人がいるのは〈カデンス・シティ銀行〉の金庫室の中だ。

それでもブレスレットの琥珀は強い熱を帯び、室内にはエネルギーが揺らめいていた。

リディアは瓶を見おろし、それからエメットに視線を向けた。

「もしかして、加工されたドリームストーンに関係があるんじゃないか？」エメットが言う。

「これまでに操ることのできた人類がいないから、われわれも知らない物質とか？」

リディアは遺物を光にかざした。「蓋があるみたいだわ。本当は研究室で開けるべきだけど。瓶を壊したくないし」

「いままで持ちこたえてきたんだ」エメットが言う。「そんなにたやすく壊れないだろう」

「やってみる」

リディアは瓶をテーブルに置き、固く閉じた蓋をそっと押しあげてみた。驚いたことに、蓋は難なく外れた。さらに驚いたことに、瓶の中にはきらめく色彩の海などかけらもなかった――むしろ、とてつもなく暗い。

「ふーむ」

リディアは瓶を手に取り、頭上からの光が内部に射しこむよう、傾けた。その光が闇を貫くことはなかった。瓶の中のドリームストーンはきらめきも輝きもしない。ただ濃密で計り知れない黒い霧が渦巻いているだけ。

可能性は二つある、とリディアは思った。ライアンやほかの人が思っているとおり、わたしは共鳴者としての能力を失ったのか、あるいはわたしが手にしているのはイリュージョン・トラップに満たされた瓶なのか。

「ああ」リディアは言った。

「本物か？」エメットが静かに尋ねる。

「ええ。たいしたトラップじゃないわ。この瓶の中に収まる大きさよ」

エメットがその言葉に疑問を持たなかったことに、リディアは気づいた。疑って当然なのに、リディアの判定を受け入れた。

リディアが慎重極まりない手つきで瓶をテーブルに戻すのを、エメットがじっと見つめて尋ねた。「どう思う?」

「わからない。わたしもみんなと同じで、トラップをデッド・シティの外で目にしたことはないわ。それがこの瓶の中に存在するということは、このトラップはわたしが過去に直面してきたものとは異なるということかもしれない。どういうわけか、ドリームストーンにつなぎとめられてるんだと思うの。確かめる方法は一つだけ」

エメットが瓶のてっぺん越しにリディアを見つめた。「やってみろ」

「あなたは別の部屋に移動したほうがいいかもしれないわ。念のために」

「移動してたまるか。私もここにいる」

「お好きに」

リディアはもう一度深く息を吸いこみ、腕の琥珀を通してエネルギーを送りだすことに集中した。瞬時にふたたび琥珀が熱を帯びる。間違えようのない共鳴エネルギーの脈動が、震えながら体の中を駆り抜けた。弱いけれど、確かに、はっきりと。

「小さなトラップよ」リディアはささやいた。「エネルギーのしずくを垂らしてるだけ」

「たとえしずくでも、ひどく不快な効果をもたらせる」エメットが警告した。

リディアはなにも言わなかった。彼もリディアも地下墓地で仕事をしたことがある。古代ハーモニーのトラップになにができるかは、二人ともわかっている。異質な夢。異質な悪夢。

リディアは琥珀を通してエネルギーを安定的に注ぎこみながら、瓶の中の、手で触れられる夜をじっと見つめた。数秒後、果てしない闇の中でなにかがうごめいた。闇そのものが凝縮して一点に集まりつつあるように見える。リディアが送りこんでいるエネルギーの脈動に反応しているのだ。もしこの時点でリディアが失敗すれば、トラップを跳ね開けさせることになる。

もしイリュージョン・トラップが開いてしまったら、瞬時にトラブルに巻きこまれるだろう。なにか手だてを講じる時間などない。闇はリディア自身が用意した心的周波数に沿って襲いかかってくる。リディアが反応を示す前に精神が呑みこまれるはずだ。

トラップがじゅうぶんな力を備えていれば、人類の精神ではそれほど長く耐えられない幻覚にリディアを引きずりこむばかりか、リディア自身のエネルギーを利用して、運悪くそばにいた人間までトラップに引きずりこんでしまう。いまなら、エメットを。

悪夢がどれだけ続いて、どんな形を取るかは、だれにもわからない。トラップの大きさに比例して、生みだされる悪夢が小さく短命なことを祈るのみだ。

けれどリディアは知っている。たとえ数分しか続かなくても、立ちなおるには何日もかかることを。

共鳴感覚を使って、小さな闇のさらに深くへ潜った。包みこむ幻エネルギーをふるいにかけると、間違えようのない共鳴のこだまが見つかる。リディアは探査《プローブ》を調整し、パターンの下に隠された意匠を見つけてエネルギーを注ぎこみ、波動をおとなしくさせた。

ゆっくりと慎重に、トラップの共鳴周波数を調律していく。波は徐々に弱くなって、平らになっていった。

瓶の中の闇が不意に瞬いて、消えた。

リディアは大きく息を吐きだした。息を詰めていたことに自分でも気づいていなかった。顔をあげると、エメットがにやりとした。

「やったな」エメットが言う。

そのとき、高揚感がリディアの体を貫いた。あの〝失われた週末〟以来、イリュージョン・トラップのエネルギーを解除する機会に接したのはこれが初めてだ。いまも能力を持っていることを自分に証明できたのは。まだ衰《おとろ》えていないことを示せたのは。

リディアはどうにか平静を装い、こみあげてくる興奮を隠そうとした。「久しぶりだったから」ぶっきらぼうに言う。「ちょっと錆《さ》びついてるんじゃないかと心配したけど」

「錆びつくだと？　カデンス大学の超考古学部も、そこにいる連中が相手にしているゴーストも、知ったことか。きみはなにも失っていない」

リディアは胸の中でうねる喜びと安堵を抑えようとするのをやめた。小さな叫び声をあげてエメットの腕の中に飛びこんだ。彼の腕は即座にリディアを包みこんだ。

「大丈夫だったわ」エメットの上着の布にささやきかける。「わたし、本当に大丈夫だった。いまも対処できるのよ」リディアは笑いだしていた。

エメットが彼女を床から抱きあげて、一緒に笑う。「そうとも」そう言ってリディアを床におろすと、激しくキスをした。

一瞬、リディアは彼にしがみつき、勝利と祝福の抱擁に酔いしれた。そして気づいた。この瞬間をともに祝いたい人がほかに一人もいないことに。

やがて最初の爆発的な多幸感が静まると、自分が銀行の金庫室の真ん中でエメットとキスしていることを意識しはじめた。急に現実が戻ってくる。リディアはゆっくり、しぶしぶ、後ずさった。顔が火照って呼吸が乱れていた。あなたはプロでしょ、と自分に言い聞かせる。プロはこんなふるまいをしないものよ。

エメットはリディアの無念に気づいていないようだった。テーブルの上の瓶をちらりと見て言った。「解除したトラップ以外、中にはなにもないのか？」

リディアは急いでテーブルに戻った。瓶を手に取り、もう一度明かりが射しこむように傾ける。「なにも見えないわ。いえ、待って――なにかある。紙切れみたい」

「紙？」

「ええ」リディアは瓶をおろして逆さにしてみた。

彼女の手のひらに転がりだした紙切れを、二人とも見つめた。どこにでもある、ふつうの紙だ。断じて千年前の紙ではない。紙に似たものが廃墟で見つかったことはない。

「チェスターよ」リディアはささやくように言った。「彼ならトラップを解除して、瓶の中に紙を入れて、またトラップをしかけられたはず」

リディアは慎重に瓶を置き、紙を開いた。見慣れた殴り書きが紙面いっぱいに広がる。いちばん上には三行にわたって、意味をなさない文字と数字が列記されていた。そのあとに短い文章が続く。

リディアへ

たいした〝老後の蓄え〟だろう？　おまえと一緒に楽しみたかったよ。いつの日か大学のやつらをあっと言わせてみせると約束したのは嘘じゃなかったんだぜ。驚くのは、これが発掘された場所には同じものがもっと眠ってるだろうってことだ。残念なのは、ほかの〝廃墟のネズミ〟がもうその場所を違法に発掘しはじめてるってことだ。だがすべてのドリームストーンを掘りだすまでに、数カ月とは言わなくとも数週間はかかるに違いない。俺に言えるかぎり、地下墓地のその一帯の通路はどれもイリュージョン・トラップとゴーストだらけだ。地下都市であれほど厳重に守られてる場所はほかに見たことがない。なにをするにせよ、絶対に一人では行くな。助けてくれるゴースト・ハンターが必要だし、ハンター同伴でも油断できない。だれを選ぶにせよ、命をあずけられるほど信頼できるやつにしろ。あれだけのドリームストーンを目にしたら、親友だって殺人を考えてもおかしくない。

冒頭の三行は座標を示す暗号だ。すまないが、こうするしかなかった。ほかの人間が先にこの瓶を見つけないとは限らないし、そいつが中の小さなトラップを解除しないとも言い切れない。なかなか手ごわいやつだったろう？　ドリームストーンにつなぎとめられてるんだ。驚きだよな。

暗号を解くには鍵がいる。一緒にこの中に収めておくわけにはいかなかった。理由は説明しなくてもわかるよな。だが心配ない。必ずおまえの手に入るよう、手配しておく。

残りのドリームストーンを探しに行くときは慎重にな。そこにいる〝廃墟のネズミ〟は本物のくそ野郎だ。見つかったら一瞬の躊躇もなく喉を掻《か》ききられると思え。

愛をこめて。チェスター

「なんてこと！」リディアはささやくように言った。「ドリームストーンでいっぱいの場所があるなんて」

チェスターが書き残した文字と数字の三行を、エメットがじっと睨んだ。「彼は、必ず暗号を解く鍵がきみの手に入るよう手配しておくと言っている」

あることが閃《ひらめ》いて、リディアは数秒のあいだ、あんぐりと口を開いていた。「エメット、もしかしたらチェスターが殺された夜に博物館にいたのは、そういうことかもしれない。つまり、わたしのオフィスに鍵を置きに来たのかも。犯人はチェスターを尾行して、殺害して、鍵を奪ったのよ」

「ありうる話だ。だが鍵を奪ってもそいつの得にはならない。座標はこの瓶の中に隠されていた」エメットがちらりと腕時計を見た。「行こう。グリーリィとの約束に遅れる」

18

川からの朝靄《あさもや》は、リディアとエメットが一時間前に銀行へ向けて出発したときより濃くなっていた。あまりの濃さに、一ブロック先も見えないほどだ。廃墟《ルーイン》通りの店々はまだ暗い。相互理解と長い伝統により、このあたりの店は十一時以前に開くことがない。立ち並ぶ低い建物の後ろには、デッド・シティの大きな緑色の壁が霧の中にそびえていた。

リディアは寒さに腕をさすりながらスライダーをおりた。エメットが黒い革のジャケットをはおったのに気づき、自分も車内に手を伸ばしてコートをつかんでから、歩道の彼に合流した。二人並んで歩きだし、〈グリーリィ骨董品店〉の玄関を目指した。

エメットが腕時計の琥珀の文字盤に目を落とした。「そろそろ十時だ」

「廃墟通りが本当に活気づくのは正午を回るころなの。だけどグリーリィはもう店に来てるはずよ」

玄関にたどり着いた。店内には明かりが灯っていない。リディアはドアを開けようとしたが、鍵がかかっていた。

「中にいると思うけど」リディアは両手を筒にしてガラスに押しつけ、薄暗い店内をのぞきこんだ。「きっと裏の部屋にいるんだわ。ノックしてみて」

エメットが軽く手を拳にして、大きくノックした。リディアはじっと見守っていたが、正面カウンターの奥の暗がりからはだれも出てこなかった。体を起こしてガラスから離れる。

「そういえば最近、耳が少し遠くなってきたんだっけ」リディアは言った。「裏に回ってみましょう」

リディアが先に立って店の角を回り、裏へと続く狭い業務用通路を進んだ。ここでは霧がさらに濃く、店が隣接しているせいでいっそう暗く思えた。久遠の壁《オールド・ウォール》から漏れだすかすかなエネルギーの痕跡に、リディアの神経は尖《とが》った。エメットがすぐ後ろからついてきた。

ぞくぞくする感覚がリディアの体に走った。共鳴エネルギーだ。けれどブレスレットの琥珀の温度はいまも体温と変わらない。

「エメット、いまのはあなた？」

「すまない」エメットがうわのそらで言う。「ちょっと確認した」

リディアは肩越しに彼を見た。「確認って、なにを？」

「不和エネルギーだ。感じた気がした」

「ちょっと待ってよ」リディアは足を止めてくるりと振り返り、両手をコートのポケットに突っこんだ。「どこか近くでゴースト・ハンターが活動してるって言うの？」

「いまこの瞬間ではない。いたとしても、すでに去ったか活動を終えている」

リディアは霧の立ちこめる狭い通路を落ちつかない気持ちで見つめた。「町のこのあたりをうろつく若い子は多いわ。デッド・シティの壁から漏れだすエネルギーで遊ぶのが好きなのよ。ゼーンみたいなゴースト・ハンター志願の子たちがやって来ては、火花を出す練習をしてるわ」

エメットがうなずいた。「オールド・フリクエンシーの壁の近くでも同様だ。もしかしたら私が感じ取ったのは未来のハンターの痕跡かもしれない」

本気で言っているようには聞こえなかった。けれどリディアは反論できる立場ではない。そこでおとなしく向きを変え、コートの襟を立ててから、ふたたび歩きだした。〈グリーリィ骨董品店〉の裏口にたどり着くと、足を止めてドアを強くたたいた。

返事はない。

「もう」リディアは言った。「自分が十時ごろって言ったくせに。どうやら車の中で待つしかなさそうね。そう遅刻はしないでしょう。グリーリィの〝大事なものリスト〟は短くて、その筆頭がお金だから」

エメットはしばし黙ったまま、閉じたドアを見つめていた。やがて上着のポケットから手袋を取りだした。

リディアは急に強い寒気に襲われた。咳払いをして言う。「あなたのコンサルタントとして、〈グリーリィ骨董品店〉に押し入ることはお勧めしないわ。意味がないもの。バーソロミュー・グリーリィはあなたの小箱ほど価値のあるものを店の裏の部屋に一晩置いておくようなことはしない。この点についてはわたしを信じて、エメット」

「信じている」エメットが手袋をはめた手をドアノブに伸ばした。「小箱については。だがいまもエネルギーの痕跡を感じるんだ。きみは感じないか？」

リディアは眉をひそめた。「感じないわ。さっきあなたがエネルギーを使ったときは感じたけど、いまはなにも」

「おそらく、きみがタングラーだからだろう。これはハンターの気配だ」

リディアはコートの中で背を丸めた。近くでだれかが琥珀を用いて活発な行動を取っていたら、たいていの人はかすかなエネルギーを感知する。だが通常は、同じ系統の能力をより感知しやすいものだ。ゴースト・ハンターはほかのハンターの残していったエネルギーをより感知しやすいし、リディアのようなトラップ・タングラーはほかのタングラーの痕跡により敏感だ。

とはいえ、いかに強力なエネルギーでも、使い手が琥珀を通じて共鳴するのをやめてしまえば痕跡はすぐに消える。もしエメットが不和エネルギーの痕跡を感じ取っているなら、それはつまり、問題のハンターがどこか近くで過去数分以内に活動したということだ。

リディアはエメットがドアノブに手をかけるのを見守った。ノブは容易に回った。あまりにも容易に。

「裏口に鍵がかかってないのは、いい兆候とは思えないわ、エメット」

「きみがそう言うとは面白い。私も同じ印象を受けた」エメットが大きくドアを押し開けて、〈グリーリィ骨董品店〉の裏の部屋をのぞきこんだ。

リディアはつま先立ちになり、彼の肩の向こうをのぞこうとした。最初はよく見えなかった。ダンボール箱や緑水晶の壺などが、ぼんやりと影を形づくっているだけ。

そのとき、床の上に転がっている人影が目に飛びこんできた。

「嘘でしょう、エメット！」

バーソロミュー・グリーリィが急速に乾きつつある血の池の中で、うつぶせに倒れていた。喉を掻ききられている。

「嘘よ！」リディアはもう一度叫んだ。息をするのも困難だった。指があんまり震えるので、またポケットに押しこむしかなかった。「チェスターのときと同じだわ」

「パターンがあると思わないか？」エメットが状況をじっくりと眺める。一心に集中しているのは明らかだ。

「なんなの？」リディアは尋ねた。「なにを感じ取ってるの？」

「ハンターがこの部屋の中で琥珀を用いた。それほど前ではない。おそらくゴーストを召喚してグリーリィを不意打ちしてから喉を切ったんだろう。やったのがだれにせよ、急いでいたに違いない」

「どうしてそう言えるの？」

「なにかを焦がしたからだ。におわないか？」

リディアは慎重に鼻から息を吸いこみ、焦げた緩衝剤のかすかなにおいを嗅ぎとった。

「本当だわ」

エメットがちらりとリディアを見た。「大丈夫か？」

「ええ」真っ赤な嘘だ。胃はすでに暴れていた。冷酷で無惨極まりない光景を目の当たりにして、吐き気を催していた。

「ここで吐くなよ」エメットが言う。

「吐かないわよ」

エメットが疑いの目で見た。それから殺人のあった部屋の中に入り、リディアの視界をふさいだ。

「待って！　なにをするの？」リディアは慌てて外の狭い通路を振り返った。「ここは犯罪現場なのよ」

「わかっている。立ち去る前にざっと見たいだけだ」

リディアは不吉な感覚に襲われた。「立ち去る？」

「ああ」エメットが薄暗い中を慎重に血をよけて歩き回る。

「警察はどうするの？　チェスターの遺体を見つけたときは通報するべきだって言わなかった？」

「あのときはほかに選択肢がなかった。だが今回は、選択肢がある。この地区を出たあとに公衆電話から通報する」

リディアは彼の意図を悟った。胃の中の不快感が強くなる。

「匿名で、ということね？」乾いた声で言った。

エメットが遺体のそばにうずくまって床を調べる。リディアには彼がなにかを拾ったように見えたが、それがなにかはわからなかった。

「この状況では」エメットが立ちあがりながら言う。「それが最善の方法だと思う。チェスター・ブレイディが殺されたときは、家も店も侵入された形跡はなかった。マルティネス刑事はその形跡に飢えていると思う。もしきみが第二の殺人事件でも第一発見者として名乗り出たら――」意味深に言葉を切った。

「わたしを容疑者リストの筆頭に格上げする？」

「たぶんな」

リディアはそれについて考えてみた。「最近の二つの殺人事件で現場に姿を見せたのは、わたしだけじゃないわ」

「きみに言われなくてもわかっている」エメットが姿勢を正し、書類の散らかった机に歩み寄った。「初回は私もうまく切り抜けたが、二度目となると、マルティネス刑事がそう簡単に放免してくれるとは思えない」

「とりわけ、わたしと一緒にいたとなると」リディアは陰気な声で言った。

「だな」エメットが手袋をはめた指でそっと書類をあさった。

「わたしたちを殺人に結びつける確かな証拠は一つもないわ。マルティネス刑事もそれはわかってるはずよ。わたしたちのどちらにとっても不利な証拠はなにもないんだから」

エメットが机を離れてドアのほうに戻ってきた。無言のまま戸口をくぐり、手を広げた。

リディアは彼の手のひらに載せられた共鳴琥珀のブレスレットをじっと見つめた。六つの良質な石で、安価な模造金にはめこまれ、それぞれにリディアのイニシャルが刻まれている。

また吐き気がこみあげてきた。

「わたしのブレスレットの一つよ」かすれた声で言った。

「そうじゃないかと思った」エメットが琥珀を彼女に手渡してリディアの腕を取り、グリーリィの店の裏口から足早に離れはじめた。「きみのアパートメントを荒らしたゴースト・ハンターがそれを盗んでいったことに、いくら賭ける？」

「盗んで、この殺人現場に置いていったことに？」

「同じ人物の犯行だとは思わない。きみの部屋に押し入ったのは子どもだった」

「子どもにだって人は殺せるわ」

「だが、これほど手際のいいのはめったにいない」エメットは肩越しに振り返った。「きみの部屋に押し入った子は、おそらくだれかに命じられたんだろう」

「わたしをグリーリィ殺害に結びつけようとしただれかに」リディアはぶるっと身を震わせ、危うくブレスレットを落としそうになった。「信じられない。どうしてそんなことを？」

「これからの数日、きみが大忙しになるように、じゃないか？　忙しすぎて、貴重なドリームストーンの瓶や、私の〈驚異の部屋〉といったつまらないことに、注意を払えなくなるように」

リディアは論理的に考えようとした。容易ではなかった。「グリーリィの遺体のそばにわたしのブレスレットを置いていった理由なら、もう一つ思いつくわ。もしマルティネス刑事がこの事件を担当したら、あの焦げた緩衝材に気づいたはずよ。そして、事件にはゴースト・ハンターが絡んでると考えたはず」

「そうだな」

「そしてマルティネス刑事は、最近わたしとあなたが一緒に行動してるのを知ってる」

「そうだな」

リディアはちらりと彼を見た。「わたしを殺人現場に結びつけるのは、あなたも巻き添えにするいい方法よ」

「確かにその考えは私の頭をよぎった」

「ああ、なんてこと」

「まったく同感だ」エメットが言った。


十分後、リディアはスライダーの助手席で身をこわばらせ、エメットが公衆電話を切るのを眺めていた。ブースから出てきたエメットが、険しい表情で車に戻ってくる。

運転席に乗りこみながらちらりとリディアを見やり、イグニッションを入れた。「本当に吐かなくていいのか？」

「ええ本当よ。警察にはなんて言ったの？」

「〈グリーリィ骨董品店〉の裏口の鍵が開いていると伝えた。匿名で」縁石からスライダーを発進させる。「だれかが侵入しているようだと言った。確認のため、パトカーを一台回してくれるそうだ」

リディアは懸命に考えた。「もしかしたらそれが真相かもしれないわ、エメット。グリーリィはわたしたちと会うために早めに店に着いたせいで、物盗りに入った人物を驚かせてしまったのかもしれない。もしわたしが今朝会う約束をしなかったら、彼は――」

「やめろ。きみはなににも悪くない。開店時間より前に小箱の件を片づけたいと申し出たのはグリーリィだ」

「そうだけど、でも――」

「〝でも〟はなし。時間を決めたのは彼だ」角に差しかかって速度を落とす。「それに、犯人を招き入れたのもグリーリィ本人かもしれない」

「なにを言ってるの？」リディアは驚いて尋ねた。

「コーヒーを飲める場所へ行こう。少し考えたい」

19

〈アンバー・スカイ・カフェ〉は居心地のいい店で、客がブース席に着いて共鳴茶一杯とジェリー・ドーナツ一個でねばっていても、最低一時間はウエイトレスが放っておいてくれる。エメットはざっと店内を見回して、奥のほうに静かなブース席を見つけた。

注文をするリディアの表情を観察した。立派に持ちこたえているように見えるが、それでも心配だった。精神的な疲労が顔に表れている。驚くほど立ちなおりの速い女性とはいえ、こうも衝撃の連続では。エメットの知る人間のほとんどなら、いまごろヒステリー発作を起こしているだろう。リディアはいつまで耐えられるだろうか。だれにでも限界はある。都心の銀行の真ん中でイリュージョン・トラップを解除できる勇敢な超考古学者にも。

なお悪いことに、リディアはおそらく完全にはエメットを信用していない。ギルドに関係があるとわかったらどんな人物でも信じる気になれないのだろう。

二人とも黙りこくっていると、やがて注文したものが運ばれてきた。リディアが湯気の立ち昇るカップを手に取る。ドーナツは無視した。

「どうしてグリーリィを殺した犯人は彼の知り合いかもしれないと思うの？」リディアがしっかりした声で尋ねた。

エメットは〈グリーリィ骨董品店〉の身の毛もよだつような光景を思い返した。

「見たところ、犯人はグリーリィの机を急いで調べたようだった。机の上の書類は散らかって、ごちゃごちゃになっていた。引き出しの二つはきちんと閉じられていなかった」

「なにを探してたんだと思う？」

「確実なことは言えないが、机の上の日めくりカレンダーが何枚か破り取られていた。昨日と今日のは見あたらなかった。その下の数枚も」

「そこになにが書かれていたにせよ、犯人は次のページに筆圧で写ってるんじゃないかと心配した、ということ？」

「ありえなくはない」エメットは間をおいて続けた。「グリーリィは私の小箱の値をつりあげるために競売をセッティングしたんじゃないだろうか」

「彼ならやりかねないわ」リディアが指でテーブルの表面をとんとんとたたく。「だとしたら、机のカレンダーに競売のことがメモしてあったとしてもまったく筋が通るわね。すごく几帳面な人だから。今日のページに犯人の名前や電話番号まで書いてあったかもしれない」

「われわれの名前ときみの電話番号も」

リディアが目に見えて震えた。「殺したのがだれにせよ、そいつはわたしたちが十時に店に来るのを知ってたということね。きっと昨日グリーリィと接触して、段取りを整えたんだわ。いやだ、エメット、それってつまり――」

「罠だったということだ」

リディアがしばし考えこんでから口を開いた。「だれかがドリームストーンの座標の暗号を解く鍵を手に入れるためにかわいそうなチェスターを殺したのはわかるわ。だれかがあなたの小箱のためにグリーリィを殺したのもわからなくはない。その小箱は値がつけられないほど貴重だとは言わないけど、かなりの価値があるのは間違いないもの。だけど、その二つの事件を結びつけるものはなに？」

「きみだ」エメットは言った。「そして私。それからドリームストーン」

「それから、〈カデンス・ギルド〉内部にいるとされてる裏切り者」

「どういう意味だ、いると〝されている〟というのは？」エメットは尋ねた。

「わたしたちが、マーサー・ワイアットの仕組んだ違法な骨董品売買のカモにされてる可能性はゼロじゃないでしょう？」

エメットは顎がこわばるのを感じた。リディアがギルドに関係のあるものすべてに嫌悪感と不信感を抱いているのは、以前からわかっていたことだ。いま、ハンターの倫理について弁舌を振るうのはやめておこう。

「もしギルドがこの件に関わっていたら」とっておきの論理的な口調で言う。「マーサー・ワイアットは私をディナーに招かなかったし、クインが〈トランスヴァース・ウェイブ〉で目撃されたことを私に教えなかったし、私と取引などしなかった」

「断言はできないはずよ。ワイアットの本当の目的なんて、だれにわかるっていうの？　ギルドの承認なしに若いゴースト・ハンターを育成してるらしいライバルをつぶしてくれと頼まれたんでしょう？　もしそれが嘘だったら？　あなたを騙して人を殺させようとしてるのかもしれないわ」

「断言してもいいが、ワイアットがもっとも望んでいないのは、私が殺人罪で逮捕されることだ。ワイアットは私を必要としている。裏切り者のゴースト・ハンターを片づける手伝い以外のことでも」

リディアがプラスチック製の座席の背にもたれた。目つきがひどく冷たくなる。「ワイアットとの取引について、全部わたしに話してないのね？」

怒りがエメットの中で咆哮《ほうこう》をあげた。テーブルに身を乗りだし、視線でリディアを射すくめた。「マーサー・ワイアットと交わした取引について、私は真実を語った」

「語っていないことはなに？」

「くそっ、残りの部分はきみとは関係ない」

「話して」

エメットはゆっくりと体を戻した。意志の力でどうにか感情を抑える。「当人の話では、ワイアットは一年以内に引退するつもりだそうだ」

リディアが小さく鼻で笑った。「それはいい知らせね。少なくともわたしが悲しむことはないわ。だけどそれとあなたと、どういう関係があるの？」

「ワイアットは、自分が引退する前に、〈レゾナンス・ギルド〉がたどったのと同じ路線に〈カデンス・ギルド〉を方向転換させたいと考えている」

「それって……。じゃあ、あなたにビジネス・コンサルタントとして助言してほしいと言ってるのね？　時代遅れの組織を改革する手助けをしてほしいと」

エメットは躊躇した。「ワイアットが私に望んでいるのはコンサルタント業務だけではない」

「わかった。彼は自分で後継者を選びたがってるんでしょう。あなたにあとを継がせたいんだわ」

驚いたリディアの言葉のせいで、さっき抑えたとばかり思っていた怒りがまたこみあげてきた。エメットは意味深な目で脇を見やり、店内にいるのは二人だけではないとリディアに思い出させた。

「声を落としたほうがいいんじゃないか。もう山ほど問題を抱えているんだから、ギルド内部の政治について突飛な噂を立てることもない。それに、マーサー・ワイアットが喜ばないだろう」

「マーサー・ワイアットが喜ぼうと喜ぶまいと、気にしないわ」

「率直に言えば」エメットは穏やかな声で言った。「私が喜ばない」

「もしかしてあなた、わたしを脅そうとしてるの？」

「そうだ」

リディアが怖い顔で睨んだ。けれど次に口を開いたときには、その声はひそめられていた。

「ギルドを引き継いでほしいとワイアットに言われて、あなたはなんて答えたの？」

エメットは共鳴茶の入ったカップを手にした。「気が進まないと答えた」

「それであの人が引きさがると思う？」

「マーサー・ワイアットのことは自分で対処できる」エメットは必要以上に強くカップをテーブルに置いた。「〈カデンス・ギルド〉の未来はいま考えるべき問題ではない。忘れているかもしれないが、われわれは殺人容疑で逮捕されないよう努力しているところだぞ」

「ちょっと気が逸れてたみたい」リディアがカップの中に言った。

「マルティネス刑事はあきらめないタイプだと思う。グリーリィが殺されたという話を耳にして、ブレイディ殺害事件との関連性に気づいたら、あれこれ訊きに来るはずだ。私たちは口裏を合わせておいたほうがいい」

リディアがため息をついた。「訊かれたらなにを話すの？」

「できるかぎり真実を」

「難しそうね」

「こういう場合は、できるだけ真実から離れないほうが安全だ。そのほうが、失敗する確率が低い」

「こういうことには経験豊富なの？」

エメットはなにも言わず、ただじっとリディアを見つめた。

リディアが赤くなった。「ごめんなさい。今日はちょっと神経が高ぶってて」

「こっちも本調子ではない」エメットはテーブルに肘を載せた。「口裏はこうだ――私は昨夜から今日の午前中までずっときみと一緒にいた。夜はきみの部屋で過ごして、今朝は銀行を訪ねた。ここでお茶を飲み、私の車で〈シュリンプトン博物館〉まできみを送った。問題ないはずだ。証人もいる。早朝にケルソが電話をかけてきたし、銀行で会った人たちも証言を裏づけてくれるだろう。この店ではチップを弾んで、ウエイトレスの記憶に残るようにする。〈グリーリィ骨董品店〉で過ごした数分のことは、純粋に口にしない。空白の時間は、道が混んでいたことにすればいい」

「だれかに廃墟通りで目撃されてたら？」

「霧のせいで、だれにも見られなかったはずだ。店は一軒も開いていなかった。私たちの容疑は晴れる」

「そう思う？」リディアは心配そうだった。「あなたの話を聞いた人の頭には、いくつか疑問が浮かぶと思うけど」

「たとえば？」

「たとえば、どうしてあなたはゆうべわたしのアパートメントにいたのか、どうして今朝もそこにいたのか。それから、わたしは仕事に行ってるはずの時間なのに、どうしてこのカフェであなたとお茶を飲んでるのか、とか。そういう疑問よ」

「ありがたいことに、そういう疑問にはじつに単純で明白な答えがある」

「でしょうね。ねえエメット、わたしたちが関係を持ってるって全員に思われるわよ」

「私と寝ていると思われるほうが、骨董業界の仲間を殺していると思われるより、いいだろう？」

リディアが青ざめた。「言えてる」

「私たちはお互いのアリバイだ」

「すてきね。わたしのアリバイは、一人目の大物依頼人と寝てることだなんて。個人コンサルタントとしての新たなキャリアにとって、最高のスタートだわ。この件が終わったらどんなにすばらしい依頼人がやって来るか、いまから楽しみよ」


オフィスの電話に貼りつけられた数枚の伝言メモは不吉なしるしだった。リディアは慎重にデスクに着くと、手を伸ばしてメモを取った。すばやく目を通す。ライアンからの電話が二件と、ある女性から、息子の七歳の誕生パーティに〈シュリンプトン博物館〉の見学ツアーをしたいのだが日程は空いているだろうかという問い合わせ。ありがたいことに、アリス・マルティネス刑事からの伝言はなかった。

リディアはほんの少しだけ気を緩めた。

このところ彼女の人生はいくつか大きな変化を余儀なくされた。いったいだれが想像しただろう、リディアが元ギルドのボスにして未来のギルドのボスと親しくなり、刑事からの電話に怯えるようになるなんて。

リディアはオフィスの反対側にある本棚を見つめ、〈グリーリィ骨董品店〉の裏の部屋の床にできた血の池に思いを馳《は》せた。

メラニーがオフィスのドアを開け、隙間から首を突っこんだ。「これはこれは。やっとお出ましになったのね」

リディアははっとわれに返った。「今朝は依頼人との朝食兼打ち合わせがあったの。つい時間を忘れちゃって」

メラニーが肩越しに振り返り、廊下を確認してから、急いで小さな部屋に入ってきた。

「数分前にロンドンさんの車からおりてくるところを見たと思ったんだけど。朝食兼打ち合わせだって？」

「そうよ」リディアは立ちあがり、本棚の上に載せてある電熱器に歩み寄った。もうお茶はほしくなかったが、避けられない尋問を受けるあいだ、なにかせずにはいられなかった。

「それで、コンサルタントのほうはうまく行ってる？」メラニーが少しばかり明るすぎる声で問う。

「ええ、順調よ」リディアは茶葉を匙《さじ》で掬ってポットに落とした。

「ふと思ったの」メラニーが言う。

「なにを、メラニー？」

「どうしてロンドンさんはここまで送ってきたのかなって。いつもはあんた、歩いてくるでしょ？」

メラニーの相手ができなければ、マルティネス刑事に対処できる可能性など、万に一つもない。これは口裏を合わせた話を練習するいい機会だと思おう。

リディアはポットを置いて向きを変え、本棚に寄りかかった。心の支えとばかりに両手で背後の木製の棚をつかみ、メラニーに微笑んだ。

「ロンドンさんはすごく親切で、朝食兼打ち合わせのあとにわたしをここまで送ってきてくれたの」

「いい人ね」

「ええ、そうよ」

「自分が雇ったコンサルタントの運転手役を買ってでる金持ちの依頼人なんて、そう多くないでしょうに。考えただけでも面倒だもの。早めに起きて、ホテルを出て、オールド・クォーターまであんたを車で迎えに行って、打ち合わせをする店まで運転して、職場まで送り届けて――」

リディアは思い切って言った。「依頼が片づくまで、ロンドンさんはうちに泊まってるの」

メラニーの顔が強烈な好奇心でぱっと明るくなった。「ちょっと、あんた彼と寝てるのね？　新しい依頼人とつき合ってるんだ。やっぱり。あんたが今朝あのスライダーからおりてくるのを見た瞬間にそうじゃないかと思ったのよ」

そのとき、二メートル近い骨格標本のような人影がオフィスのドアの板ガラスにぼんやりと映ったおかげで、リディアは返事をしなくて済んだ。骨張った手が宙に浮いてドアをノックする。

「どうぞ、シュリンプトン館長」リディアは呼びかけた。人数が多いほうがより楽しい。マルティネス刑事もじきに現れるに違いない。

ドアが開いた。ウィンチェル・シュリンプトンがいつもの葬儀屋のような目でリディアを見た。「来たのか」

「今朝は少し遅れてしまって、すみません。ちょっと私用があったんです。ご心配なく、仕事の遅れはランチ休憩に取り戻しますから」

シュリンプトンが骸骨《がいこつ》のような頭を陰気にうなだれた。「遅刻したってかまわんよ。気づいてるだろうが、客足はまた落ちこんでしまった。いまではもうだれも博物館に詰めかけてなどくれんのだよ」

シュリンプトンの持ち前の悲観主義に、今朝はいつも以上に苛立たされた。リディアがいまもっともしたくないのは、客足の減少を嘆く上司の泣き言を聞くことだ。リディアはリディアで問題を抱えている。上司に向かって怒鳴らないので精一杯だ。〝そんなに泣き言が言いたいの？　朝一番で殺人現場に出くわしてみなさいよ。殺人犯があんたの琥珀のブレスレットを死体のそばに置いていったのを発見して、いまにも逮捕されるんじゃないかと心配してみなさいよ。あんたのソファで眠ってあんたのシャワーを使ってる男は〈カデンス・ギルド〉の次のボスになるのかしらと悩んでみなさいよ〟

リディアはぐっとこらえ、心の中で自分を揺すぶった。たったいま霊廟《れいびょう》から出てきたように見えるだけでなく、そんな外見にふさわしい性格まで備えているのは、シュリンプトンのせいではない。この男性はリディアが心から仕事を必要としているときに職を与えてくれた。それはとても重要なこと。おまけにシュリンプトンは上司として、リディアが大学でともに働いてきた自己中心的な教授陣をはるかに上まわっている——物理的にも比喩《ひゆ》的《てき》にも。

「心配いりませんよ、シュリンプトン館長」リディアはどうにか陽気な声を繕った。「春休みはもうすぐです。学校が休みに入ると、いつも状況はよくなるじゃないですか。子どもたちはこの博物館が大好きだもの」

シュリンプトンはさほど明るい顔にはならなかったが、生気のない顔がふと表情を変え、考えこむような面持ちになった。

「一日、二日、客足が増えたのは、〈墓所〉コーナーの石棺で遺体が見つかったからだ」館長が言う。「またちょっとした事故を起こす方法はないものだろうか？」

リディアは顎が外れそうになるのを感じた。

メラニーが興奮して飛び跳ねる。「いい考えだわ、館長！　だってほら、もし二つ目の遺体がこの博物館で見つかったら、ちょっとした伝説を広められるかもしれないわ」

シュリンプトンが期待の顔でメラニーを見た。「どんな伝説だ？」

「古代ハーモニー人の呪いとかなんとか、そのへんでしょうね」メラニーが人差し指で頬をたたきながら言う。「みんなそういう話が大好きだもの。そうね、〝古代ハーモニーの石棺の呪い〟っていう線で広告を打つっていうのはどうかしら？」

シュリンプトンがうなずいた。「気に入った。見こみがある」

リディアは両手に顔をうずめた。

20

湿った霧のせいで、小さな公園にいつもの住人は見あたらなかったが、エメットとゼーンは〈ナイト・ヴァイブ・ワイン〉や〈アシッド・オーラ・ビール〉の空き瓶があちこちに転がっている小道を縫《ぬ》って歩かなくてはならなかった。

「〈トランスヴァース・ウェイブ〉?」ゼーンが、木の周りの芝生をふんふんと探っているファズから目を逸らして言った。「うん、知ってるよ。ストリート・キッズがよく行くとこでしょ? ただで食事ができて、ゲームで遊んだりきれいなジムを使えたりするんだ。俺も前はときどき放課後に行ってたけど、リディアに見つかっちゃってさ」

エメットは両手を革ジャンのポケットに突っこんだ。「リディアはその施設をよく思っていないのか?」

「ぜんぜん」ゼーンが天を仰ぐ。「あそこは俺にとっていい環境じゃないってオリンダ叔母さんを説得したんだ」

「そうか」

「あそこは家がない子のための場所だってリディアは言うんだ。で、俺には家があるって」

「確かに説得力があるな」

「そうかなあ。どっちにしても、オリンダ叔母さんは説得されちゃったよ」

　エメットは不揃いな芝生を転がるようにこちらに駆けてくるファズを眺めた。「二十四時間、閉まることはないのか？」

「前はそうだったよ。でも二カ月くらい前からかな、夜中は閉めるようになったんだ。運営してる女の人が、新しく法律の問題が起きて一晩中開けてられなくなったって言ってるらしいよ」

「施設の中がどうなっているか、教えてくれるか？」

「いいよ」ゼーンが目をすがめてエメットを見あげた。「なんで〈ウェイブ〉のこと知りたいの？」

「近々訪ねてみようと思っているんだ」

「リディアはたぶん賛成しないよ」

「だろうな」

　二人はスライダーのそばに戻ってフェンダーにもたれかかり、幸せそうに空き瓶のあいだを跳ねまわるファズを眺めた。

「リディアはさ、俺が大学に行くべきだって思ってるんだ」しばらくしてゼーンが言った。

　エメットはうなずいた。「それを聞いても驚きはしないな」

「大学なんて行きたくないよ。ギルドに入りたいんだ」

「両立できない理由はないぞ」

　ゼーンが鼻を鳴らす。「大学なんて、ゴースト・ハンターには時間の無駄だよ」

「ハンターの多くが、しばらく経つとフルタイムでゴースト・ハントすることに興味を失う。あるいは、何度も感電させられて、そろそろ潮時だと判断する。ハンター以外の訓練をなにも受けていなければ、新しい仕事を手に入れるのはそうとうきついぞ」

「ゴースト・ハントに飽きるなんて想像できないよ」

「ときどきなら悪くない。だがこの世でもっとも知性を試される職業とも言えない」

ゼーンがまた鼻を鳴らした。「知性なんて、だれが気にするのさ」

「ゴースト・ハントがうまいというのは、車通りの多い道を渡るのがうまいみたいなものだ。俊敏《しゅんびん》だったら、そう頻繁《ひんぱん》に危ない目に遭うことはない。確かに最初のうちはスリリングだろう。だが死ぬまでそんなことをして過ごしたいか？」

ゼーンが唸るように言った。「そんなの、ぜんぜん違うじゃん」

「リディアのように、イリュージョン・トラップを解除できるのも同じことだ。彼女は優秀で、おそらくはトラップを処理するだけで生計を立てられただろうが、それだけだったらじきに飽きていたに違いない」

「俺はゴースト・ハントに飽きたりしないよ」ゼーンが宣言する。

エメットは肩をすくめた。「かもな」

「ロンドンさんは大学に行った？」

「ああ。そのかたわらで、たまにレゾナンスの地下墓地でゴーストを消していた。大学を卒業したあとは、しばらくフルタイムでゴースト・ハンターをしていた。だがなにを発見しても超考古学者が評価を得ることに、うんざりしたんだ」

ゼーンが眉をひそめた。「どういうこと？」

「新しい地下墓地が発掘されても、だれもハンターを評価しない。たいていの人にとって、われわれハンターは単なる雇われ労働者だ。新聞に写真が載ったり学術誌に記事を書いたりするのは超考古学者なんだよ」

「そんなの不公平だ」

「そうだな」エメットは言った。「だが世の中はそういうものだ」


「どうぞ中へ、ロンドンさん」デンバー・ガルブレイス＝ソーンダイクが大きな机の向こうで立ちあがった。鼻の上の眼鏡を人差し指で押しあげて、エメットに椅子を示す。「ワイアットさんから電話を受けて、あなたがいらっしゃるだろうとうかがいました」

「時間は取らせない」エメットはギルド財団の豪華なオフィスを見まわした。ギルドのイメージを一新するため、タマラは最大限の努力をしたのだろう。色の濃い羽目板も、高価な絨毯も、磨きあげられた木製の家具も、〝高級と洗練〟を醸しだすよう指示されたデザイナーによって選ばれたに違いない。

デンバー・ガルブレイス＝ソーンダイクはその環境にしっくりと馴染んでいた。私立校出身で豊富な人脈を持っていることが容易に見て取れる。だがそれに加えて、情熱と決意も感じられた。マーサーの見立ては正しかったらしい。ここにいるのは自分を証明したくてたまらない若者だ。そしてタマラが提供したのは、まさにそのための手段だった。

「われわれが〈トランスヴァース・ウェイブ・ユース・シェルター〉にどのような貢献をしているかにご興味がおありなんでしょう？」デンバーが金縁眼鏡の位置をまた整えて、分厚いファイルを開いた。「お知りになりたいのがどういうことか、正確にはわかりませんが、財務状況のまとめをご用意しました」

「ぜひ拝見したい」エメットは机越しに手を伸ばして報告書を受け取った。すばやく目を通しながら言う。「資金援助を許可する前に、候補に挙がった慈善プロジェクトや団体について入念な調査をするんだろうな？」

「もちろんです。関係のある事柄はすべて僕自身が裏を取ります。団体に関係のある人物の背景調査は必ず行いますし、財務調査も欠かせません。目的は、その団体が合法であると確認することです。世の中には詐欺師が多いですからね」

「確かに」エメットは目の前の財務データに目を走らせた。「こちらの財団が資金援助を始めたころ、〈トランスヴァース・ウェイブ〉は財政危機に陥っていたようだが」

「ええ」デンバーが椅子の背にもたれた。「創設者が亡くなって、財政状況はパニックに陥りました。そのせいで、われわれも援助を断念しようかと考えたものです。しかし長年あのシェルターは子どもたちをストリートから救うことに大きな成果をあげていましたし、ワイアット夫人もストリート・キッズを救うためのプロジェクトに資金援助をしたいと強く考えておられました。そこでわれわれは、ヴィカーズさんと協力して〈ウェイブ〉を立ちなおらせようと決めたんです。これまでのところ、順調に進んでいますよ」

エメットは顔をあげた。「ヴィカーズさん？」

「シェルターで日々の業務を受け持っている女性です。創設者のエイムズ氏が亡くなる少し前から、あそこで働きはじめました。とても献身的な方ですよ」


リディアはチェスターの遺体が見つかった石棺の中を見おろした。博物館の清掃員がみごとな仕事をしてくれたのだろう。血痕はどこにもない。とはいえ、古代ハーモニー人が町や地下墓地や、その両方にあるほとんどのものの素材にした透明な緑水晶は、ほぼ永遠に壊れないばかりか容易に掃除ができる。もし人類にも緑水晶を素材とするために必要な共鳴手順を再現することができたら、住宅建設業者や改装業者のあいだで大評判になるだろう。バスルームやキッチンにはうってつけだから。ただし、インテリアデザイナーが緑色を好きだとして。

リディアはゆっくりと向きを変え、薄暗いギャラリーの中を見まわした。

殺された夜、チェスターはここでなにをしていたのだろう？　マルティネス刑事もほかのみんなも、チェスターは遺物を盗みにここへ忍びこんだのだと考えている。〈シュリンプトンの古の恐怖の館〉はせいぜい三流の博物館だ。特別貴重なものはないが、死者と一緒に埋葬された鏡のような、けちな蒐集家なら興味を示しそうなものはある。そしてチェスターは確かにけちな泥棒だった。

だけどもし、リディアとエメットがチェスターの遺した手紙を正しく解釈しているとすれば、チェスターがここへ来たのは盗みを働くためではない。暗号を解く鍵を隠すためだ。

その目的を達成する前に殺されたということはありうる。だとしたら、鍵は殺人犯の手中にあって、ここを探しても意味はない。

けれどもし、殺されたのが博物館を出る途中だったなら？　チェスターが喉を切り裂かれたのは鍵を隠したあとだったら？

リディアはずらりと並ぶ展示ケースを眺めた。シュリンプトンの命令で、緑水晶の壺も、死者と一緒に埋葬された鏡も、そのほかの展示物も、暗がりにぼんやりと浮かびあがって不気味な印象を与えるよう、照明を当てられている。

この棟だけでも、チェスターが鍵を隠せそうな場所は文字どおり何百とある。博物館全体から見つけだすのは絶対に不可能ではないけれどきわめて難しいことを、チェスターは知っていたのだろう。

「リディア？」

背後から聞こえたライアンの声に、リディアははっとわれに返った。すばやく向きを変えると、ライアンが急ぎ足でやって来るところだった。

「あら、ライアン」

「何度もメッセージを残したんだぞ」ライアンが挨拶もなしに言う。

「メモは見たわ」

「じゃあどうして折り返さない？」

「このごろちょっと忙しくて」

「くそっ、僕は一日中、きみをつかまえようとしていたのに」

「お忘れかもしれないけど、ライアン、わたしはもう大学で働いてはいないのよ。つまり、かつての同僚にかつての速さで連絡を返すとはかぎらないということ。いまのわたしにはほかに優先事項があるの」

「たとえばきみの新しい依頼人とやらか？」

冷たい不快感が全身に広がった。「〝とやら〟じゃないわ」穏やかな声で言う。「ロンドンさんはれっきとした依頼人よ」

「あの男は今朝、きみのアパートメントの電話に出た。あいつと寝ているんだろう。あいつが何者か、わかっているのか？」

「ええ」

リディアの返事を無視してライアンが続けた。「ロンドンは、レゾナンス・シティのギルドのボスだ。そんな男と関係を持つことにほかのだれが躊躇しなくても、きみだけはと信じていたのに」

「彼は元ギルドのボスよ」

「世間で言われてることを知っているだろう。一度ギルドに入ったら、一生ギルドの人間だ」

「わたしの依頼人はわたしの問題で、あなたのじゃないわ」

「それは違う」ライアンの声がやさしくなった。「僕らは友達だろう、リディア。元同僚だ。僕にはロンドンのことで忠告する義務がある。あの男はきみを利用しているんだよ」

「忠告をどうも。ねえ、あまり時間がないのよ。本題に入りましょう。用事はなに？」

「くそっ、僕はきみのためを思って言っているんだぞ」

「最後にわたしのためを思ってもらったときは、職を失ったわ」

「この件で僕と仕事をすれば、学部に戻してやれるかもしれないぞ」

リディアは自分が正しかったことを悟った。今日のライアンのしつこさを説明できるものは一つしかない。ドリームストーンについて、なにか知っているのだ。

「いったいどうしたの、ライアン？」

「きみと話がしたい」ライアンが周囲を見まわし、ギャラリーにいまも人がいないことを確かめた。「一大事なんだ」

ライアンがどれだけドリームストーンのことを知っているか、把握しておいたほうが賢明かもしれない。リディアは腕組みをして、緑色の石棺の角に片方の腰をもたせかけた。「聞きましょう」

「ここでは話せない」

「どうして？　博物館は数分前に閉館したわ。ここにはわたしたちだけよ」

ライアンが髪をかきあげて、また肩越しにちらりと振り返った。その緊張感は手に取れるほどだった。

彼がリディアのほうに向きなおり、一歩近づいてきた。口を開いたときには、その声はささやきに近かった。「僕も個人的な依頼を受けた」

「よかったわね。それがわたしになんの関係があるの？」

ライアンが食い入るようにリディアを見つめる。「その男はある噂を元に、昨夜僕に接触してきた。加工されたドリームストーンのことで」

リディアは胃の腑《ふ》が冷えるのを感じたが、表向きにはどうにか、ばかにしたように笑ってみせた。「どうやらあなたのすてきな依頼人は、脳みそをちょっとやられてるみたいね。加工されたドリームストーンなんてものが存在しないことくらい、だれでも知ってるわ」

「僕の依頼人は大まじめだ」ライアンはリディアから目を逸らそうとしなかった。「簡単に騙されるような男じゃない。噂は信頼できると考えていて、僕に調査を依頼してきた」

リディアはにっこりした。「やったわね。じゃあ、ありもしないドリームストーンのかけらを探すことに大量の時間を費やして、その依頼人に見つからなかったと報告して、高額な請求書を送りつけるといいわ」

「依頼人は、きみがなにか知っているかもしれないと言っている」

「わたしが？」リディアは驚きを装って目を丸くした。「いったいどうしてその人は、ドリームストーンにまつわるとんでもない噂とわたしを結びつけたわけ？」

「きみがロンドンの依頼を受けているからだ。僕の依頼人は、ロンドンがここカデンスに来たのはドリームストーンを探すためだと考えている」

「ねえライアン、あなたの依頼人はきっと以前ゴーストに感電させられて頭がどうかしちゃったのよ」リディアは言った。「ロンドンさんはそんな夢みたいな噂なんて追ってない。この町に来たのはなくなった家宝を探すためよ」

「信じないぞ」ライアンがにじり寄ってきた。「僕に協力しないのは、自分だけの秘密にしておきたいからなんだろう。自力でドリームストーンを見つけられると思っているんだ」

「気でも違ったの？　もしわたしがドリームストーンを追ってたら、今日も〈シュリンプトン博物館〉で働いてると思う？　断言してもいいけれど、そっちに専念するためにきれいさっぱり辞めてるわ。加工されたドリームストーンを発見したら、わたしは《超考古学ジャーナル》誌の表紙を飾るでしょうね。大学で好きなポストに就けるかもしれない。いいえ、きっと大学のほうから超考古学部の学部長に任命してくるわ。考えてみて、ライアン、わたしはあなたの仕事を手に入れられるのよ」

ライアンが見るからに驚いて目をしばたたいた。即座に立ちなおり、端正な顔を歪める。

「僕の依頼人は経験豊富な蒐集家で、どんな廃墟の噂にも精通している人物だ。その彼が、このドリームストーンは実在すると信じている」

「その経験豊富な蒐集家の名前は？」

「それは言えない」ライアンの肩がこわばった。「本人が匿名を通したいと言っている」

「まあ、そうでしょうね。そんなドリームストーンを探してることが世間にばれたら、だれかに精神分析医を呼ばれて連れていかれてもおかしくないものね」

ライアンが激しく歯を食いしばったので、歯がぶつかる音がリディアにも聞こえた。「くそっ、リディア、僕と働くのがきみにとっていちばんなんだぞ」

「ふうん。どうして？」

「僕の依頼人は、ドリームストーンが見つかれば莫大な金《かね》を払うと約束しただけでなく、学部で研究して論文を書くことも許すと言っている」

リディアは口をすぼめた。「それはつまり、どの論文もあなたの名前で発表されるということね」

「もちろんきみも評価を受けるように手配する」

「あらまあ。それって昔どおりじゃない？　わたしが論文を書いて、あなたが主筆として発表する。どうしよう、胸が高鳴るわ」

ライアンが胸を張った。「いいだろう。きみが主筆として発表されることを約束する」

「これっぽっちも信じないわよ。その手は前に食わされたもの」

「リディア、いまはつまらない口論に費やしている時間はないんだ。もし僕の依頼人の考えが正しければ、僕らはキャリアでもっとも重要な瞬間を迎えようとしていることになるんだぞ」

リディアはしばし彼を見つめた。「本気で依頼人の考えが正しいと思ってるのね」

「話したとおり、彼の口振りはまさに経験豊富な蒐集家だ。自分のしていることを知っているという印象を受けた。あんなに賢そうで世慣れた人物が、くだらない夢を追いかけるとは思えない」

「どうかしら。蒐集家は変わり者ぞろいだから。そもそも少し変わったところがなければ蒐集家にはならないくらいだし」

「だがもし彼が正しければ、たいへんな財産がかかっていることになるんだぞ。金銭的な話だけじゃない。これできみの過去が払拭《ふっしょく》されるかもしれないんだ。もしきみがこのドリームストーンを見つければ、半年前に起きたことなんてだれも気にしなくなる」

「いいわ、そこまで言うなら教えて。あなたはそのドリームストーンとやらについて、いったいなにを知ってるの？」

「僕に協力すると約束するまで、なにも話さない」ライアンが用心深く言う。

「そういうことなら――」リディアはもたれかかっていた石棺から離れた。「――話はこれでおしまいね。さよなら、ライアン」

「待て！」ライアンが通りすぎようとしたリディアの腕をつかんだ。「きみはプロだろう。この噂が本当なら、たいへんな発見になるのはわかっているはずだ。こんな重要なことに、個人的な感情を差し挟むな」

「もしその噂が本当なら、ね」リディアは腕をつかむライアンの手を鋭い目で見おろした。「手を放して」

「ロンドンのせいだろう」ライアンが怒った声で言う。「やっぱりあの男はドリームストーンを追っていて、きみは僕と組むよりあの男と一緒にいたほうが得だと考えているんだな」

「手を放して、ライアン」

「あの男はギルドの人間だぞ。つまり危険人物ということだ」

「放して、ライアン」

「くそっ、どういうことかわからないのか？　きみはあいつに利用されているんだぞ」

「いったいなにを言ってるの？」

「なにを言っているか、ちゃんとわかっているはずだ。あいつには思惑があるんだよ」

「だれにだって思惑はあるわ。あなたにもね」

「ロンドンがなにを企んでいるにせよ、それは間違いなく違法だ」

「わたしがあなたなら、エメット・ロンドンを犯罪者呼ばわりしないわね」リディアはカフェでのエメットの言葉を思い出した。「彼が喜ばないでしょうから」

ライアンの顔が鈍い赤に染まった。「なんなんだ？　あいつに抱かれてるからって、あいつの言うことすべてを鵜呑みにするのか？　もっと賢い女かと思っていたぞ、リディア」

「わたしの私生活はあなたにはなんの関係もないわ、ライアン。もうね」

「よく考えろ」ライアンが怒鳴る。「そもそもきみを雇ったということが、あの男がきみのためにならないことを目論《もくろ》んでいるという証拠じゃないか」

「どういう意味？」

「あいつの依頼内容が法にかなっているなら、個人コンサルタントを雇うのに、まずソサエティに問い合わせたはずだ。ところがあの男はきみを選んだ。ピンと来ないか？」

「それ以上聞きたくないわ、ライアン」

「あいつはきみを選んだ。こんなところで働いているタングラーを。大失敗をしたせいで大学での職を失った人間を。なぜあの男が、二度とまっとうな発掘チームに加われないだろう超考古学者を雇ったのか、ぜひきみの口から理由を聞かせてもらいたいね」

「黙って、ライアン」リディアは落ちついた声で言った。

「きみは自分の精神分析ファイルを見たのか？」ライアンが問う。「地下墓地から出てきたあとのきみを診た分析医の少なくとも二人が、静かで快適な精神病棟に長期滞在することを勧めていたんだぞ」

リディアは両の拳を握り締めた。「そのファイルは極秘のはずよ」

「ばかばかしい。なにが書かれているか、学部の全員が知ってるよ。きみにくだされた診断は、過度の超不和、記憶喪失、総合的なトラウマだ。それがなにを意味するかは、きみもわかっているだろう。専門家の考えでは、きみはちょっとしたストレスにも負けてしまうんだ」

「そんなことにはならないわ」

「きみは二度と地下で働けないだろうな。少なくとも、法にかなったチームの一員としては」ライアンが片手を振ってあたりを示した。「まったく、こんなくだらないお化け屋敷での職を手に入れられて、ラッキーだったじゃないか」

怒りが全身を駆けめぐった。リディアは手のひらに痛みを感じ、自分の爪が肉に食いこんでいたことを悟った。「いますぐその手を放さないなら、悲鳴をあげるわよ。うまく行けばあなたを逮捕させられるかもね。そうなったら研究室のみんなはどんな反応を示すかしら？　その点で言えば、あなたの新しい依頼人はどう考えるかしら？　その人がドリームストーンを追ってるなら、コンサルタントには少しばかりの分別を期待するような気がするけれど」

ライアンの顔が怒りでまだらになった。数秒のあいだ、リディアは脅しを実行に移さなくてはいけないかと思った。けれどライアンはリディアの目に決意を読み取ったらしい。

悪態をつきながら手を放した。「よく聞け、リディア。きみは自分がなにに首を突っこんでいるか、わかっていない。くり返すが、ロンドンは危険人物だ。ほかにもきみが知っておくべきことがある。あの男には敵がいて、そいつらも危険人物だ」

これにはリディアも躊躇した。「敵？」

「僕の依頼人が言うには、〈レゾナンス・ギルド〉の全員がロンドンのもたらした変化を喜んだわけではないらしい」ライアンが声を落とす。「しかも、ロンドンの邪魔をしようとした何人かは地下墓地で遺体で発見されたそうだ。その不運な事故はロンドンが仕組んだものだと大勢が考えている」

「ばかばかしい。その話をしたのがあなたの依頼人なら、その人は本当に重症ね。失礼するわ、ライアン」リディアは腕時計を見るふりをした。「そろそろ家に帰らなくちゃ」

「くそっ、僕の話を聞いてなかったのか？　ロンドンを信用するな。あの男はきみを利用しているんだ」

「立場をはっきりさせてなかったかしら」リディアは穏やかな声で言った。「現状では、わたしはあなたよりロンドンさんを信じてるの」

「まったく、教えておいてほしかったよ、きみの信頼を得るにはいいセックスだけでじゅうぶんだったとな。それなら、僕がいくらでも昇天させてやったのに」

こんな下等な生き物のせいで自制心を失ったりしない、とリディアは心の中で誓った。怒りで体は震えていたが、どうにか冷静な声を絞りだした。

「そういえば、あなたにベッドに誘われたことがあったわね」穏やかな口調で言う。「あなたは忘れたかもしれないけど、あのときはわたしが断ったのよね。確かあの夜は頭を洗う予定だったんだと思うわ」

ライアンが片手を振りあげた。リディアは信じられない思いでそれを見守り、ぶたれるのだろうかと思った。ギャラリーの中でエネルギーが静かに唸る。リディアのではない。手首の琥珀は熱を帯びることなく、いまも体温のままだ。見えない波の源《みなもと》はライアンでもない。これはゴースト・ハンターの周波数だ。

目に見えるほどの努力を要して、ライアンが振りあげた手をおろした。けれど彼は大気中のエネルギーに気づいていないらしい。口論で気が高ぶり、熱くなりすぎているのだろう。

「リディア、きみは深刻な状況に陥っている。僕なら助けてやれる。正気に戻ったら連絡をくれ。これにかかっているのは僕の未来だけじゃない。きみの未来もかかっているんだ」

ライアンはきびすを返し、大股で去っていった。

リディアはその背中を見送った。エネルギーはいまも周囲で震えていた。穏やかに、リディアを守るように。

リディアがゆっくり向きを変えると、大きな緑水晶の柱の陰からエメットが出てきた。

「いつからそこにいたの？」リディアは尋ねた。

「それなりに前から」

「話を聞いた？　ライアンの新しい依頼人と、その依頼の内容も？」

「ああ」

「エメット、これってドリームストーンを追ってる人間が本当にほかにもいるってことよ。それがだれにせよ、その人物はあなたがカデンスに来たのはそれが理由だと思ってる」

「そのようだな」エメットが首を回し、ライアンが消えた方角を眺めた。「あいつを感電させなくてはいけないかと思った」

「あいつ？　ライアンのこと？」リディアはふと気を取られた。「できるの？　デッド・シティからこんなに離れた場所で？」

エメットは答えなかった。代わりにリディアの腕を取った。「行こう。会う約束を取りつけた」

「だれと？」

「ヘレン・ヴィカーズだ」

「それはいったい何者?」

「〈トランスヴァース・ウェイブ・ユース・シェルター〉の日々の業務を請け負っている善良な女性だ。口裏については途中で聞かせる」

「ねえ、いいこと考えたわ。わたしはあなたの弁護士で、あなたは大金の使い道を探してる裕福な変わり者っていうのはどう?」

「もう遅い」エメットが言った。「ヴィカーズに電話をしたとき、妻を連れていくと言ってしまった。ところで、私たちの名字はカーステアーズだ」

21

〝現状では、わたしはあなたよりロンドンさんを信じてるの〟

確かに熱烈な支持宣言とは言えない――エメットはそう思いながら、リディアに続いて〈トランスヴァース・ウェイブ・ユース・シェルター〉のオフィスに入っていった。もう少し感情をあらわにしたり、ドラマチックな表現をしてくれてもよかったのに。〝わたしは命と財産と神聖な名誉に賭けてロンドンさんを信じてるわ〟あたりなら悪くなかっただろう。それか、〝わたしは宇宙の果てまでロンドンさんを信じてるわ〟とか。だがまあ、手に入るもので満足しよう。

それでも、チャンスがあったときにライアンを感電させておいたほうがよかったかもしれない。

シェルターの事務用オフィスは主要施設の隣りに位置していた。エメットがいまいる場所からは、十代後半だろう数人の若者がシェルター正面の歩道をぶらついているのが見える。一人は周波数《フリクエンシー》ボールをのんびりと地面にたたきつけていた。

カデンスのオールド・クォーターのこの区画は、デッド・シティの東の壁に隣接しており、見たところ再開発の波に洗われたことが一度もないらしい。粋にうらぶれた感じと、奔放な雰囲気と、純粋な都会の荒廃を混ぜ合わせたような場所だ。〈トランスヴァース・ウェイブ〉

のオフィスの窓からは、質屋や寂《さび》れたパブのそばにうずくまった路上生活者に炊きだしをするグループが見えた。めいだの空間を占めるのは、板で囲ったみすぼらしい建物だ。狭い歩道には物乞いや娼婦《しょうふ》がひしめいている。なぜリディアがこのあたりにゼーンを来させたくないと思うのか、理由はよくわかった。

カデンスに最初に住んだ人類が建てた低い平屋を見おろすように、デッド・シティの巨大な緑水晶の壁がそびえ立つ。〈トランスヴァース・ウェイブ〉とそのオフィスが入っている建物は地区でもっとも古い建造物の一つで、壁の影にすっぽり包まれるように立っていた。

水晶の壁にできた小さな——たいていは目に見えない——割れ目からは、サイキック・エネルギーが自由に漏れだしてくる。エメットは感覚を刺激するかすかなエネルギーを無視した。リディアも同じものを感じているのは間違いない。エネルギーの小さな流れと渦は、古代都市オールド・クォーターの空気の一部なのだ。観光客は、このぞくぞくする感覚を大いに好む。

ドアが背後で閉じると、エメットは汚れた狭いオフィスを見まわした。室内にあるのは、書類やファイルがうずたかく積まれた古びた金属製の机二つに、ファイルキャビネットが数個、電話が一つに、傷だらけの木製の椅子が数脚のみ。いかにも、わずかな元手でやりくりしている慈善団体そのものだ。狭い廊下の先には別のオフィスと、物置とおぼしき閉じたドアがあった。

熱心そうな、と同時になにか悩みを抱えていそうな、四十代前半くらいの女性がフロントデスクに着いていた。化粧気はない。白いものが混じりはじめた髪は簡素できまじめな形にまとめられている。琥珀のアクセサリーは着けていないようだ。

その女性が待ち受けていたような顔で見あげた。「カーステアーズご夫妻ね？」

リディアが片手を差しだした。「ヴィカーズさんね。お会いできてうれしいわ」

エメットはリディアの張りのある豊かな声音を愉快に思った。きっとアカデミックな世界用の声なのだろう。

「わたしのことはヘレンと呼んで」ヘレン・ヴィカーズが椅子二脚を手で示す。「どうぞかけて。お茶はいかが？」

エメットは断ろうと口を開いた。

「ありがとう」リディアが先だった。「喜んでいただくわ」

エメットはちらりと彼女を見て、従うことに決めた。「僕ももらおう」

「今日の午後に電話をもらって、とてもうれしかったわ、カーステアーズさん」ヘレンがお茶を入れようと立ちあがり、もう一つの机に載せられているポットのほうへ向かった。「ここ〈トランスヴァース・ウェイブ・ユース・シェルター〉でのわたしたちの活動をどうやってお知りになったか、訊いてもいいかしら？」

「夫婦共通の友人がこの施設のことを話してくれてね」エメットは気さくに言った。「その友人は、僕たちが若者のための団体に金《かね》を出したがっていることを知っていたんだ」

「すばらしいわ」ヘレンがうれしそうに微笑んで、共鳴茶を二人に手渡した。「あなたがたが選んだのは正しい施設よ。ここ〈トランスヴァース・ウェイブ〉では、ほかに頼るところのない若者の支援に全力を傾けているの」

リディアがお茶をすすった。「若者のための慈善団体をいくつか比較検討してから決断をくだすよう、会計士から助言されているの。世の中にはあまり誉められない団体も少なくないんですってね」

「残念ながらそのとおりよ。だけどここ〈ウェイブ〉では寄付金のほとんどがシェルターでの活動にそのまま注ぎこまれていることを、わたしたちスタッフは誇りに思っているわ。諸経費や寄付金集めの催しのために使われるのは、ごく一部だけ。いま、パンフレットと前年度の報告書を持ってくるわね」

ファイルキャビネットに歩み寄って引き出しを開け、フォルダーを取りだした。それをエメットに渡す。

エメットは年次報告書を開いてページをめくり、いちばん後ろの団体情報にたどり着いた。彼が献金者のリストを眺めるあいだ、リディアがヘレン・ヴィカーズに穏やかな口調で質問を投げかけた。

「〈トランスヴァース・ウェイブ〉の歴史について、少し訊いてもいいかしら、ヘレン？」リディアが言う。「確か、ずいぶん前から続いているのよね？」

「三十年以上前から」ヘレンが請け合う。「設立したのはアンダーソン・エイムズといって、裕福とは言えない生い立ちから大企業の社長にまで身を興した人物よ。ストリートの危険性を身をもって知っていたからこそ、若者たちがそうした危険を避ける手助けをする団体を作りたいと考えたの」

「エイムズ氏はいまもシェルターの運営に関わっていらっしゃるの？」リディアが無邪気を装って尋ねる。

「悲しいことに、二年前に亡くなったわ」ヘレンが言う。「エイムズさんは自分がいなくなったあともこのシェルターが続くことを願っておられたけど、弁護士の調査で、信託の財政に不正があることがわかって。もうだめだと思ったときに――」

表のドアが開いた。長身にがっしりした体つきの男性が、灰色のスウェットの上下にスポーツシューズという姿で、オフィスに入ってきた。片腕の下には周波数《フリクエンシー》ボールを抱えている。ひたいにはうっすらと汗が光っていた。

ヘレン・ヴィカーズがにっこりした。「こちらはボブ・マシューズ。ボランティアでレクリエーションを担当してくれているの。ボブ、こちらはカーステアーズご夫妻よ。シェルターへの寄付を考えてくださっているの」

「それはうれしいな！」ボブがエメットの手をつかみ、熱心に上下に振った。「この施設にもっと必要なものがあるとしたら、それは献金者だ。いつだって大歓迎だよ」

エメットはうなずいて手を引っこめた。「いい仕事をしているようだね」

ボブが愉快そうに笑う。「努力はしてる。どうだろう、ジムに新しい設備を投入するために、少しばかりセールストークをしてもいいかな？」

「また今度ね、ボブ」ヘレンがきっぱりと言う。「カーステアーズご夫妻は、今日は簡単な説明を聞きに来られただけだから」

「了解」ボブが片手を掲げた。「ヘレンは俺をよく知っていてね。子どもたちのために道具を手に入れるとなると、俺は少しばかり熱くなりすぎてしまうんだ」

「このシェルターでボランティアを始めてどのくらいになるのかな？」エメットは尋ねた。

「そうだな、どのくらいだろう、ヘレン？　六カ月？　八カ月か？」

「八カ月だと思うわ」ヘレンが微笑む。「あなたがいなかったらどうなっていたか」それからエメットのほうを向いた。「ボブはわたしたちの運動プログラムを一新してくれたの。子どもたちにとって、体を動かすことは本当に重要よ。いらいらや怒りを昇華する手助けになるから」

「わかるわ」リディアがカップを手に立ちあがり、クローゼットのそばの壁にかけられた大きなカレンダーに歩み寄った。

エメットは彼女になにか思惑があるのに気づいた。

「ここではずいぶん精力的に予定が組まれているのね」リディアがカレンダーの日々の四角を眺めながら言った。

ヘレンの顔が誇らしげに輝く。「大部分がボブのおかげよ」

ボブがにっこりする。「そんなことはない。俺は自分にできることをしているだけで、毎日ここがちゃんと機能するようがんばっているのはヘレンだ。さてと、失礼するかな。オフィスに鍵を取りに寄っただけなんだ。邪魔して悪かった」

「とんでもない」エメットは言った。

ボブが狭い廊下の先の小さなオフィスに向かい、中に消えた。

リディアがエメットのほうを向いた。「ほかに質問はない、あなた？」

「もう一つだけ」エメットは年次報告書を閉じてヘレンを見た。「大口の献金者としてギルドがリストに含まれているね」

「ええ、確かに」ヘレンが言う。「誓ってもいいけれど、去年わたしたちが財政的な危機に陥っていたときに〈カデンス・ギルド〉が手を差し伸べてくれなかったら、シェルターは閉鎖を余儀なくされていたわ。それを回避できたのはマーサー・ワイアットの新しい奥さんのおかげよ。本当にやさしくて思いやりのある方」

「へえ？」リディアがつぶやく。

「じつは、破滅を逃れられないと思ったまさにそのとき、新しいワイアット夫人が〈カデンス・ギルド財団〉を設立なさったの。わたしたちはその恩恵を受ける最初の慈善団体の一つに選ばれたわ。ギルドからのお金は天のたまものよ」

「いいわ、整理しましょう」二十分後にスライダーの助手席に乗りこむやいなや、リディアは言った。「〈トランスヴァース・ウェイブ〉へのギルドの関与について、どう考えてる？」

「どう考えたものか、まだわからない」エメットが言った。「まだデータを集めているところだからな。今朝、レゾナンス・シティのオフィスに電話をかけた。〈カデンス・ギルド財団〉の理事がなにをしたか、部下に探らせているところだ」

「シェルターの背景を調べるのね？」

「そうだ」エメットが縁石からスライダーを発進させた。「二度手間ではあるが、ギルド財団の報告書を見たいと言えば、まだ答える準備のできていない質問を投げかけられることになる」

「ギルド財団と言えば、社会的な責任を果たすことへのタマラ・ワイアットの情熱は、ちょっと信じがたいと思わない？」

「いや。タマラは昔からギルドのイメージを向上させることに熱心だった」

「ふうん。そうなの」

エメットがかすかに微笑む。「そんな目標は達成できないと思っているんだろう。だが世の中には、ギルドがまっとうな企業として社会的な地位を手に入れられると考えている人間もいるんだ」

「そんなことになったら、どこかのギルドのボスが市長に立候補するでしょうね」

「目の前の問題に戻ろうか」エメットが言った。

「そうね」リディアは言い、どこまで率直に尋ねたものかと躊躇した。思い切ってずばり問うことにした。「正直に答えて、エメット。個人的なことは全部抜きにして、タマラはこの件に関わってると思う？」

　エメットは混み合った細い道路から目を逸らさなかった。「ありえないことではないと思う。ワイアットの話では、彼が引退を計画しはじめたのはタマラと結婚して間もないころだったそうだ」

「タマラにとっては衝撃だったでしょうね」

「大喜びしなかったと考えるのが安全だろうな」

「啞然としたんじゃないかしら」リディアは言った。「考えてみて。タマラがあなたを捨てたのは、あなたが〈レゾナンス・ギルド〉の長としての地位を手放そうとしていて、このまま結婚してしまったらギルドのボス夫人になれないと知ったからよ。そこでタマラは〈カデンス・ギルド〉のボスを誘惑して結婚まで至ったというのに、今度はそっちまで引退すると言いだした。まったく、女の子はどうしたらいいの？」

「興味深い質問だ」エメットが言った。「だが私はタマラがどういう人間か知っているから、彼女が一つ二つなにかを思いついたとわかっても、驚きはしない」

「あなたが彼女になにを見いだしたのか、まだわからないわ」

「愉快だな。私もきみがケルソになにを見いだしたのか、わからない」エメットが言い返した。「シェルターでオフィスの壁に貼られたカレンダーを眺めていたとき、実際はなにをしていた？」

「共鳴エネルギーの気配を感じたように思ったの」

　エメットが眉をひそめた。「オフィスは久遠の壁《オールド・ウォール》のすぐそばだ。あのあたりでは至るところに漏れだしたエネルギーを感じる」

「わたしの勘違いでなければ、あれはイリュージョン・トラップのエネルギーだった」リディアはそっと言った。

これにはエメットも関心を新たにした。「確かなのか？」

「わからないの。かすかな気配だったから」リディアが窓の外に目を向け、そびえ立つ緑水晶の壁を眺めた。

エメットは、リディアがドリームストーンの瓶の中で見つけた小さなトラップのことを考えた。「オフィスのどこかに、なにか怪しいものは見えなかったか？」

「いいえ、なにも。きっと漏れだしたエネルギーだと思う。建物の土台を這いのぼって、床板の隙間から顔をのぞかせたのよ。専門家の中には――ライアンもその一人だけど――ここカデンスの地下墓地でこれまでに発掘調査できたのは全体の二十パーセントにも満たないと考える人もいるし、解除できたトラップに至っては言うまでもないわ。地下墓地は何キロにもわたって広がってるのよ」

「学部長殿と言えば」エメットは言った。「彼の依頼人の正体を突き止めたほうがよさそうだな」

「きっとドリームストーンの噂を耳にした、どこかの個人蒐集家よ。そういうことはよくあるわ」

「きみにつながるドリームストーンの噂を追う個人蒐集家は、どれくらいよく現れる？」

リディアが顔をしかめた。「あなたの言いたいことはわかるわ。ライアンに接触したのがだれにせよ、その人はわたしがこの件に関わってるのを知っているだけでなく、あなたとの関連性にも気づいてるということね」

「つまり、噂を耳にした単なる個人蒐集家ではない可能性が高いということだ」

「同感よ。ところで、ライアンとその新しい依頼人について、突き止めるいい方法を思いついたわ」

「どんな方法だ？」

「わたしはしばらくのあいだ大学で働いてたのよ。スタッフの中に知り合いはたくさんいるわ。そしてその中の数人は、わたしに借りがあるの。アパートメントに帰ったら、何本か電話をかけるわ」


エメットはキッチンに入っていき、アパートメントに戻る途中で買ってきたピザの箱を開いた。リディアが電話口で話しているのを聞きながら、食器棚から皿を二枚取りだす。

「違う、ライアンをスパイしてるんじゃないってば。勘弁してよ、シド、彼がスザンヌとデートしてるからわたしが嫉妬《しっと》してると思ってるの？　ばかばかしい。これはプロとしての調査なのよ」

短い間が空く。エメットはプレッツェル容器の蓋を開けた。ファズが戸口から転がるように駆けこんできて、大きな青い目でエメットを見あげた。

「今週、仕事のあとに彼がなにか予定を組んでないか、なぜわたしが知りたがるのかって？」リディアが言う。「教えてあげるわ。ライアン・ケルソには、わたしのお尻の下から依頼人を奪おうとしてる節があるからよ」

エメットはファズにプレッツェルをやった。

「いいえ、あなたが仕事を失うようなことをしてほしいんじゃないわ、シド。わたしはただ、ライアンの今週の予定に大学とは関係なさそうなことがないか、知りたいだけ」

エメットはピザを載せた皿二枚を手に取り、キッチンの戸口で足を止めた。狭い部屋の反対側ではリディアがソファに深々と腰かけて、コーヒーテーブルに両足を載せていた。

「わたしがお返しを要求してるのかって？ そうとも言えるわね。だってあなた、わたしに借りがあるでしょう？ もしあの日の午後、わたしがあなたとロレインをかばってあげなかったら……まあ、これ以上蒸し返す必要はないわよね？」

また短い間が空いた。それからリディアがにんまりした。エメットに親指を立てて見せる。

「ありがとう、シド」リディアが言った。「恩に着るわ。この新しい依頼人は絶対に逃したくないの。いいのよ、ゆっくりで。今夜はずっと家にいるから」

電話を切って、エメットのほうを向いた。「任務完了」

「シドというのは何者だ？」エメットは部屋を横切り、ソファに腰かけた。両方の皿をテーブルに置く。「なぜ彼はきみに借りがある？」

「シドは研究室の技術者よ」リディアが言い、ピザに手を伸ばした。「一年ほど前、ライアンの秘書のロレインと熱烈な関係に陥ってね。ある日の午後、ちょっとばかり抑えが効かなくなっちゃったの。わたしがライアンのオフィスに入っていったら、二人が机の上にいたというわけ」

「前回の学部会議の議事録を読んでいたのではなさそうだな」

「もちろん。それで、わたしが二人をかばったの。ライアンに間抜けな質問をして廊下で引き止めて、二人が服を着てロレインが自分の持ち場のデスクに戻るまで、時間稼ぎをしてあげたの」

「二人が机の上で組んずほぐれつしていたと知ったら、ケルソはどうしただろうな？」

「たぶん二人ともクビにしたでしょうね」

「ケルソはそんなにオフィスでの態度にやかましいのか？」

リディアの顔にゆっくりと笑みが浮かんだ。「でもないわ。当時はライアンもロレインと寝てたのよ。みんな知ってたわ。だから自分より地位の低い研究室の技術者ごときと二股をかけられてたと知ったら、激怒したでしょうね」

「学者は退屈でまじめな連中ばかりだと思っていたのに。夢を壊されたな」

「あら、いいところもあるのよ」

エメットはしばしピザを咀嚼しながら、先ほど聞いた会話の内容を思い返した。

「きみが友達のシドに聞かせた話だが」やがてエメットは言った。

リディアがピザから溶けて垂れ落ちそうなチーズを舐め取った。「ライアンに依頼人を奪われるんじゃないかと思ってるっていう、あれ？」

「正確には、ケルソにきみのお尻の下から依頼人を奪おうとしている節がある、だ」

「だから？」

「一つはっきりさせておきたいことがある」

「どんなこと？」

「きみが言っていたのは私のことだろうから、ここで断言しておく。きみの尻の下から奪われる気はまったくない。むしろ、きみの尻の下以上にいたい場所はほかに思いつかないくらいだ。まあ、きみの上は別にして」

リディアが嚙む途中で動きを止めた。目が丸くなる。それからごくりと口の中のものを呑みこんだ。「ええと――」

「遅かれ早かれ、その話をしなくてはならない、だろう？」

「なに？　なんの話をしなくちゃならないの？」リディアが言う。

「きみと私。われわれのこと」

「話すことなんてなにもないわ。わたしたちは仕事上のつき合いをしてる。それだけよ」

「異性との関係に問題を抱えているのは男のほうだと思っていたが」エメットは肩をすくめた。「きみが望むなら、いますぐ話そうとは言わない。だが永遠に避けてもいられないぞ」

「賭ける？」リディアがもう一切れのピザに手を伸ばした。

電話が鳴った。リディアがピザをあきらめて受話器をつかんだ。

「リディアよ。ええ、どうも、シド。なにかわかった？」

エメットは、友達の話に耳を傾けるにつれて彼女の知的な顔が熱く集中していくのを見つめた。これほど集中した姿がどれほどセクシーか、本人はわかっているのだろうか。

リディアがぱたぱたと手を振った。紙とペンをくれと訴えているのだ。エメットはエンドテーブルの上に両方を見つけて、リディアに手渡した。

リディアがペンを握って紙の上に屈みこみ、じっと動きを止めた。それから眉をひそめた。

「わかったのはそれだけ、シド？　ええ、ええ、わかってる。ゼロよりましね。電話をかけてきたのがだれか、ロレインにも心当たりはないの？」

シドがなにを言ったにせよ、満足できる情報ではなかったのだろう。リディアがペンを放りだした。「それだけしかわからなかったなら、しょうがないわ。ねえ、お願いなんだけど、このことは研究室のだれにも内緒よ。わたしはまだ仕事を取り戻す希望を完全に捨ててないの。え？　いいわね。近いうちに飲みましょう」

リディアが受話器を置き、達成感ともどかしさを混ぜ合わせたような顔でエメットを見た。

「なにがわかった？」エメットは尋ねた。

「シドは、ロレインにそれとなく訊いてくれたんですって。ライアンの予定にいつもと違うことはなにもなかったそうよ。だけど昨日の午後遅くにオフィスに電話がかかってきて、ロレインが受けたの。かけてきた男は名乗らないまま、ライアンと話したいと言ったそうよ。電話が終わったとき、ライアンはひどく興奮してる様子だったらしいわ。オフィスから出てきて、わたしの新しい電話番号をロレインに尋ねたの」

「ロレインは番号を教えたのか？」

「ええ。で、これはなにか面白いゴシップが進行中だなと思ったロレインは、ライアンの次の電話を盗み聞きしたの。かけた先はわたしだったけど、わたしは留守だった。一夜明けて今日、ライアンはほとんどオフィスにいなかった。一、二度連絡を寄こして、わたしから電話はあったかと尋ねた。ロレインがないと答えると、心底むかついたみたいだった」

「むかついた？」

「ええ。わたしってしょっちゅう男の人にそういう効果を及ぼすみたい」

「覚えておこう」

「ともかく」リディアが続けた。「今日、ロレインがオフィスを出ようとしたとき、またライアンに電話がかかってきたの。昨日かけてきたのと同じ男よ。ロレインは声を覚えてたんですって。ライアンはいないと伝えようとしたとき、当のライアンが荒々しくオフィスに入ってきたの」

「〈シュリンプトン博物館〉できみと対決したあとのことだな」エメットは言った。

「でしょうね。この展開にますます興味をそそられたロレインは、オフィスを出るのを遅らせて、ドア越しにライアンの電話を盗み聞きしたの。今夜遅くに会う約束をするのが聞こえたそうよ。だけどライアンはランデブーに指定された場所が気に入らなかったみたい。変えさせようとしたけど、結局は指定の場所で会うことになったんですって」

エメットはなにも書かれていない紙を見やった。「さすがのロレインも二人が落ち合う具体的な場所まではわからなかったということだな？」

「残念ながら」リディアがペンを取り、いらいらとペン先で紙をたたいた。「でも、わたしに考えがあるの」

エメットはもう一切れピザに手を伸ばした。「ケルソの自宅を見張って、出かけたところを尾行するのか？」

リディアが彼を見た。「どうしてわかったの？」

「なぜかぱっとひらめいた」

リディアが片方の眉をつりあげた。「つまりあなたも同じことを考えてたってわけね？」

「ああ。どうやら偉大な知性が共鳴し合ったようだな」

22

夜十時半を回ったころ、リディアはスライダーの狭い前部座席で体を伸ばそうとした。「そろそろライアンが刺激的なことをしてくれないと、玄関をノックしてトイレを貸してって言っちゃいそうだわ」

「だから今夜は来るなと言ったのに」エメットの口調には同情のかけらもない。

「あら、そっちは公園の茂みでも大丈夫だからって——」ライアンのコンドミニアムの玄関が開くのを見て、リディアは不意に言葉を切った。「来たわ」

興奮が沸き立つのを感じながら身を乗りだす。明るい街灯のおかげで、縁石に停車されたコースターに向かうライアンの姿がはっきり見えた。

「出かけるみたいよ」リディアはささやいた。

声を落とす必要はどこにもない。スライダーは半ブロック離れた大きな木の影に停められているので、この前部座席にはプライバシーがたっぷりある。ライアンからはリディアの姿が見えないし、声が聞こえるなどもってのほかだ。それでも、謎の約束に向かうライアンを尾行するという芝居がかった行為に、リディアはすっかり興奮していた。イリュージョン・トラップを解除するときに感じる興奮と似ていなくもなかった。

「いよいよだな」エメットが言った。

その声に鋭さを聞き取り、リディアはアドレナリンの奔流を感じているのが自分だけではないことを悟った。

「わたしたち、仕事の選択を間違えたかしら」リディアは言った。「私立探偵かなにかになるべきだったかも」

エメットが愉快そうな顔でちらりとリディアを見てからイグニッションにエネルギーを送りこんだ。「探偵稼業は想像するほど楽しくないそうだぞ。ほとんどの時間を、結婚解消のための裁判で使えそうな不倫の証拠探しに費やすんだそうだ」

「がっかりね。それならわたしは〈シュリンプトン博物館〉での仕事にしがみついておくわ」

エメットはライアンの車が縁石を離れるのを待って、木の影からスライダーを発進させた。リディアは腹を空かせたようなやわらかなエンジン音に耳を傾け、ライアンがバックミラーをのぞかないよう祈った。

ライアンはゆっくりと慎重な速度で車を走らせていた。まるで、目的地にたどり着くことにさほど熱心ではないかのように。

「きっと依頼人に、わたしの協力を取りつけられなかったことを説明したくないのね」リディアは言った。「今夜その場でクビを切られればいいのに。当然の報いよ」

「その口調には個人的な恨みを感じるな。復讐心《ふくしゅうしん》と言ってもいい」

「そうよ」

ライアンの車は大学地区の広い通りを淡々と進み、品よく保たれている芝生と、ほどよい大きさの家やコンドミニアムの前を通りすぎていった。

その地区を離れると、左に曲がってオールド・クォーターに向かいはじめた。

「これはこれは」リディアは言った。

「まったく同感だ」

数分後、ライアンの車はオールド・クォーターにたどり着き、さらに速度を落として、デッド・シティの東の壁に接する狭い通りの迷路に入っていった。いくつかの区画は——観光客向けの一帯は——はどほどに明るい。けれどそれ以外の場所は深い闇に包まれていた。

大通りから一ブロック離れると、曲がりくねった小道や路地は、パブやナイトクラブの窓から漏れる弱く頼りない明かりに頼るしかなくなった。

「気をつけて」リディアは言った。「ここでは見失うのも簡単よ。通りの中には地図に載ってないものもあるの」

「見失いはしない」エメットがやわらかな声で約束した。

その口調にはいままでにない響きがあった。まだ鋭さは残っているけれど、それだけではない。どこか野性味を帯びている。リディアはそっと彼を観察した。暗いので表情は読み取れないが、体からにじみだす捕食者の期待を肌で感じた。

かすかな震えが全身に走った。デッド・シティから漏れだすエネルギーのせいよ、とリディアは自分に言い聞かせた。だってこんなに壁に近い。

けれどいま感じているものに、このあたりをさまようエネルギーが関係ないことは、自分でもわかっていた。リディアの感覚は共鳴しており、エメットの奥深くで共鳴する力の核に反応して震えているのだ。とても男性的で、とても危険な力の核に。まるでエメットは素手の戦いに備えているかのようだ。けれどそんなのは筋が通らない。二人がここへ来たのは、ライアンとその依頼人の会見を盗み見るだけのため。なのにどうしてエメットはこれほど激しいエネルギーを放出しているの？

リディアは口を開いてどうかしたのかと尋ねようとした。けれどそのとき、ライアンの車が道の端に寄って縁石のところに停まった。リディアはフロントガラス越しに目を凝らし、ぼんやり灯るパブの看板を見た。

「あらら」リディアはつぶやいた。「きっと〈グリーン・ウォール・パブ〉に向かうのね。ほかの場所にしようと依頼人を説得したがったのもわかるわ」

「流行《はや》りの高級店ではないということか？」

「底辺の店よ。ライアンはいったいどんな怪しい人物のために働いてるのかしらね。あなたのことを、ギルドに関わりがある人間だってこきおろしておきながら、自分は〈グリーン・ウォール〉みたいな店を指定してくる人の依頼を受けてるなんて」

「私のほうが格上だとわかって光栄だ」エメットが謙遜《けんそん》した声で言った。

前部座席が暗くてよかった。さもないと真っ赤になった顔を彼に見られていただろう。

ライアンがコースターからおりて慎重に鍵をかけ、落ちつかない様子で周囲を見まわした。

「このあたりの雰囲気が気に入らないようだな」エメットが言い、スライダーを縁石のそばに寄せた。

「無理もないわ」

ライアンが〈グリーン・ウォール・パブ〉のほうへ歩道を進んでいく。途中で何度もコースターを振り返りながら。

「戻ってきたら、窓を割られてタイヤをもぎ取られてるんじゃないかと心配なのね」リディアは言った。そのときはたと気づいた。ライアンのコースターよりこのスライダーのほうが、車荒しにとっては魅力的な獲物だ。「あなたの車も同じ目に遭うかもしれないわ、エメット。どこかよそに停めたほうがいいかもしれない」

「スライダーは心配ない」エメットがドアを開けて外に出た。「問題は起こらないはずだ」

リディアは納得しないまま助手席側から外に出て、ボンネット越しに彼を見た。「ここはカデンスのオールド・クォーターの中でも最悪の地域よ」

「車は大丈夫だ」エメットがスライダーのフロントを回ってリディアの腕を取った。「保険をかけてある」

「だとしても、ここに戻ってきたときにタイヤもフェンダーももぎ取られてたら、わたしたちはお手上げよ」リディアは不安を隠そうともせず肩越しに振り返った。先ほどのライアンとまったく同じように。

そのとき、緑色の光が見えた。

リディアは足を止めて体ごと振り返り、停められた車を見つめた。ごく弱い、けれど見間違いようのない鮮やかな緑色の光が、スライダーのナンバープレートの周りを漂っていた。

エメットがリディアの隣りで足を止め、輝くナンバープレートをなにげなく振り返った。

「言っただろう、保険をかけた」

「すごい！　まさに保険ね。どんな車荒しでも、脳みそが少しでも備わってれば、小さなゴーストを見張りに残していけるほど強力なゴースト・ハンターの車には指一本触れないはずだもの。どうやったの？」

「たいしたことではない。このあたりにはエネルギーがたっぷりさまよっている。その一部をしばらくのあいだ車につなぎとめておけるほどに」

もしエメットが小さなゴーストを召喚して、通りの先まで行っているあいだ愛車につなぎとめておけるなら、この男性はリディアが思っていたよりはるかに強力ということになる。けれどそんなに驚くことでもない。弱いゴースト・ハンターがギルドの序列の頂点にのぼりつめるはずはないのだから。それでも……。

「いやになっちゃう」リディアはつぶやいた。

「行くぞ」エメットにまた腕を取られ、リディアは光るナンバープレートから引き離された。

「ケルソを見失いたくない」

治安の悪い場所でゴーストに車の見張りをさせられるほどのゴースト・ハンターと仕事をすることの意味について、じっくり考える時間はあとでじゅうぶんにある。リディアはどうにか頭を切り替え、ライアンの謎の依頼人のことに集中した。

「パブの中までは入れないわ」リディアは言った。「ライアンに見つかるもの」

「ではどうする？　こっちは依頼人の正体を突き止めたいだけだ。だれと会っているのかさえわかれば、ケルソに見つかろうとかまわない」

確かに筋の通った論理だが、それでもリディアの不安は募るばかりだった。とはいえ反論できる立場ではない。ライアンを尾行すると言いだしたのはリディアだ。

無言のまま、エメットに続いてたばこの煙と薄暗がりに満たされた〈グリーン・ウォール〉の中に足を踏み入れた。パブの進化の段階において、ここが〈シュール・ラウンジ〉より数段階低いことは、すぐに見て取れた。〈シュール〉は小汚いけれど明るい店だが、〈グリーン・ウォール〉は荒っぽい、本格的な酒飲みの場だ——集う客は、もっと高みを目指すほかの店から立ち入り禁止を言いわたされたような面々だ。

ライアンに見つかるのではないかというリディアの不安はすぐさま消えた。こういう店では、人は目が合うことを避ける。それにライアンは店内のだれよりも神経質になっているはずだ。いちばん望まないのが、知り合いに出くわすことだろう。

エメットが小さなブース席を見つけてくれたので、リディアはその隅に身をひそめた。ウエイトレスが現れて注文を取る。エメットがビール二杯を頼んでウエイトレスをさがらせた。

リディアは身を乗りだした。「ライアンはいる？」

「バーに。一人だ」

「わたしたちが入ってきたときに気づいたかしら？」

エメットが首を振った。「ビールを抱えてうつむいている。こちらが彼に見つかりたくないのと同じで、向こうもここにいるのを知り合いに見られたくないんだろう」

「ふーむ。もしかしたらライアンの大物依頼人は待ちぼうけを食わせるつもりかもね」そう思うと愉快になった。「そうなったらライアンは怒るわよ。彼を待たせないよう神経を使う人に慣れてるから」

数分後にビールが届いた。リディアは慎重にバーのほうを盗み見た。ちらりと見えたライアンは、透明人間になりたがっているように映った。楽しい時間を過ごしていないのは明らかだ。

「本当に待ちぼうけを食わされたようだな」エメットが考えこんだ口調で言う。「面白い」

人ごみの中に小さな隙間が生じた。リディアが見ていると、ビールに屈みこんでいるライアンのほうへ、バーテンダーがバーを移動してきた。バーテンダーがなにか言ったのだろう、ライアンがさっと顔をあげた。

「問題発生だ」エメットが立ちあがった。「ここにいろ。なにをするにせよ、一人で車には戻るな。わかったな？」

「あなた抜きで帰る気はこれっぽっちもないわ。なにごと？　どこへ行くの？」

「バーテンダーがケルソにメモを渡した。謎の依頼人からの感謝状ではないだろう。すぐ戻る」

　エメットが向きを変えてバーのほうに歩きだした。リディアはしばしじっとしていたが、そうしているうちに危険な予感が押し寄せてきた。エメットはトラブルに飛びこんでいったようなもの。リディアには自分の名前がわかるのと同じくらい、それがわかった。

　ビールを置いてハンドバッグをつかみ、ブース席から滑りだす。人のあいだを縫ってバーに向かい、ぎりぎりのところで、ライアンが気詰まりな様子で〈手洗い〉という表示のかかった暗い廊下に向かうところを目にした。エメットはあとを追っており、水の中を行く鮫《さめ》のように人ごみをすり抜けていた。

　二人とも暗い廊下に消えた。リディアの胸に動揺がこみあげてきた。このままではきっとまずいことになる。

　ハンドバッグをしっかり抱えて、バーに群れる人の波をかき分けて進んだ。たばこの煙があまりにも濃いので、顔の前を手で扇《あお》がずにはいられない。

　その手がふと宙で止まった。いかにも酔っぱらいの目をした図体のでかい男が目の前にいた。ゴースト・ハンターらしいカーキの上下は染みだらけで、その上に革ジャンをはおっている。髪は服以上に油でべっとりだ。息はあまりにも酒臭いので、リディアは呼吸を止めたくなった。

「よう、かわいい姉ちゃん」男が言い、危険でセクシーな笑みを浮かべたつもりだろうが、リディアの目には酔っ払いの下卑《げび》た色目にしか見えなかった。「一人かい？」

「いいえ」リディアは冷たく言い放った。「連れがいるわ。通してちょうだい」

「連れってのはどいつだ?」男が少しふらつきながら、リディアの後ろの人ごみを眺めた。「指差してみろ。おまえの女は俺の家に来ることになったって説明してやるよ」

「それはどうかしら。そこをどいて」

「俺はデュラン。ハンターだ」

「冗談でしょ」リディアは男の脇をかいくぐろうとしたが、男が体で行く手をふさいだ。

「ハンターとお楽しみに耽ったことはあるかい、かわいこちゃん?」派手にウインクをする。

「俺たちはちょっと特別なんだぜ。言ってる意味はわかるか?」

「偶然ね。今夜のわたしの連れもハンターなの。あなたがわたしに言い寄ってると知ったら、さぞかし喜ばないと思うわ。さあ、いいからどいて」

「心配すんな、ベイビー。俺がそいつを裏口に呼びだして、脳みそをショートさせてやるからよ。俺の手にかかったら、しばらくはものも言えなくなるぜ」

「ギルドはハンター同士の決闘にいい顔をしないと思ってたけど」リディアは冷たい声で言った。

「なあに。ギルドは新聞沙汰になるのを嫌うだけさ」デュランが大きな手を伸ばした。「二人で一杯飲もうぜ。おまえの元ボーイフレンドが現れたら、俺が面倒見てやるから」

「お酒がほしいの、デュラン?」リディアはちょうど通りかかったウエイトレスのトレイからグラスをつかみ取った。「ほら、わたしのおごりよ」

そう言うと、グラスの中身をデュランの顔にぶちまけた。安い〈グリーン・ルーイン・ウイスキー〉のにおいに思わず顔をしかめる。デュランが唸って後ろによろめき、したたる液体を手で拭った。

「くそっ」デュランが何度かまばたきをして、それからにやりとした。「威勢のいい女は大好きだ」

リディアはこのときとばかりにデュランの脇をすり抜けて、手洗いへと続く廊下に駆けこんだ。

「おい、戻って来いよ」デュランがのしのしと追ってくる。「そんな風に逃げるなって。おまえは俺が十三になったその日から探し求めてきた女に違いない。愛してるぜ、ダーリン」

状況は悪化する一方だ。鼻にしわを寄せたとき、リディアは手洗いのドアの下から漏れてきたにおいを嗅ぎとった。そのまま進み、裏口を探した。

角を曲がると、裏通りに出る開いたドアが見えた。ライアンもエメットも見あたらないが、戸口の外ではかすかな緑色の光が輝いている。ゴーストの光。

悪い兆候だ、とリディアは思った。

「戻って来いって、ベイビー」デュランが上機嫌でわめく。「結婚しようぜ。俺の赤ん坊を産んでくれよ」

リディアは開いた戸口から悪臭漂う裏通りに出た。大気中ではエネルギーがぱちぱちと音を立てている。ゴーストの光の源を探して、くるりと向きを変えた。神秘的な緑色の光に照らしだされた光景に、リディアは凍りついた。

ゴースト・ハンター二人がライアンに迫っていた。ライアンはパブの裏の壁に背中をぴったり押しつけている。ハンターたちはそれぞれ中くらいの大きさのゴーストを操っており、それでライアンの動きを封じていた。鮮やかな光の中で、ライアンの顔に恐怖が浮かんでいるのが見えた。

ハンターたちはライアンを待ち伏せしていたに違いない。ライアンを罠にかけて、いまは目の前でゴーストを操っている。闇で躍るエネルギーの遅くて非能率的な動きを見れば、ハンターたちがまだ若く、エネルギーの扱いに慣れていないことが、リディアにもわかった。けれどその目的は明らかだ。二人はライアンを感電させようとしている。

不和エネルギーの光る球は、少なくとも直径四十五センチほどだ。デッド・シティの外にしては、かなり大きい。若者たちは不器用かもしれないが、強力な共鳴者なのだろう。

どちらのゴーストも、それ一つだけではライアンを気絶させるか数時間の記憶を失わせるくらいしかできない大きさだ。しかし二つ合わせれば、殺すこともできるだろうし、最低でも脳みそにダメージを与えられるはずだ。おそらくは永遠に修復できないダメージを。

「なんてこった」デュランがリディアの後ろでどうにか足を止め、裏通りをのぞきこんだ。

「いったいなにごとだ？　ハンター同士の決闘か？」

リディアは大男を無視した。闇の中にエメットの姿を探すので手一杯だった。

先に見つけたのはエメットが召喚したゴーストだった。前触れもなく、緑色の炎が輝くエネルギー体となって出現する。二つのゴーストを合わせたよりも大きい。

エメットが裏通りの反対側にあるデッド・シティの壁の影から踏みだした。彼の周囲では夜が揺らめき、共鳴するエネルギーと躍っている。エメットの召喚したゴーストが、ライアンの動きを封じている二人のハンターのほうに漂っていった。

「なんてこった」デュランがくり返した。今度の声にはうやうやしいとも呼べそうな響きがこめられていた。「あんなにでかいゴーストは見たことがない。しかもここは、壁の中ですらないのに。あの男がだれにせよ、あいつらの負けは決まりだな」

ライアンに迫っていた二人のハンターは、近づいてくる巨大なゴーストに気づいたのだろう、さっと振り返った。

「なんだよこれ」一人目のハンターが迫りくるゴーストにぎょっとして見つめた。「もう一人の男だ。つかまえろ」

「強すぎる。俺たちがやられる」

「力を合わせれば倒せるさ」

本当にそうかもしれないと思って、リディアはぞっとした。

「やめなさい！」リディアは叫んだ。「警察を呼ぶわ。これは犯罪よ！」

だれも耳を貸さなかった。二人の若者によってライアンのほうに差し向けられていたゴーストが向きを変え、エメットが召喚したエネルギー・フィールドを乱そうとした。光る三つのエネルギー体がぶつかり、緑色の火花が夜に降り注ぐ。鮮やかな緑色の光がぱっと燃えあがって、大気中でぱちぱちと危険な音を立てた。

リディアはまぶしい閃光《せんこう》に目をくらまされまいと、まぶたを閉じた。一秒後、最悪を予期しながらふたたびまぶたを開くと、神秘的な光の余韻《よいん》の中にくっきりと浮かびあがるエメットの姿が見えた。余波を浴びたに違いないのに、まったく影響を受けていないかに見える。エメットは前に進みつづけていた。彼のゴーストも。

若者たちのゴーストが明滅して消えた。

「やられた」二人目の若者が怯えた声で言い、くるりと向きを変えて駆けだした。もう一人は仲間に言葉を返さなかった。すでに夜闇の中へ逃げだしていた。

エメットのゴーストも消えた。けれどもう一つ、かなり小さなゴーストが、仲間を追って駆けていく若者の眼前にいきなり出現した。

「嘘だろう」デュランが心から感心した声で言う。「あんなにすばやいのを見たのなんて何年ぶりだ？　ガキを待ち伏せしやがった」

逃げる若者がエネルギー・フィールドに突っこんでいくのを、リディアは息を詰めて見守った。フィールドは現れたときと同じくらい急に消えたものの、それが若者に触れたことはリディアにもわかった。若者は一瞬身をこわばらせ、それから歩道にどさりと倒れると、そのまま動かなくなった。

エメットが倒れた若者のそばに歩み寄った。

「その子……」リディアはそちらに一歩踏みだして、尋ねた。「エメット、その子は大丈夫なの？」

「大丈夫だ。微量の余波を浴びたにすぎない。少し経てば意識を取り戻す」

「よかった」リディアは向きを変え、いまも壁に寄りかかって呆然《ぼうぜん》としているライアンをちらりと見た。エメットのほうに向きなおると、彼は若きハンターのポケットを手早く探っていた。

「この子はどうするの?」リディアは尋ねた。

「どうもしない」エメットが若者の尻ポケットから財布を取りだし、さっと開いた。「何者なのか調べるだけだ」

「なんてこった」デュランがまた言った。

エメットが開いた財布から顔をあげた。開いた戸口に立っている大男に、いま初めて気づいたようだった。

「あれはだれだ?」リディアに尋ねる。

リディアが顔を向けると、デュランはあんぐりと口を開いてエメットを見つめていた。

「彼はデュランよ。わたしを愛してるんですって。結婚して赤ちゃんを産んでくれって言われたわ」

「そうなのか?」エメットがしげしげとデュランを眺めた。

デュランが慌てて息を呑み、どうにか口を閉じた。「いや、違うって。誤解だ」必死で両手を振る。「単なる通りすがりだよ」

「わたしを手に入れるためにあなたと決闘するようなことを言ってたわ」リディアは言った。

「へえ?」エメットがじろじろとデュランを見る。

「彼女は誤解してるんだよ」デュランがわめいた。後ろによろめき、くるりと向きを変えると、どたばたとパブの廊下の暗がりへと消えていった。

「女性誌に書いてあるとおりね」リディアは言った。「近ごろの男は本気になるってことを知らないんだから」

23

ライアンは自宅のソノァにぐったりと横たわり、いまも震えている手に持った大きなグラスから、がぶりとブランデーをあおった。「なあ、役に立ちそうなことを知っていれば話すとも。だが実際のところ、昨夜までやりとりはすべて電話で行ってきたんだ」

裏通りでくり広げられたゴースト騒ぎの余波を感じているのはケルソだけではない、とエメットは思った。今夜、ゴースト・ハンター二人の相手をするのに要したほどの高レベルのエネルギーを使うことには、払うべき代償がある。そして興味深いことに、エメットはうかつにも余波を浴びてしまった。初めてのことではない。なにが起こるかはわかっている。

目下、エメットは落ちつかない段階にある。感覚はいまも共鳴し、アドレナリンは鎮まっていない。リディアの友達のメラニーがハンターの生理について言っていたことは正しい、とエメットは苦々しく思った。今夜のうちに対処しろと理性が唱える火急の問題があるにもかかわらず、エメットは性衝動に駆られていた。自分でどうにかできることではないし、この衝動がじきに薄れることもわかっている。それでも、いますぐリディアと二人きりになれるなら、なにを失っても惜しくない心境だった。

女性ならだれでもいいのではない。リディアがいいのだ。

やれやれ。面倒なことになった。

切望と欲求が全身をめぐるのを感じつつ、エメットはちらりと彼女を見た。けれど向こうは目もくれない。哀れなライアンに照準を合わせることしか頭にないようだ。

「つまり、依頼人とは正式な契約書にサインしてないということ、ライアン？」リディアの声は見くだしたような非難の色に満ちていた。

悦に入っているな、とエメットは思った。表向きは心配を装い、プロとしての失望を完ぺきに計算された量だけ示しているが、水面下では間違いなく悦に入っている。ケルソは大へまをして、リディアはそれを忘れさせない覚悟だ。このろくでなしには当然の報いだろう。

とはいえ、いまはもっと差し迫った問題がある。

「まっとうな人物に思えたんだ」ライアンが弁解するように言う。

「どうせ加工されたドリームストーンの話を聞いて、舞いあがったんでしょう」リディアがばっさり切り捨てる。「ねえライアン、あなたいったいなにを考えてたの？　よりによって、ドリームストーンだなんて」

ライアンが深々とブランデーグラスにうなだれる。つかの間だけでも、打ちひしがれて。

リディアが舌打ちをし、とどめを刺しにかかった。「なのにみんなはわ、い、わたしの頭がイカれてると思ってるんだから」

本格的に悦に入っている、とエメットは思った。だが恐ろしくセクシーだ。

まったく、どうかしている。たとえリディアと寝室で二人きりになれたとしても、彼女に蹴りだされるのがオチだ。エメットが興奮しているのはエネルギーを噴出させたせいだと思われるに決まっている。

確かにそれは事実だが、部分的な事実でしかない。エメットはリディアを欲している――ひどく――けれど、今夜感じているのは、大量のエネルギーを用いたあとに必ず生じるつかの間の性衝動ではないのだ。今夜欲しいのはただのセックスではない。リディアとのセックスだ。

その違いの意味がリディアにはわかるだろうか。エメットにはわかる。そしてめまいを覚えている。

深く息を吸いこんでホルモンを押さえつけた。どうせ三十分かそこらで噴出効果は消え去り、リディアとのセックスもだれとのセックスも、きれいさっぱり忘れられる。そのときには睡眠のことしか頭になくなっているだろう。女性の体よりベッドのほうが、はるかに魅力的になっているはずだ。そのときまでは辛抱して、ライアン・ケルソのことに意識を集中するしかない。

ライアンが今夜の出来事についてとりとめなく話すのを聞きながら、本棚に並んだ背表紙を眺めた。ほとんどは、リディアのアパートメントやオフィスの本棚でも目にしたものだ。コールドウェル・フロストの悪名高い『デッド・シティの夜明け』や、アリオラの『超考古学――その理論と実践《じっせん》』や、数年分の《超考古学ジャーナル》誌などなど。けれどリディアの本棚にあった本が雑然としていて、実際に読まれているという印象を与えるのに対し、ケルソの蔵書は窮屈なほど整頓されていた。

エメットはゆっくりと室内を見まわした。古風な革製の家具に、彫刻を施された樫材《かしざい》の机、複雑で調和の取れたデザインの色濃い絨毯。そのどれもが〝わたしは学界の大物である〟と声高に宣言していた。いますぐにでも《ハーモニー建築レビュー》誌の、学者の部屋特集ページ用に写真を撮られてもおかしくない。いったいリディアはこのばかになにを見いだしていたのやら。

目の前の問題に集中しよう。エメットは本棚に背を向けて、ライアンを見た。ケルソは真実を語っているのだろう。少なくとも、知っていることのほぼすべてを。この男は疲れ果てている――いまも怯え、ショック状態にある。実際、危ういところだったのだ。

「今夜、何者かがきみを殺そうとした可能性がある」エメットは感情のない声で言った。「どう少なく見積もっても、あの二人のハンターはきみを短時間の昏睡《こんすい》状態に陥らせる意図を持っていた。きみの依頼人とやらは〈グリーン・ウォール・パブ〉にきみをおびきだした。となると、きみに危害を加えたがっていたのはその人物だと考えるのが筋だ」

ライアンがブランデーグラスに向かって顔をしかめた。「いったいなにを言っている？」

「きみはなにかを知っているに違いないと言っている」

「だけどなにも知らない」ライアンがささやくように言った。「本当だ。知っているのは、ある男が電話をかけてきて、蒐集家だと名乗って、骨董業界に詳しいような口振りで、加工されたドリームストーンの噂を耳にしたと言って、ロンドン、きみがこの町に来たのはそれを探すためだと話したことだけだ。それから、きみがリディアを雇ったのは、そのドリームストーンを探す手助けをさせるためだとも言っていた」

「それだけか？」エメットは尋ねた。

「それだけだ。人はドリームストーンの噂くらいでゴーストにだれかを襲わせたりしない。最初にドリームストーンが見つかってから、噂はいくらでもあった。蒐集家は何年もそんな夢物語を追ってきたんだ」

エメットはアドレナリンの最後の余韻を振り払おうと、行ったり来たりしはじめた。「今日の午後、リディアに協力を拒まれたと伝えたとき、依頼人がなんと言ったか正確に思い出してみろ」

ライアンが弱々しく肩をすくめた。「ドリームストーンを見つけるために採用すべき別の戦略について話し合いたいと言われた。それで十一時にあのパブで落ち合うことになった。店に着いたらバーテンダーからメモを渡されて、そこには、依頼人は裏通りで待っていると書かれていた」

「ちょっと怪しいと思わなかったの？」リディアがからかうように問う。

ライアンが顔をしかめた。「できるだけ人目につかないようにしたいと最初からしつこく言われていたんだ。あのときも、単にバーの中で見られたくないんだろうと思った」

「オールド・クォーターの裏通りで落ち合おうなんて、確かに人目につかないわね」リディアがつぶやくように言う。

ライアンの口元がこわばった。「愚か者と呼べばいいさ」

「あなたがどうしてもって言うなら」リディアが陽気に言った。

エメットは呻いた。「お楽しみかもしれないが、いまはやり合っているときじゃない。ライアンを町の外に連れださなくては。レゾナンス・シティ行きのコミューターの最終便まで一時間を切っている」

「なんだって？」ライアンが不意に姿勢を正し、当惑の表情を浮かべた。「僕はどこへも行かないぞ」

「きみのために言っている」エメットは腕時計に目を落とした。黄色い文字盤は激しいエネルギー噴出のせいで濁《にご》っていた。できるだけ早急に新しい調律済みの琥珀と取り替えなくては。やるべきことは山積みだ。「五分で着替えを用意しろ。空港まで送る」

「だが——」

「レゾナンスのゲートに迎えを行かせる」エメットは言った。

ライアンが好戦的な顔になった。「だれが迎えに来るんだ？」

「〈レゾナンス・ギルド〉のハンター数人だ」

「ありがたいが、断るよ」ライアンがブランデーグラスをたたきつけるようにテーブルに置いた。「悪気はないが、今夜はこれ以上ゴースト・ハンターに会いたくなくてね」

エメットは彼の目を見つめた。「今夜きみを襲わせたのがだれにせよ、そいつはおそらくまた攻撃をしかけるだろう。もしかしたらすぐに。ボディガードが必要だ。ふつうの状況ならマーサー・ワイアットに連絡して、ここカデンス内で保護態勢を敷いてもらうが、いまはあまりいい考えだとは思えない。ここのギルドは目下、ある問題を抱えている」

リディアが鼻で笑った。「ある問題、ね」

エメットはそれを無視した。「最終便に乗らないなら、ケルソ、この一件が片づくまで一分おきに後ろを振り返ることになるぞ」

「リディアはどうなるんだ？」ライアンが強い口調で尋ねた。「僕が危険にさらされているなら、彼女だって同じだろう」

エメットはちらりとリディアを見た。

「そんなこと、考えるのも許さないわよ」リディアが鋭い声で言う。

エメットはライアンに視線を戻した。「リディアは私が面倒を見る」

「ほう？　きみの面倒はだれが見るんだ？　次は二人じゃなく三人のハンターが襲ってくるかもしれないぞ。だれにだって限界はある」

「私はきみたちよりやや有利な立場にいる」エメットは穏やかに言った。「一つには、私のほうがはるかに感電させられにくい。もう一つには、もしだれかが私を感電させることに成功したとしても、きみを感電させた場合より、心配することがはるかに多くなる」

「どういう意味だ？」ライアンの顎があがり、軽蔑をあらわにする。「僕は大学の正教授だぞ。超考古学部の学部長だ。その僕にもしものことがあったら、警察は瞬く間に総力を挙げて取り組むだろう」

エメットは愉快さのかけらもない笑みを浮かべた。「かもしれない。だがもし、カデンスにいるあいだに私にもしものことがあれば、取り組むのは警察だけじゃない。マーサー・ワイアットは〈レゾナンス・ギルド〉の長に状況を説明することになる。レゾナンスのボスは喜ばないだろうな」

リディアが鋭い、探るような目でエメットを見たものの、なにも言わなかった。

ライアンが困惑したように目をしばたたいた。じきに理解の表情が目に浮かんだ。「なるほど。これはギルドの問題ということか」

「ああ」

「厄介な話だ」ライアンが疲れとあきらめをあらわに立ちあがった。「荷造りをしたほうがよさそうだな」背中を丸めて向きを変え、廊下のほうへと歩いていった。

その姿が見えなくなるまで待ってから、リディアがエメットに視線を向けた。「本当に大丈夫なの？」

「大丈夫だ。琥珀を取り替えなくてはならないが、それだけだ」

「取り替える？」リディアが心配の声で言う。「まさか琥珀を溶かしたの？」

エメットは肩をすくめた。「ときどき起こることだ」

「たいていの人には起こらないわ」リディアが言い返す。「どうしよう、エメット、琥珀の調律を乱すほどのエネルギーを使ったなら、いますぐ倒れてもおかしくないはずよ」

「大丈夫だ。なんにせよ、もうしばらくは。ケルソを空港に送り届けるまでは」うなじをさすった。「だがきみのアパートメントに戻ったら、少し眠りたい」

「でしょうね」リディアが言い、声を落として続けた。「あの若いハンターの財布からなにか見つかった？　使えそうなものは？」

「身分証は入っていなかった」

「残念。正体を突き止められるかと思ったのに」

「身元につながりそうなものは持ち歩かないよう指示されていたんだろう」エメットは言った。「だがあいつは若かった。訓練を積んでいないし、おそらくはじっくり考えるということに慣れていないんだろう。小さな過ちを犯した」

「どんな？」

「財布に身分証は入れていなかったが、ジムのロッカーの鍵を抜き取ることまでは気が回らなかった。私は確認しただけで、元どおりに戻しておいた。運がよければだれかに見られたとは気づきもしないだろう」

リディアの目が熱意に輝いた。「どこのジムの鍵？」

「鍵の刻印は〈トランスヴァース・ウェイブ・ユース・シェルター〉」


一時間後、リディアはスライダーをアパートメントの駐車場に停めてキーを抜き、募る心配とともにエメットを見やった。

エメットは助手席にぐったりと腰かけ、ヘッドレストに頭をもたせかけている。本人は大丈夫だと言いつづけていたが、もはやリディアにはその言葉が信じられなくなっていた。

ライアンをレゾナンス・シティ行きの最終便に乗せたあと、エメットが電話をかけて、向こうで部下が出迎えるよう手配した。さらに数分話をしてから電話を切った。リディアはブースの外にいたので、会話の詳しい内容は聞き取れなかった。

戻ってきたエメットを見た途端、あれこれ質問する気は消し飛んだ。彼がひどい状態なのは一目でわかった。空港ターミナルを出るときにリディアが腕を取っても抵抗しなかった。車までの道を半分ほど来たときには、ずしりとリディアに寄りかかるようになっていた。運転するからキーをと言うと、おとなしく差しだした。

「エメット？」リディアは彼の肩に手を載せて、そっと揺すった。「起きて。着いたわ」

エメットは身じろぎしたが、意識は朦朧《もうろう》としているようだった。「少し眠りたい」

溶融後症候群《アフター・メルトダウン・シンドローム》の対処法について、だれかに問い合わせたほうがいいのだろうか。けれど正直なところ、対処法を知っていそうな人物に心当たりはない。琥珀が溶けるのは非常に稀な現象で、なぜならそんなことができるほどの能力を有している人物が非常に少ないからだ。そして、それだけの力を持つ人物はおそらくその余波についてあまり語りたがらないだろう。とりわけ、どんな弱さも認めたがらない男臭いハンターなら。

〝琥珀が溶ける〟というのは単なる表現上の言い回しだ。どんなに強力なエネルギー下でも実際に溶けてしまうことはないが、濁りはする。正確に集中することを可能にする調律された状態を失ってしまうのだ。

リディアは手を伸ばし、両手でエメットの顔を挟むと、彼女のほうを向かせた。「ねえ、聞こえる？　医者に診てもらったほうがいい？」

　エメットが一度首を振った。不快だったのか、あるいは嫌悪感を催したようにも見えた。

「眠りたい」エメットの声はくぐもっていた。

　彼の手が動いたのを見て、リディアはドアの取っ手を探っているのだと気づいた。

「待って」運転席側のドアを開け、車から飛びおりる。「そっちに回って手を貸すから」

　助手席側に回ったときには、エメットはドアを開けはしていたが、その暗いあきらめの表情を見れば、自力で座席から抜けだせると思っていないのがわかった。

「回復するまでここで寝る」エメットが弱々しい声で言った。

「車で夜を明かす？　町のこの地域で？　なに言ってるの。危険すぎるわ」

「五階までのぼるのは無理だ」

「待ってて。ゼーンとオリンダを呼んでくる。三人で上まで連れていくわ」

　エメットは反論しなかった。それすらできないらしい。リディアは階段に急ぎ、一段抜かしで三階を目指した。３Ａの玄関にたどり着いたときには息が切れていた。

　二度目のノックでゼーンがドアを開けた。パジャマを着ている。その後ろのリビングでは、共鳴画面の光が躍っていた。

　リディアは最初に頭に浮かんだ言葉を口にした。「眠ってるはずの時間じゃないの？」

「ベッドに入ってたよ。俺がリビングで寝てるの、忘れた？」

　もう共鳴画面を見ている時間ではないと指摘している余裕はなかった。「お願い、手を貸して」

ゼーンが警戒に眉をひそめた。「どうしたの？　ファズになにかあった？　またゴースト？」

「違うの。エメットよ。今夜、ゴースト・ハンターたちのけんかに巻きこまれたの。琥珀が溶けて、いまは憔悴《しょうすい》してるわ。自分では階段をのぼれない状態よ。オリンダはいる？」

「琥珀が溶けた？」ゼーンの目が丸くなる。「すごいや！」

オリンダがのっそりと廊下に現れた。大きな体は古いシュニールのローブに覆われている。

「まったく、とてつもないハンターだね。どこにいるの？」

「下の車の中よ」リディアは一歩さがった。「手を貸してくれる？」

「もちろん。早く見たい」ゼーンが戸口を駆け抜けて、どかどかと階段をおりていった。

オリンダはもう少し静かに続く。背後で玄関を閉めて、廊下で待つリディアに言った。

「琥珀を溶かしたハンターは、そのあとに数時間ぶっつぶれるって聞いたことがあるよ」

リディアは急いで階段に戻りはじめた。「エメットは眠りたいって言いつづけてるわ」

「しばらくは楽しませてくれなさそうだね」オリンダがウインクをする。「ロンドンほど強力じゃない男をつかまえるべきだったかもしれないよ。ふつうのエネルギー噴出は、ゴースト・ハンターに面白い効果を及ぼすっていうからね」

24

隠し部屋は共鳴する緑色の光で輝いている。奇妙な影が壁の上に現れては消える。そのうちのいくつかは戸口のように思えるものの、こちらが近づこうとすると、そのたびに移ろう暗い影は消えてしまう。

動揺で息苦しくなる。だけど屈してはいけない。部屋から出る道は必ずある。

これもまた、緑水晶の壁に開いた暗い戸口に見えるもののほうへ、慎重に近づいていく。ほかのと同様、この戸口も消えてしまうものと半ばあきらめつつ、片手を伸ばす。

ところが指が触れたのは壁ではなく空気だ。息を凝らして戸口をくぐり、小部屋に入る。イリュージョン・エネルギーを感じてぴたりと足を止める。深い影に目を凝《こ》らすもののなにも見えない。けれどトラップがどこかにあることはわかっている。感じるのだ。

そのとき、部屋の中央に小さなドリームストーンの箱が置かれているのに気づく。ゆっくりと近づいて、手を伸ばし、蓋を開けると、中には写真が収められている。写真の中からチェスターがにっこりと笑いかけていた。

リディアははっと目を覚ました。膝の上にはファズがいて、リディアの胸に前肢《まえあし》を当てている。四つある目はすべて開いていた。

「どうしたの？」リディアはささやくように言った。

狭いリビングをすばやく見まわし、影を探す。けれど室内の様子は正常に見えた。少なくとも、ソファにゴースト・ハンターが眠っているという状況下で可能なかぎり、正常に。

エメットはソファの上に横たわり、顔をリディアから背けて、いまも昏々《こんこん》と眠っている。

ファズがリディアの胸から前肢を離して狩りの目を閉じ、ふたたび膝の上で丸くなった。昼の目も閉じる。すべて異常なし、というサインだ。

リディアはふわふわした灰色の毛をぼんやりと撫でた。きっと夢の中でもがいていたせいで、この子を起こしてしまったのだろう。びくんと動いたり寝言をつぶやいたりしたのかもしれない。

しばらくしてファズを抱きあげ、大きな椅子の隅に落ちつかせてやった。ファズは目を開けることもなく、ただ身じろぎをして、居心地を整えなおした。

リディアは立ちあがってソファに歩み寄った。手を伸ばし、エメットの肩まで毛布を引きあげてやる。エメットは身動きもしなかった。

リディアはそれから窓のところへ行き、ローブのたっぷりした袖に両手を突っこんで、縦に細く見えるデッド・シティを眺めた。夢の情景が頭の中を漂っていた。

やがて向きを変え、寝室へと向かう廊下に踏みだした。ぎりぎりのところで小さなエンドテーブルの存在を思い出し、上手によけた。

寝室に入ると鏡台に歩み寄って、そこに置いておいた写真を見おろした。少しだけ開けているバスルームのドアの隙間から明かりが射しこんで、その写真を照らす。夢の中と同じように、チェスターがにっこり笑いかけてくる。リディアは彼が手にしている《超考古学ジャーナル》誌を見やった。助言者として名前が掲載されたことを、チェスターは心から誇りにしていた。

リディアはリビングに戻り、また大きな椅子に深々と腰かけた。両脚を伸ばして、スリッパを履いた足をフットスツールに載せ、ローブの襟をさらにぴったりと引き寄せた。

長いあいだ、ただそうして座っていた。考えながら、夜を見つめていた。

眠りから覚めたエメットは、時間と場所に軽い混乱を覚えた。やがて、裏通りで激しくエネルギーを噴出させた記憶がよみがえってきた。手首を掲げてまぶたを開き、腕時計の文字盤を見た。午前五時。噴出後にたっぷり三時間は眠ったらしい。上質の睡眠とは言えないが、エネルギーの大量消費から体が回復するにはじゅうぶんだ。

狭い部屋に自分以外の存在を感じて、首を回した。リディアが窓辺の袖椅子の上で丸くなり、角っこに頭を載せて、脚はローブの布の下にたくしこんでいる。曲げた肘のあたりから、青い目がエメットに向かってまばたきをした。

エメットは毛布を押しのけて慎重に起きあがった。見おろすと、だれかが――おそらくはリディアが――シャツを脱がせてくれていた。彼女に服を脱がされたと思うと、興味をそそられた。が、ズボンは穿いたままだった。リディアにはこちらは脱がせられなかったのか、あるいはそうすることに魅力を覚えなかったのか。純粋に気後《きおく》れしたのだろうと思うことで、エメットは自分を慰めた。

　立ちあがると毛布が床に落ちた。自分でかけた覚えはない。廊下を進んで、決して明かりが消されることのないバスルームに向かった。

　狭いバスルームの中で蛇口をひねり、洗面台に屈みこんで冷たい水を顔にかけた。鏡に映った自分を目にした途端、顔をしかめた。

　リビングに戻ると、リディアは先ほどのままだったが、ファズは彼女の腕の下からいなくなっていた。キッチンをのぞくと、ダスト・バニーはプレッツェル容器のそばのカウンターに乗っている。大好物を手に入れるのに、エメットの助けは要らなさそうだ。

　エメットはソファに戻って乱れた毛布の真ん中に腰かけ、腿に両肘をついた。両手の指をゆるく組んで、リディアを見る。なぜこの椅子で眠った？　私の見張りをしなくてはいけないと思ったのか？　琥珀を燃焼させたせいで私が暴れだすとでも？　さらなる〝ハンター特有の奇妙な効果〟を恐れたのか？　もしかしたら部屋をめちゃくちゃにされることを案じたのかもしれない。

　気がつけばリディアが目を覚まし、椅子の上からこちらを見ていた。

「気分は？」リディアが尋ねる。その声はやわらかくハスキーだった。

「ほぼ正常に戻った」

「ゆうべはちょっと心配したわ。あんな状態のゴースト・ハンターは見たことがなかったから」

エメットは片手で顔を擦り、手のひらに無精ひげを感じた。ひげを剃《そ》らなくては。すぐに。

「個人的なことを言えば、あんな状態に陥るのは避けるようにしている」

「わかるわ。いまも全快したようには見えないもの。もう少し眠ったほうがいいんじゃない？」

「大丈夫だと言ってるだろう」

「わたしに当たらないでよ。いまのあなたが、ゆうべ安っぽいパブの裏で派手なけんかに巻きこまれたように見えるのは、わたしのせいじゃないんだから」

エメットは言い返そうとして、考えなおした。「どうしてその椅子で寝た？」

「あなたから目を離したくなかったの。ゼーンとオリンダはあなたは大丈夫そうだと思ったみたいだけど、わたしは確信が持てなくて」

「くそっ。病人扱いはよしてくれ。燃焼後虚脱症候群《バーン・アンド・クラッシュ・シンドローム》は至って正常なことだ。少なくとも、私がゆうべ使ったのと同じくらい大量のエネルギーを使ったときは」

リディアがあくびをした。「どういたしまして」

こんな言い合いをしたかったのではない。エメットはまたいらいらしていた。リディアのそばにいると、しょっちゅうこうなってしまうらしい。どうにか気を鎮めなくては。

「ここまで運んでくれて、助かった」つぶやくように言う。「きみの言ったとおりだ。あの駐車場で夜を明かすというのは、あまりいい考えではなかった」

「気にしないで。ゼーンとオリンダが手伝ってくれたから」

「そうか」三人が五階までの長い道のりを、エメットを引っ張って担いで押しあげてくれたことを、ぼんやりと覚えていた。病人扱いされても無理はない。リディアがこの椅子で眠ったのも、もっともだ。夜通し看病が必要だと思ったのだろう。

「エレベーターが故障中なのは運が悪かったな」やれやれ。今度は意味のないことをぺらぺらと。

「まったくよ。ドリフィールドには近いうちにつけを払ってもらわなくちゃ」リディアがローブの襟をぎゅっと合わせて立ちあがろうとした。「さて、お互いこれ以上眠る気がないのなら、わたしはシャワーを浴びて着替えてくるわ」

彼女が立つと同時にエメットも立ちあがり、寝室への道を阻んだ。リディアは彼の目の前で足を止め、エメットの顔を探った。

「本当に大丈夫なの？」リディアが問う。

「いや。大丈夫じゃない」エメットは両手で彼女の顔を包んだ。「だが正気を失ってきみの部屋をめちゃくちゃに荒らしたりもしない」

「あなたがそんなことをするなんて、これっぽっちも思ってないわ」リディアが弁解するように言う。

「いや、思ったはずだ。顔に書いてある。きみは最初から私に警戒心を抱いていた。ハンターの生理に関連した独特の現象が起きるたびに、きみは慌てふためいた。ゆうべもそういうことなんだろう？」

「信じられない」リディアが募る怒りとともに彼を見つめた。「あなたが動転してるのは、わたしがあなたの様子を見守れるようにここで眠ったからなの？」

「動転はしていない」エメットは食いしばった歯のあいだから言った。「だが心底腹を立てている。くそっ、私は病気じゃない。正気を失って、きみのリビングで暴れまわったりしない。予測のつかない野獣みたいに寝ずの番をしてもらう必要はなかった」

リディアの顔つきが怒りで険しくなったと思った次の瞬間、急にやわらいだ。「ねえ、落ちついて。あなた、まだ本調子じゃないのよ。先にシャワーを浴びたら？　そのあいだに温かい共鳴茶を淹《い》れておくから」

癒すような口調にエメットは怒りでかっとなった。「くそ紅茶なんか欲しくない」

リディアのやさしさが消えた。「どうして今朝はそんなにかりかりしてるのよ？　ゆうべはあなたが心配だったの。意識を失ってソファに倒れこむのを見たときは、心底ぞっとしたんだから」

「私は意識を失ったりしていない。眠りについたんだ。まったく違う」

「意識を失ったわ」

「いや、眠った。だが、どう思う？」

「なにが？」

「いまはばっちり目覚めている」言うなり、リディアを引き寄せて激しく唇を重ねた。

一瞬、彼女が怒りを爆発させるのではないかと思った。けれどリディアは息を呑み、エメットの肩をつかんだ。

そしてキスに応じはじめた。熱烈に。エメットの中のすべての共鳴度が跳ねあがる。切迫感が全身をめぐる。リディアがそれに応じるのを感じた。彼女の腕が、抱き締めてと言わんばかりにエメットにきつく絡みついた。

二人は間違いなく同じ周波数に乗っていた。いったいどうやってお互いの敵意という不和が一瞬のうちに荒々しいまでの性的な共鳴に変化したのか、わからなかったが、いまはその分析に時間を費やしている場合ではないことだけはわかっていた。

彼女のローブの胸元を押し広げた。リディアの指が彼のズボンの留め金をこじ開け、ジッパーをおろす。待ち受けるやわらかな手の中に大きく育った股間のものが飛びこむのを感じて、エメットは大きく呻いた。指が巻きつくと、叫びたくなった。

エメットはリディアを抱いたままわずかに向きを変えて後じさると、しっかり詰め物がされた大きな椅子の上に、半ば倒れこむように、半ば沈みこむように、着地した。リディアが上に転がりこんでくる。温かくてやわらかで、欲望の香りがする。ローブが開いて椅子の肘掛けにかかり、リディアが彼の腰にまたがって太腿で彼の腿を挟んだ。

エメットは下に手を伸ばし、彼女の脚のあいだの熱く潤った場所を探り当てた。その熱い部分に指を遊ばせるとリディアが息を呑み、小さなつぼみを擦ると深く息を吸いこんだ。リディアが首を反らす。髪が背中に流れ落ちる。

エメットは美しい丸みを帯びたお尻をつかんで、締まった体の奥深くまで貫いた。

「エメット！」

肩に爪が食いこむのを感じながら根元までうずめる。リディアが腰を使いはじめる。すばやく、性急な、興奮した動きで。エメットは愛らしくふくらんだ小さなつぼみをふたたび探り当て、その下に指を滑りこませると、すでに張りつめている入口のすぐ中までねじこんだ。

「いいわ」耳にかかるリディアの息が熱い。「いい！」

いまや圧倒的な衝動以外のすべてを忘れて、エメットは腰を突きあげた。リディアが震え、ペニス全体にその深い痙攣を感じさせる。その繊細で調和した震えは、重力ほども抗しがたい響きを奏でた。

絶頂感は溶けた琥珀よりも熱く、エメットの全身を駆けめぐった。最後の一滴まで絞りだすと、疲れ果てて今日二度目に意識を失った。


かなり長い時間が過ぎたころ、エメットは意識を取り戻した。リディアはいまも腰にまたがったまま、彼の首筋に顔をうずめている。その体は汗で湿り、肌からはエメットのにおいがした。原始的な所有欲がこみあげてくる。エメットは彼女の太腿をそっと手で包んだ。

「論点をくり返しておきたいんだけど」リディアがくぐもった声で言った。

「なんだったかな？　忘れたらしい」

「ここで眠ったのは、あなたが暴れだしてリビングをめちゃくちゃにすると思ったからじゃないわ」

「本当か？」

「本当よ」リディアが少し間をおいて続けた。「だけどもし、あなたが本気でそうしたいなら、どうぞ」

「ありがとう。もしかしたらまたの機会に」

「お好きなように」リディアが顔をあげて彼を見おろした。夜明けの淡い光の中で、彼女の喉と頬は火照っていた。口と目はやわらかだった。唇がカーブして笑みを浮かべた。

エメットは自分の体がまた目覚めるのを感じた。太腿に載せた手に力をこめた。「やっぱり、いますぐ暴れてリビングをめちゃくちゃにすることにした」

リディアがつやつやしたオレンジを半分に切るそばで、エメットは共鳴茶用の湯を沸かしはじめた。ふと、この窮屈なアパートメントでの生活が居心地よくなりすぎていることに気づいた。

甥のクインをめぐるこの問題が片づいたあとも居座りつづける口実を思いつかなくては。リディアとのあいだになにが起きているのか、いまだによくわからないものの、それがなんにせよ、そこから背を向けて歩み去りたくなかった。いまはまだ。

「お次はなにをする？」リディアが尋ね、カウンターの彼の隣りに腰かけた。

楽観主義が浮上する。今朝だけで二度も同じ周波数に乗っているとは。人生はすばらしい。

「きみがそう言うとは面白い」エメットは言った。「ちょうど考えていたところだ」

「わたしもよ」リディアがオレンジを匙で掬った。「すべてが〈トランスヴァース・ウェイブ・ユース・シェルター〉を指し示してる。でしょ？」

「ああ」なにが同じ周波数だ。エメットはつかの間の楽観主義を押しつぶし、頭を切り替えた。

「〈カデンス・ギルド〉があのシェルターに資金援助を始めたのは、今年の初めよ」リディアが唇についたオレンジの果汁を指で押さえながら、エメットを見た。「タマラ・ワイアットがギルドの新しいイメージ作りの影の推進力だということはわかってるわ。そしてマーサー・ワイアットは身近に裏切り者がいると信じてる。もしかしたらその裏切り者は、マーサーが考えてるよりさらに身近な存在かもしれないわね」

「きみの思考の行き着く先はわかったが、それは違うな」

「エメット、あなたとタマラの過去は知ってるわ。彼女を愛してたんでしょう。もしかしたらいまも――」

「いや」

「こういう問題は、拒んでいても解決しないのよ」

「拒んでいるんじゃない。タマラにはもう強い感情を抱いていないと言ってるんだ」

「そう？　彼女はあなたを捨てて別の男性に走った。強い感情を抱いて当然だと思うけど」

「本題に戻ってもいいか？」エメットは穏やかに言った。

リディアは反論したそうな顔だったが、エメットの表情からなにかを読み取って思いなおしたのだろう。代わりに咳払いをした。

「いいわ」リディアがきびきびと言う。「話していたのは、シェルターでなにが起きているにせよ、そこにタマラが関与してる可能性ね」

「可能性はないと思う」エメットは言った。

リディアに睨みつけられた。「どうしてタマラは無関係の一点張りなの？　これまでに起きたことはすべて関係があるって結論に至ったんじゃなかった？　チェスターのドリームストーン、彼の死、行方不明の若者たち、グリーリィの死」

「わかっている」

「そのすべてを結びつけるのがシェルターよ」

「リディア――」

「無視できない要素がもう一つあるわ。これまでに起きたことはすべて過去数カ月のあいだに起きてる。タマラがワイアットと結婚したあとに。彼女がギルドに慈善団体を作らせて、〈トランスヴァース・ウェイブ・ユース・シェルター〉に資金援助を始めさせたあとに。すべてはタマラを指し示してるわ。認めなさい」

エメットはその論理を否定できなかった。しばし考えて、これまでは事実への本能的な反応でしかなかったものを表現する言葉を探した。

「シェルターでなにが起きているにせよ、それがドリームストーンに関係があるだろうということは認める」

「それで？」

「考えてみろ。ドリームストーンは超考古学上の発見としても、個人蒐集家の市場においても、とてつもない価値がある」

「そうよ。それを見つけた人は、すぐさまアカデミックな世界で輝かしい名声を手に入れられるわ。そのためには、見つけたものを博物館に渡さなくちゃならないけれど」

「もし大学に関係のない人間がドリームストーン発見を元に有名になりたいと思ったら、公の場に出るしかない。つまり、記者会見を行ってインタビューを受けるということだ」

「ふーむ」

「一方、もし発見者がドリームストーンで大もうけしようと考えていたら、闇市場で取引をするまで発見を隠しておこうとするだろう。発掘作業が違法に行われているなら、こちらのほうが可能性は高い」

「だれかが発見を隠しておこうとしてるのも、発掘作業が違法に行われてるのも、ほぼ間違いないわ。だけど、それがなんなの？　どうしてそれでタマラが無関係だってことになるの？」

「なにもかもが、この事実を隠したがっている人物を指し示している」エメットは言った。

「もしタマラが関わっているとすれば、彼女の関心の対象は金《かね》より世間の注目だ」

「ふーむ」リディアがまた言った。

「そもそもマーサー・ワイアットの妻に納まったいま、すでに莫大な金《かね》を手に入れている」

「世の中にはいくらお金を手に入れても足りない人もいるわ」

「タマラが欲してやまないのは」エメットは辛抱強く言った。「社会的な地位とそれに付随する力だ。正しい人々と交際し、慈善団体の役員に名を連ね、芸術活動支援のための催しを行い、有力者の家に招かれる。それが彼女の望みだ。私の言葉を信じろ。もしタマラがドリームストーンを手に入れていたら、間違いなく盛大なやり方で公表している」

リディアがオレンジの入っているボウルの縁をスプーンでこんこんとたたいた。「あなたのほうがわたしより彼女の心理に詳しいみたい」

「ああ」エメットはシリアルを箱からボウルに振りだした。「そうとも」

リディアは読み取りにくい表情でちらりとエメットを見たが、それ以上彼とタマラの関係については追求しなかった。「いいわ。じゃあ、これまでにわかった秘密主義的シナリオには合わないというあなたの直感に基づいて、タマラは除外しましょう。それから、ライアンも直接的な関係があるとは思えないわ」

「だが何者かが彼を使って、きみがドリームストーンについてどれだけ知っているかを探ろうとした」エメットは言った。「裏にいる人物は、私たちが秘密に迫っていることを知っているんだろう」

リディアがスプーンを置いた。「ゆうべ、いろいろ考えたの。それでふと思いついたのが、ライアンを〈グリーン・ウォール・パブ〉に呼びだした人物は、ライアンを処分する以外にもなにか企んでいたんじゃないかということよ」

エメットは唸り、シリアルを食べることに集中した。

「エメット？」

「なんだ？」

「わたしの言ったこと、聞こえた？」

「もちろん聞こえた」

「あなた、ゆうべライアンに言ったわよね、自分はギルドとのつながりがあるから安全だって」

「ああ」

「だけどもしあなたがあの裏通りで殺されたとしても、〈カデンス・ギルド〉当局は、襲撃された人を助けようとしての悲劇的な結果だと主張できたわよね。居合わせた時間と場所が悪かったんだと。だれもが悲しむけど、だれのせいでもない」

「それでもワイアットは、なぜその襲撃がハンター二人組によって行われたかを、〈レゾナンス・ギルド〉に説明しなくてはならない」エメットは言った。

「そこよ。あの二人はきっとギルドのメンバーじゃないんだわ。あなたも言ってたでしょ、あの二人は訓練を積んでないって。たとえ二人がつかまったとしても、マーサー・ワイアットはいっさいの責任を逃れられるというわけよ」

エメットは肩をすくめた。「だからといって、〈レゾナンス・ギルド〉が騒ぎ立てないことにはならない。あの二人のような若くて強力なハンターは、ギルドの管理下にあるべきだからな」

「じゃあ、〈レゾナンス・ギルド〉は騒ぎ立てる。盛大に。ワイアットは調査して犯人を見つけると約束する。それでおしまい」

エメットは愉快さのかけらもなく、短く笑った。「誓ってもいいが、ギルドの政治はそれほど単純じゃない」

「あなた、わざとわたしの論点を避けてる」リディアがしつこく言い張った。「わたしが言いたいのは、ゆうべあなたにライアンを尾行させたかった人物がいるんじゃないかってことよ」

エメットは一口お茶をすすって黙っていた。言うことがなかった。リディアの推測どおりだろう。ライアンを追って裏通りに出たときから確信していた。

「どうなの？」リディアが攻撃的に言う。

「自分の面倒は自分で見られる」

「やっぱり、あれは罠だったのね。だと思った」

リディアがすばやくスツールをおりたので、肘がティーカップに当たってカウンターの上を横滑りした。リディアはそれを無視してエメットの襟をつかんだ。エメットはシャツを着ていなかったので、両手がつかんだのはTシャツの胸元だった。

「落ちつけ」エメットはなだめるように言った。

「わたしの思ったとおりなのね？　だれかがあなたを殺そうとした」

「いいんだ」

「ぜんぜんよくない。お忘れかもしれないけど、わたしたちは大きなトラブルに巻きこまれてるのよ。なんとかしなくちゃ。もしかしたらマルティネス刑事に連絡するべきかもしれないわ」

「それで、殺人容疑で逮捕されるのか？　そんなことをしても役には立たないぞ」

「じゃあどうすればいいのよ、元ギルドのボスさん？」

エメットはしばし口をつぐんでから、穏やかに言った。「私が立てた計画に沿って進むのがいいと思う」

「どんな計画？　どうしてわたしはその計画のことを知らないの？」

「きみに相談する時間がなかったからだ」エメットはわざと曖昧《あいまい》にぼかした。

「わたしを関わらせるつもりがなかったから、ということなんでしょう」

「リディア――」

「気にしない。これからどうするのかを教えて」

エメットは肩をすくめた。「今夜〈トランスヴァース・ウェイブ・ユース・シェルター〉のオフィス周辺を探りに行く。だれがあの施設を使って若い共鳴者をストリートからかき集め、ドリームストーンを発掘させているのか、手がかりになるものが見つかるかもしれない」

「一緒に行くわ」

「それはだめだ」

「わたしが必要になるわよ、エメット」

「私一人では手に負えない理由を一つでいいから挙げてくれ」

リディアが涼しげに微笑んだ。「シェルターのオフィスを訪ねたとき、どこかにイリュージョン・トラップのエネルギーを感じたと言ったのを忘れた？」

エメットは彼女を見つめた。慎重に。「久遠の壁《オールド・ウォール》にあれほど近ければ、漏れだしたエネルギーを感じるのも珍しいことではないという意見で一致したはずだ」

「わたしが感じたのが漏れだしたエネルギーじゃなかったら？　ドリームストーンの隠し場所を守るためにしかけられたトラップか、だれかが見つけた秘密の小部屋から放たれてるエネルギーだったら？」

「きみたちタングラーの想像力が豊かすぎることは、だれもが知っている」

「あなたたち頑固で偉そうなゴースト・ハンターは不和エネルギーでなんでも解決できると思ってるけど、実際はそうじゃないことは、だれもが知ってるわ。一緒に行くわよ、エメット。わたしたちは一心同体でこれに立ち向かうの」

リディアの言うとおりだ、とエメットは認めた。私たちは一心同体でこれに立ち向かう。

25

オフィスのドアの向こうからメラニー・トフトがひょいと顔をのぞかせた。「今日は休みかと思ってた。ここでなにしてるの？」

「ちょっと書類仕事をね」リディアは本棚から振り返ってにっこりした。「心配しないで、長居はしないから」

「そのほうがいいわ。何度も同じことを言うようだけど、あんたは本物のプロの超考古学者だから無給で時間外労働をさせてもいいんだ、なんてことをエビちゃん《シュリンプ》館長に思いこませちゃだめよ」

「十分以内にここを出るって約束するわ」

「よろしい」メラニーがあらためてリディアをしげしげと眺めた。「なにかあったの？」

「いいえ、メラニー、なにもないわ」

「ねえ、チェスターが死んだことやなんかで、このところ精神的に参ってるのは知ってるわ。もし所定の休日だけじゃ足りないと思ったら、遠慮なく言うのよ。エビちゃん《シュリンプ》だってだめとは言わないから」

「心配しないで」リディアはペンを取り、それから机にたたきつけた。強く。「ストレスでだめになったりしないから」

メラニーが即座に気まずい顔になった。「そんなつもりじゃ――」

「いいのよ。わかってる」リディアは落ちつきを取り戻して無理に微笑んだ。「わたしのことは心配しないで、メラニー。大丈夫だから」いまのセリフはリディア自身の耳にも昨夜のエメットそのものに聞こえた。殺されかけたあとに大丈夫だとリディアに言い張ったときの。

「わかった」そう言いつつも、メラニーはまだ疑わしそうだ。「だけど覚えといて。あたしやエビちゃん《シュリンプ》にはなにも証明する必要はないんだからね。もし休みがほしいと思ったら、素直にそう言って」

「ありがとう」

リディアはメラニーの背後でドアが閉じるまで待ってから、ふたたび本棚に向きなおった。考えながら、《超考古学ジャーナル》誌の背表紙をじっと眺める。

チェスターがドリームストーンの瓶と一緒にダッフルバッグに入れていた写真を取りだし、もう一度見た。写真の中からチェスターが誇らしげに微笑み返す。その手は彼を助言者として挙げた論文が載っている《超考古学ジャーナル》誌をしっかりと握っていた。

夢の断片がリディアの頭をゆっくりと漂いはじめた。それとともに、昨日博物館の閉館後にライアンが訪ねてきたとき、心の中で転がしていた問いが浮かんできた。

もしもあの夜、チェスターが殺されたのは、〈シュリンプトン博物館〉から出る途中だったとしたら？

一歩前に出て、雑誌の背表紙に指先を這わせた。チェスターを助言者として挙げた論文が載っている号で指を止めた。

本棚から抜き取って、見慣れたページをゆっくりと開く。論文のタイトルが目に飛びこんできた――〝幻エネルギー源の超共鳴周波数に見られる変動の評価〟

一枚の紙切れがひらりと床に落ちた。リディアは腰を屈め、紙片を拾って、じっと見つめた。チェスターの筆跡は見間違えようがなかった。紙片には数字の列が記されていた。それぞれの数の下にはアルファベットがあった。

一時間後、リディアは座標の記された紙を開き、キッチンカウンターの上に広げた。その横に、チェスターが遺した暗号の鍵を並べる。それから大学公式の、デッド・シティの考古学サイトマップを広げた。

「暗号は単純よ」リディアが言う。「チェスターはわたしたちの誕生日と電話番号と、わたしの論文が載ったジャーナルの号の発行日を使ったの。すぐにわかったわ。そこからは、点と点を結ぶだけだった」

エメットは彼女が地図に座標を書き入れていくのを見守った。高まっていく興奮のせいで、周囲の空気が蜃気《しんき》楼《ろう》のように揺らめいている。地下に戻りたくてたまらないのだ。いまも地下墓地に対処できることを自分に証明したくてたまらないのだ。

「もしチェスター・ブレイディの情報が確かなら」エメットは言った。「シェルターの下には地図に載っていない秘密の入口があるということになるな」

リディアが作業に集中したまま うなずいた。「もちろんそんなのは何十とあるわ。大学当局は見つけるたびに封鎖してるけど、〝廃墟のネズミ〟は新しいものをどんどん見つけてくるの」

「オールド・レゾナンスと状況は同じだな」

リディアが鉛筆を置いて顔をあげた。期待に輝いている。「どこかの時点で、だれかがこの特別な秘密の入口を見つけたのよ。おそらく長年のあいだに見つかっては失われてきたんでしょう。だけど今回はその入口の奥で、ドリームストーンが見つかった。地下墓地の一つのどこかで」

エメットはそれについて考えてみた。「同時に、ゴーストとイリュージョン・トラップが張りめぐらされた通路も見つけたんだろうな。そしておそらく、そのすべてを取り払って発掘できるようにするには、チームが必要だと判断した」

「だけど法にかなった発掘チームを結成することはできない。なぜならそのためには、見つけたものを大学当局に報告しなくてはならないから。ドリームストーンが大学側のものになってしまうから」

「だがその人物は、自分が完ぺきな無許可労働者の頂点に座していることに気づいた。ストリート・キッズは始終シェルターを出入りしている。その中には正式な訓練を受けていない不和エネルギー《ディソナント》共鳴者や幻エネルギー《エフェメラル》共鳴者がいてもおかしくない。勧誘するのは簡単だ。とりわけ、自由なトレーニングや分け前を約束できるなら」

「そして、若い命を危険にさらすことをいとわないなら」リディアが陰気につけ足した。

「地下墓地の、地図に載っていない区画での発掘作業は危険よ。専門家や、経験豊富なタングラーやハンターにとってもね。そんな通路をクリアにするために若い子が何人も送りこまれてると思ったら――」

「大砲の餌《え》食《じき》だ」エメットはそっと言った。

リディアが鋭い目で彼を見た。「なんですって？」

「地球の古い言い回しだ。前に本で読んだことがある」

「ふうん」リディアはそれを受け流した。「まあ、一つだけは確かね。もしだれかがシェルターから潜りこめる秘密の入口を使っていて、シェルターに集う子を勧誘してるなら、その人物はほぼ間違いなく〈トランスヴァース・ウェイブ〉のスタッフということになるわ。彼が自由に出入りするにはそうでなくちゃおかしいもの」

「あるいは、彼女が自由に出入りするには」エメットは静かに言った。

「そうね」リディアが同意した。「ヘレン・ヴィカーズに怪しまれずに、彼女の足の下で地下墓地を発掘できるとは思えないわ。きっとヴィカーズも関わってるのよ」

「言っただろう、レゾナンスの人間に彼女の背景を調べさせている。運がよければ、明日にはなんらかの情報が手に入るだろう」

「だけどこれって、殺人二件に、未熟なハンターの基礎訓練に、難解なイリュージョン・トラップの解除でしょう。ヴィカーズがそのすべてを一人で仕切ってるなんて、ちょっと信じられないわ」

エメットは、若いハンターの一人のポケットから見つけたロッカーの鍵のことを思い返した。「ボブ・マシューズはいつからあのシェルターでボランティアを始めたと言っていた？」

「数カ月前からだったと思うけど」

エメットは地図を眺めながら選択肢を吟味した。ほかに道があればいいのだが、ないことはわかっている。地図に載っていない地下墓地の通路に入らなくてはならず、そのためには優秀なトラップ・タングラーが必要だ。そしてリディアは最高に優秀な一人。

リディアの視線を感じた。エメットが考えていることを正確に読み取っているのだろう。

「否が応でも、この仕事にはハンターとタングラーのチームが必要よ。あなたもわかってるはず」リディアが言った。

「今夜決行だ」エメットは言った。

リディアがちらりとファズを見た。ダスト・バニーはカウンターの上でプレッツェルをかじっていた。「心配しないで、応援がつくから」

「応援？」

「ファズよ」リディアがカウンターからダスト・バニーを抱きあげて、ぼさぼさの毛を撫でた。「この子の暗視視力と嗅覚《きゅうかく》には、どんな人間もかなわないの」少しためらってからつけ足した。「この子はわたしの幸運のお守りだと思ってる」

26

リディアは明かりの消されたシェルターのオフィスにたたずみ、夜に包まれた静かな通りを窓から眺めた。いまは午前二時。〈トランスヴァース・ウェイブ〉は深夜十二時に閉鎖され、ドアと窓には鍵がかけられる。付近にストリート・キッズはいない。この二時間、シェルターを出入りした人間は皆無だ。違法な発掘作業は夜に行われていないのか、それとも今夜は予定されていないのか。

近隣には人っ子一人いないわけではないことを示す唯一のものは、エメットと一緒に裏通りを歩いていたとき、ある戸口に寄りかかっていた二人の酔っぱらいだけだ。照らすものといえば、半ブロック先のパブの看板の弱々しい明かりしかない。

「異常はないか？」エメットが金属製のデスクの後ろの暗がりから問いかけた。

リディアはその問いにかちんと来て、すばやく振り返った。「わたしなら大丈夫よ」ぶっきらぼうに言う。「場の雰囲気をつかもうとしてるだけ。このあいだここで感じたイリュージョン・トラップの気配を探してるの」

「そうか」窓から射しこむ弱い光だけでは、エメットの表情までは読み取れない。声はひどく冷静だ。そのエメットが向きを変え、狭い廊下を進んでボブ・マシューズのオフィスに向かった。

リディアもあとを追い、胸の奥底で広がりはじめたパニックの糸に抗った。闇が怖いのではない。少なくとも、いまはまだ。これは別の種類の恐怖だ。お願いだから、いまわたしへの信頼を失わないで、とエメットに言いたかった。わたしにはいまもこれができると信じてるのは、わたし以外にあなただけなの。お願いだからわたしを信じて。

けれどリディアは黙っていた。願いを口にするだけでも、この先に待ち受けるものを恐れていることを、自分だけでなくエメットにまで認めることになる。あの〝失われた週末〟から回復して以来、ずっと地下に戻りたくてたまらなかった。いまそのときが訪れてみると、感じるのは絶対に失敗してはいけないというプレッシャーだけだった。

もしライアンや精神分析医やほかのみんなが正しかったら？　もし本当に心的周波数を調和させる能力の一部を失っていたら？

やめなさい、とリディアは自分に言い聞かせた。あなたはドリームストーンの瓶の中のイリュージョン・トラップを解除したじゃない。あれは繊細な仕事だった。あれに対処できたなら、あなたは大丈夫だということよ。

リディアは上に手を伸ばし、肩に乗っているファズに触れた。ファズは撫でられるといつもそうするように喉を鳴らしはしなかった。リディアはダスト・バニーの警戒心が高まっているのを感じ、四つの目すべてが開いているのに気づいた。

マシューズのオフィスにたどり着いて初めて、エメットがペンライトを点けた。デスクの引き出しをあさる作業をエメットに任せ、リディアは身体的、超常的、両方の感覚を全開にして、イリュージョン・トラップの存在をほのめかす見えないエネルギーの気配を探した。デッド・シティの壁からこれだけ近いと、超感覚を選《え》りわけるのは困難を極める。異質な遺物の心的重みは圧倒的なほどで、町のほかの区画でならはっきり感じ取れるだろう周波数でも覆い隠されてしまうのだ。

エメットがオフィスの中を動きまわるのをおぼろげに感じつつ、リディアは自分の作業に集中した。オフィスの奥のドアに静かに歩み寄り、耳を澄ます。ブレスレットの琥珀がほのかに温かくなった。

でも、それだけ。

ご主人さまの緊張に気づいたのか、ファズがそわそわと身じろぎをした。リディアはダスト・バニーをなだめようと手を掲げ、そこで凍りついた。琥珀が一段と熱を帯びたのだ。

「来たわ」リディアはささやいた。

エメットが動きを止めてじっと彼女を見つめる。無言のまま。

暗いエネルギーの羽のように軽い巻きひげが、大気中の見えない潮流の中で渦を巻く。このあたりの漏れだしたエネルギーの渦中では容易に見逃してしまいそうだが、リディアはいま、完全にトラップの位置をとらえた。

「見つけた」リディアは言った。自信が急速に戻ってきた。

エメットが、調べていた引き出しを閉じて歩み寄ってきた。「漏れだしたエネルギーか？」

「違うと思う。きちんと安定した周波数よ。少なくとも、エネルギーに可能なかぎり安定してる」リディアはくるりと振り返って東側を向いた。「あそこよ。もう一つのドアのそば」

「物置か」

エメットがペンライトを消し、先に立って小さなオフィスを出た。物置のドアに歩み寄り、ノブを回す。ノブはびくともしなかった。

「それじゃあ簡単すぎるものね」リディアは言った。

「だな」エメットが、玄関を通ったときに使ったのと同じ、小さな金属製の道具を取りだした。手のひらで柄の琥珀を包む。

「よし、開いた」しばらくしてエメットが言った。「かなり洗練されている。よくある共鳴磁石錠に似てはいるが、別物だ」

緊迫感がリディアの体に走った。「そのドアを開けるときは気をつけて」

この暗い片隅ではエメットの顔を見ることはできなかったが、尊大な軽蔑の表情が浮かんだのは間違いなかった。リディアと同じでこの男性も、自分の能力に疑問を持たれることが好きではないのだ。

「物置の中にイリュージョン・トラップがあるとは思えない」エメットが冷静な声で言う。

「一つには、それをつなぎとめるものがない」

「チェスターが見つけたあの瓶のことを忘れないで。あの中のトラップは厄介なものだった。きっとドリームストーンが、壁の外でもつなぎとめる役割を果たしてるのよ」

「だれが物置に貴重なドリームストーンを放置する？」

それでもドアを開けるエメットの手つきは見るからに慎重そうだった。リディアはイリュージョン・トラップのエネルギーが増加しないのを感じて、ほんの少し安堵した。

エメットがより大きくドアを開け、ペンライトの光を内側に投げかけた。

ファズがリディアの肩の上で身をこわばらせた。なにか異変を察知したのではなく、いっそう神経を研ぎすましただけだ。この子は完全な狩猟モードに入っている、とリディアは思った。この子だけでなく、エメットも。

その点で言えば、わたし自身も。

エメットのペンライトの明かりがファイルキャビネット数個と、業務用の文具が入った箱二つと、積みあげられた年次報告書を照らしだす。

リディアは広い物置に足を踏み入れた。「影に気をつけて。トラップが隠されてることが多いから」

「確かに私は現場を離れてしばらくになるが、初心者でもないぞ、リディア」

「ごめんなさい」

「気にするな。それより、なにか感じるか？」

リディアはファイルキャビネットのあいだの暗がりをじっと見つめながら、ゆっくりと歩いた。イリュージョン・トラップが生みだす独特なエネルギー波は、この物置の中では間違いなく強くなっているが、どんなに怪しく思える影も、エメットがライトの光を投げかけるたびに消えてしまう。

リディアは片手を差し伸べて、いちばん近くの壁に指先で触れた。共鳴する周波数の増加は見られない。リディアは部屋を周り、四方の壁に順番に触れていった。東の壁に来たとき、足が止まった。

ここではエネルギーが一段と強く脈打っている。暗い、イリュージョン・エネルギー。リディアは壁に並ぶファイルキャビネットを見つめた。

「エネルギーの源はキャビネットのどれかの裏だと思うわ、エメット」

エメットはその判断に疑問を差し挟まなかった。「よし。きっと中の荷物が少ない一つだろう。ドアをくぐるたびに重たいファイルキャビネットを動かしたいと思う人間はいないだろうからな。いくつか引き出しを開けて、空《から》に近いやつを探そう」

リディアはいちばん手近な引き出しを開けてみた。ファイルがぎっしり詰まっている。隣のキャビネットの取っ手をつかみ、手前に引きだす。これも古いファイルでいっぱいだった。重たいファイルで。

「見つけたぞ」エメットがやわらかな声で言った。

リディアが顔をあげると、エメットが最後のキャビネットの前にいた。空の引き出しとおぼしきものをのぞきこんでいる。

リディアは急いでそちらに向かった。「イリュージョンの影は?」

エメットがペンライトの明かりを中に投げかけた。「なさそうだ」

リディアは足を止め、引き出しの暗がりをのぞきこんだ。「安全ね」それから意識を集中させると、手首の琥珀が熱を帯びるのを感じた。「後ろの壁から波動を感じるわ」

「手を貸してくれ」

ファズがリディアの肩から飛びおりて、いちばん近くのキャビネットのてっぺんに乗り、二人を見守った。

キャビネットは気が抜けるほど簡単に壁から離れた。後ろにはなにもない。羽目板だけだ。エメットが手を伸ばし、安っぽい板の、ほとんど見えない継ぎ目を指でなぞった。リディアの中でまた興奮が高まり、不安がほんの少し消えた。

「ああ、すごい」リディアは言った。

「まったく同感だ」エメットが返す。

彼が壁のその部分を押すと、扉は滑らかに内側に開いた。蝶番《ちょうつがい》にはしっかり油が差されているのだろう。

謎めいた果てしない闇が入口をふさぐ。エメットがそこにペンライトの光を走らせたが、影は消えない。むしろ、いっそう深まったように見える。

「どいて」リディアはささやくように言った。「いまこそわたしの出番よ」

エメットが脇にさがった。「任せた」

トラップが大きいことは二人ともわかっていたけれど、エメットの声には疑念も不安もまったくなかった。リディアは前に出た。

イリュージョン・エネルギーの周波数と共鳴できるという生まれながらの能力は、大学での訓練と実地での経験により、磨きあげられてきた。いま、トラップ解除という作業に取り組む準備を進めていくうちに、全感覚が高度に共鳴しはじめる。

超感覚を用いて、トラップの主な共鳴周波数を隠しているエネルギーの揺らめく層に、探りを入れていく。通常の可視波長域を越えたところまで届く視覚でのぞきこみ、名称のない色を見て、異なる層に存在する調和の取れた波動を感じた。

トラップはとても古いものだった。これまでに対面してきた中で最古の一つだ。このトンネルを入口として使っている人物により、何度もセットされては解除されてきたのだろうが、本来の荒々しい力は失っていないらしい。

リディアは周波数を探り当て、共鳴しはじめた。ゆっくりと波動を送り返し、見えない波の動きを鎮めていく。ここがもっとも危険な箇所だ。一つ失敗すれば、エネルギーの波動がはね返ってきて、リディアの感覚を呑みこみ、異質な悪夢に彼女を吸いこんでしまう。

リディアは時間の感覚を失っていた。このトラップは予期していた以上に複雑だった。鎮めようとするリディアの試みに反発する。と同時に、手っとり早い動きで瞬時に解除しろと挑発してくる。リディアはその挑発に乗らなかった。何人ものタングラーがそんな風にして奇襲を食らってきた。

もう一度、周波数を微調整する。そのとき、トラップのエネルギーが弱まったのを感じた。

「よくやった」エメットが言った。

トンネルの口から異質な闇は消えていた。光る緑水晶の階段が地下墓地へとおりている。

「まさに秘密の入口だな」エメットが言う。

「〈トランスヴァース・ウェイブ・ユース・シェルター〉の壁は、デッド・シティの壁にぴったり沿うように作られたんでしょうね」リディアは言った。

「秘密の入口を隠すために、〝廃墟のネズミ〟の一人が何年も前に建てたんだな」エメットが階段を見おろした。「そしておそらく、別のだれかがこの一年以内にふたたび見つけたんだろう」

リディアはファズに片手を差しだした。ダスト・バニーがその腕を肩まで駆けあがるのを待ってから、エメットに続いて階段をおりていった。

いちばん下にたどり着くと、エメットがペンライトを消した。古代の壁から放たれる神秘的な緑色の光に目が慣れるまで、二人ともその場に立ちつくしていた。地下では、緑水晶は奇妙な光を放つ。その光が千年にわたって地下墓地を照らしてきたのだ。

「用意は？」エメットが琥珀に縁取られた共鳴羅針盤をポケットから取りだした。

「いつでも」

リディアの中では幸福感が躍っていた。アドレナリンと安堵がない交ぜになっていた。ついにまた地下に戻ってきたのだ。自分の羅針盤をたずさえて。わたしは大丈夫。

古代ハーモニー人の地下墓地に漂う興味深い雰囲気は変わっていなかった。なにもかもが懐かしく思えた。水晶そのものから漏れだすかに思える歳月の重みや、淡い緑色の光まで。

「ライアンも精神分析医も、くそ食らえだわ」リディアは小声でつぶやいた。

「いまのは、きみが正気を失ったりしないと私に請け合うための台詞か？」

「そうよ」

「きみが正気を失うなんて、端《はな》から思っていない」エメットが言った。

「ありがとう」

「どうやら羅針盤はいらなかったようだな」しばらくしてエメットが言った。

そのとおりだった。地下墓地内の安全な通路にはそれと示す証拠が新旧織り交ぜて残されていた。リディアはすでに、キャンディの包み紙や、〈カーテン・コーラ〉の空き瓶や、捨てられたピザの箱を目にしていた。

「プロとはほど遠いわね」リディアは鼻をすすった。

「働かされているのは子どもだぞ。子どもは食べる。山ほどな」

リディアが大学のチームに所属していたころに作業をしたような地下墓地の広い通路と違って、この通路は狭かった。ところどころでは、エメットと並んで歩くのがやっとという広さしかない。謎めいた地下トンネルすべてに言えることだが、もともとの建造者がなぜこれらを設計し、建造したのか、推し量ることは不可能だ。

肝心の進むべき道は比較的わかりやすいと言える。何度か曲がりくねっているし、分岐点は無数にあるものの、踏みならされた、キャンディの包み紙が転がっている道をたどるのは容易だった。

「おそらく日中は可能なかぎり作業をしているんだろう」エメットが言った。「そして可能なかぎり早く終わらせようとしているんだ。トラップをセットしなおすたびに、次に通るときにはだれかに解除してもらわなくちゃならないからな」

「手間のかかること。それにアマチュアが関わると危険だわ」

二人は輝く緑色の通路をさらに奥へ進んだ。底のやわらかいブーツは固い水晶の床になんの音も響かせない。ときどきエメットがちらりとファズを見た。

「心配ないわ」リディアは言った。「だれかが廊下をやって来るのを感じたら、しっかり警告してくれるから」

「信じるとしよう」エメットがトンネルの新たな曲がり角を確認した。「ダスト・バニーと仕事をするのはこれが初めてだ」

「ファズはいまではわたしのチームの永久メンバーよ。近いうちにあなたにも聞かせてあげるわね、あの〝失われた週末〟の最後にこの子がどうやってわたしを地下墓地から救いだしてくれたか――」ファズが耳元で唸るのを聞き、リディアは不意に言葉を切った。「ああ」

エメットが足を止めた。「なにも聞こえなかったぞ」

「ファズには聞こえたみたい。ゴーストを感知したのかも」

「反論はしない。きみたちは後ろに隠れていろ」

「なに言うの、エメット――」

「私はゴースト・ハンターだ。きみはきみの仕事をした。いまは私に仕事をさせろ」

もっともな意見だ。それでもリディアはファズに手を伸ばして抱きあげ、エメットの肩に乗らせた。「この子を連れてって。あなたたちには共通点があるから」

「たとえば？」

リディアは微笑んだ。「牙が見えたときには手遅れ」

エメットは眉をつりあげたがなにも言わなかった。前に向きなおり、熱心に身を乗りだすファズを肩に乗せたまま、トンネルの角を曲がった。

リディアはすぐにはあとを追わなかった。彼に仕事をさせなさい、と自分に言い聞かせたのだ。彼はあなたに仕事をさせてくれたのよ、と。

一瞬後、エメットの声が角の先から聞こえてきた。「なんてこった！」

リディアは前に駆けだした。けれど角を曲がってもゴーストの光は目に飛びこんでこなかった。代わりに見えたのは、大きな怪しい影の前に立っているエメットの姿だった。

「これをどかせられるか？」エメットが切迫した声で問う。

「もちろん」答えた瞬間、リディアは自分が悪い意味で調子に乗りはじめているのに気づいた。いいことではない。どうにか気持ちを落ちつかせて、真剣さを取り戻した。

すばやくトラップに取り組み、解除した。影が消えると、リディアとエメットの前に小さな窪《くぼ》みが現れた。痩せた青年ともつれた長い髪の娘が汚いマットレスに横たわり、ぐっすりと眠っていた。どちらの服も染みだらけで破れ、長いあいだ洗濯されていないように見える。二人の隣には〈カーテン・コーラ〉の瓶と空のサンドウィッチの包みが転がっていた。窪みの入口には小さなドリームストーンの壺がある。たったいまリディアが解除した悪夢のトラップは、この壺がつなぎとめていたのだ。

エメットが前に出た。

床の上の青年が身じろぎし、まぶたを開く。ゆっくりと起きあがって、寝ぼけた目を驚いたように何度もしばたたいた。

「エメット叔父さん？」その目から急に眠気が消え、安堵で顔つきが変わった。「探しに来てくれるって信じてたよ」

「おまえは一家の家宝を持ち去った」エメットが手を伸ばし、青年の胸ぐらをつかんで引き起こした。「探す以外になにができたっていうんだ、クイン？」

27

リディアが怖い目でエメットを睨んだ。エメットにもその意味はわかった。リディアは彼を冷淡だと思っている。

「ほらほら」リディアが言った。「いまはあのくだらない小箱のことで甥にお説教してる場合じゃないでしょ」それからクインのほうを向く。「大丈夫？」

クインは見知らぬ女性の仲裁に少し面食らった顔だったが、それでもすばやくうなずいた。「うん。大丈夫だ」

「クイン？」隣りの娘が身じろぎし、ゆっくりと起きあがった。「どうなってるの？　この人たちは？」

「エメット叔父さんだよ、シルビア。言っただろう、いつか必ず来てくれるって」クインが手を貸して彼女を立たせた。「行こう。ここから出るんだ」

リディアが周囲を見まわした。「あなたたち二人以外にも、ここにはだれかいるの？」

「いや、この時間にはだれも」クインが怒って吐き捨てるように言う。「連中は自分たちがここを出るときに、シルビアと俺をトラップで閉じこめるんだ。だけどほかのやつらは予定に合わせて来たり帰ったりする。みんな、マジで夢中でさ。三本の波打つ線をつけた鎖を、ボーイスカウトのバッジみたいに誇らしげに首からさげてる。あいつらばかだから、金持ちになれると思ってるんだよ」

「見張りはどうなっている？」エメットは尋ねた。

「いまはハンターが二、三人。俺が最初にここへ来たときはもう一人いたんだけど、ゴーストに感電させられて、トンネルのどこかにふらふら消えてった。それ以来、姿を見てない。これまでのところ、代わりは見つけられてないみたいだ」

「きっとあたしたちに見張りなんて必要ないって気づいたのよ」シルビアが腕をさすりながら言った。「連中がいないときにあたしたちを閉じこめておくには、あのトラップだけでじゅうぶんだもの」それからリディアを見た。「あなた、すごく優秀なタングラーなのね」

「最高のタングラーだ」エメットはリディアが応じる前に言った。「おまえの琥珀はどうした、クイン？」

「本気で訊いてるの？　眠ってるあいだに持って行かれたよ。地下墓地の中でトラップやゴーストがほぼ全部片づいてるのは主な入口につながる通路だけだ。ほかの通路はどれも、琥珀がないと三メートルも進めない」

「ドリームストーンはどこなの？」リディアが興味津々に尋ねた。

「一つ見つかるたびに、ほかの通路の一つにある部屋へ運びこまれてるわ」シルビアが言う。「運びこまれる部屋は二、三個あって、そこに収められないものは、ここの入口や階段のてっぺんのトラップをつなぎとめるために使われてるの」

エメットとしては、リディアの目に浮かぶプロとしての好奇心が気に入らなかった。「ドリームストーンのことは忘れろ。いまは鑑賞している時間はない。また戻ってくればいい」

「そうね」リディアはつかの間、切ない顔になったが、反論はしなかった。

エメットはシルビアとクインのほうに向きなおった。「シェルターのオフィスにつながる階段以外に、ここから抜けだす道を知らないか？」

クインが首を振った。「知らない。言ったとおり、枝分かれした通路にはいまもトラップやゴーストが山ほど残ってるんだ。連中はそういう通路をクリアにしないし、もちろん探索もしない。頭にあるのはドリームストーンを運びだすことだけさ」

シルビアが唇を嚙んだ。「作業はほとんど終わりなの。クインとあたしはできるだけゆっくり作業してきたんだけど、これ以上時間稼ぎするのはほぼ無理ってところまで来てたわ」

「叔父さんたちが来てくれて、ほんとにうれしいよ」クインが安堵の声で言う。「発掘が終わったら、俺たちが用済みになることはわかってたから」

エメットは甥の腕に手を載せた。「よくがんばったな。行こう、ここから出るんだ。リディア、この子たちは琥珀を持っていないから、私ときみとで前後から挟もう。私がファズを連れて先頭に立つ。いいな？」

「いいわ」リディアがシルビアとクインの後ろに回る。「もしファズが緊張したり唸ったりしたら、気をつけて」

「わかった」

エメットは肩の上のダスト・バニーの重みを感じながら、来た道を戻りはじめた。前方のぼんやりと光る水晶の通路に、動くものはなにもない。説明できない影や光のちらつきもない。ファズは油断なく警戒しているが、怯えてはいない。

このままなにごともなく地下墓地を脱出できるのではないかとエメットが信じはじめたとき、ファズが凍りついた。と同時にエメット自身もかすかなエネルギーの刺激を感じた。

「くそっ」後ろの三人がうっかり前に出ないよう、エメットは片腕をさっと横に伸ばした。クインがそれにぶつかって、どうにか体勢を整えた。

「いったい……？」クインが尋ねようとした。

説明している時間はなかった。エメットの前方の通路で、鮮やかな緑色のエネルギーが炸《さく》裂《れつ》した。巨大なゴーストが高く広く燃えあがり、狭い通路をふさいだ。

シルビアがくぐもった悲鳴をあげ、全員が凍りついた。

ファズがやわらかな哀れっぽい声を漏らして小さな体を震わせる。けれど六本の足すべてをエメットのシャツにしっかり踏ん張ったまま、脈打つ緑色のゴーストに直面していた。

「まさに必要としてたものね」リディアが陰気な声で言った。

「どういうこと？」シルビアがささやくように言う。「この通路の邪魔者は全部片づけたと思ってた。ほかの人たちがしょっちゅう通るんだもの」

このゴーストは今夜のために召喚されたのだと説明しているときではない――エメットはそう判断した。ふつうとは異なる不和エネルギーのパターンから、これが実際は二つのゴーストを一つに融合させたものだとわかった。

つまり、通路の入口で二人のハンターが仕事をしているということ。だが昨夜エメットが感電させた若者の一人がこれほど早く復活できるとは思えない。それに、二つのゴーストを融合させたこれを操っている人物は、未熟な初心者ではない。どんなに短時間であれ、二つの異なるエネルギー・フィールドを一つにするには、経験と訓練が必要だ。

となると、昨夜とは別のハンターということ。マシューズか？

ゴーストが通路をエメットたちのほうへ漂いはじめた。

「エメット叔父さん？」クインの声は不安そうだ。

「大丈夫だ、クイン。あの正体は二つのゴーストを一つにしたものだ。少し違う扱い方をしなくてはならない。いま、あの後ろには二人のハンターが構えている。私たちからそいつらは見えないが、そいつらからも私たちは見えない。これからあのゴーストを操って、召喚した二人のほうへ押し戻すつもりだ。だがもしそれがうまく行かなかったら、あのゴーストを消さなくてはならない。いずれにせよ、結局はハンターの相手をすることになる。向こうは武器を持っているかもしれない」

「わかった」クインがシルビアを後ろにさがらせ、エメットの隣りにやって来た。「でも琥珀がないから、俺、あんまり役に立たないよ」

「気にするな。敵はあんな調子でエネルギーを使っている。こっちと対面するころには火花を二、三個散らすくらいしかできなくなっているはずだ。だがすばやく動け。ゴーストが消えると同時に攻撃するぞ」

クインがわかったとうなずいた。「接近戦だね？」

「たぶんな」

「エメット？」リディアがすぐ後ろから切迫した声で呼びかけた。

「シルビアを頼む」エメットはやわらかな声で命じた。「残りは私に任せろ」

いまのはきっと、リディアがいつも文句を言っている、ギルドの男臭いろくでなしの台詞《せりふ》みたいに聞こえたことだろう。けれどいまは巧みな言葉を操っているときではない。幸いリディアは反論することなく、シルビアを連れて後ろにさがってくれた。

ゴーストが速度をあげてこちらに近づいてきたが、それでも〝速い〟とは言えなかった。いかなる緑色のエネルギー体も、人がふつうに歩く速度をしのぐスピードで動くことはできないとされている。しかも、エネルギー・フィールドが大きくなればなるほど、動きは鈍くなる。それでも、もし隅に追いつめられたら一貫の終わりだ。

エメットは周波数のパターンを探った。先に見つけたのは弱いほうだ。予期したとおり、それを操っている人間のコントロールは安定していない。支配的なゴーストを操っているハンターが、融合を完成させるため、すでに波形のパターンを大幅に干渉していた。

ゴーストが怒ったような緑色の光を燃えあがらせて脈打ちながら、さらに近寄ってきて、エメットたちを通路の先へと追いやっていく。

エメットは腕時計の新しい琥珀が熱を帯びるのを感じた。そこにいっそうエネルギーを注ぎこむ。

ゴーストの動きが鈍り、内なるリズムを維持しようともがいたが、止まりはしなかった。エメットは腕時計の琥珀が濁った瞬間、それを悟り、エネルギーを集中させる先を首のチェーンにつけているバックアップの琥珀に切り替えた。

二重のゴーストは、いまやトラブルに陥っていた。動きを止めて激しく脈打っている。エメットは崩壊のきざしを見て取った。

「よし」そっと甥に言った。「逆流させてみるが、失敗したら、覚悟はいいな、クイン?」

「いいよ」

持っている繊細さを総動員して、エメットは弱りつつあるゴーストを操りはじめた。巧みにつついているうちに、ゴーストが来た道を戻りだした。

水晶の階段のあたりから驚きの悲鳴があがった。

「くそっ! 乗っ取られた」

クインがにっと笑った。「やったね、叔父さん」

「行くぞ」エメットは前方に駆けだした。「敵は状況を悟ったらすぐにあのゴーストを消すはずだ」

「叔父さんにぴったりついてくよ」

「わたしも」リディアがきっぱりと言った。「シルビアもよ」

まったく、この女性は最悪のときを選んで命令に逆らってくれる。エメットは新たな指示をくだそうと口を開いた。

けれどそのとき、薄れゆくゴーストが最後の脈を打って消えた。

「いまだ、クイン」

階段の緑色の光を背景に、二つの人影が浮かびあがった。三メートルと離れていない。エメットとクインが迫ってくるのに気づいて、二人は向きを変え、階段のほうに駆けだした。

一人は〈グリーン・ウォール・パブ〉の裏通りでライアン・クルソを襲った二人組の片割れだ。もう一人はここでボランティアをしているボブ・マシューズ。どちらかが違法な共鳴磁石銃を持っていたとしても、慌てふためくあまり忘れてしまったのだろう。

二人は階段を駆けあがり、明かりの点いていない物置の暗がりに走りこんだ。

エメットも続いて出口を抜けた。若いハンターはすでに消えたあとで、シェルクーのオフィスから安全な通りのほうへと逃げだしていた。

けれどマシューズの動きはそれほど速くなかった。自分の召喚したゴーストを乗っ取られて反撃されるという体験をしたばかりで、感覚がかき乱されているのだろう。そういう体験は堪えるものだ。大いに。

エメットはマシューズをつかまえてくるりと向きなおらせ、いちばん近くのファイルキャビネットにたたきつけた。

マシューズが怒りと恐怖に顔をよじり、拳を握ってやみくもに殴りかかってくる。エメットはすんでのところで股間への一発をかわしたが、拳は脇腹に命中し、思わず後ろによろめいた。

マシューズが即座につかみかかってきて、エメットを床に組み伏した。

「くそ野郎」マシューズが馬乗りになってわめく。上着のポケットに片手を入れ、取りだしたときには光るナイフを握っていた。「もう少しですべてを手に入れられたのに。よくも邪魔しやがったな」

エメットは、ナイフを握ったマシューズの手首をつかんだ。マシューズがまたわめき、切っ先を下にしてナイフを離した。エメットの左目の真上で。

エメットはすばやく顔を背け、刃が耳元の床にぶつかる音を聞いた。

すぐさまマシューズを引っ張って体の上から振り飛ばすと、鋭い衝撃音が響いた。ぶつかる手応えを感じたエメットは、敵がキャビネットの角に頭をぶつけたのだと悟った。マシューズの体から力が抜けて、動きが止まった。

染みだらけのぼろ服に身を包み、すえたアルコールのにおいを放つ二人の男が、オフィスに通じる物置の戸口に現れた。エメットはその二人を渋い顔で睨みながら立ちあがった。

「おまえたち、いったいなにをしていた？」エメットは尋ねた。

「少し遅れてすみません、ボス」レイ・ダーヴェニが陽気に言った。「外でちょっとトラブルがありまして。ボスと連れの女性が中に入ったあと、例の女が玄関にイリュージョン・トラップをしかけたんです」

「見たこともないようなすごいやつでしたよ」アドラーが口を添える。「地上であれだけのブツをしかけられるなんて、思いもしませんでした」

エメットは眉をひそめた。「おまえたち、どうやってくぐり抜けた？」

「一分ほど前に少年が駆けだしてきたんです。そこにトラップがあるのを知らなかったんでしょうね。まっすぐ突っこんでいって、ばちん。トラップが外れてしまえば、俺たちはすんなり入ってこられました」

「エメット」リディアが緊迫した声で言った。「問題発生よ」

「シルビア！」クインが言う。「シルビアがつかまった」

エメットはくるりと振り返った。階段のてっぺんにリディアとクインが並んでいる。二人とも、入口から中をのぞきこんでいた。

「その娘を放しなさい」リディアが大声で呼びかける。

エメットは、二人が緑色の階段を見おろしているそばに歩み寄った。ヘレン・ヴィカーズが階段のふもとにいる。一人ではない。シルビアの頭に共鳴磁石銃を突きつけている。どうやって手に入れたのだろう。

「いったいどこから現れた？」エメットはつぶやくように言った。

「階段の暗がりに隠れてたの」リディアが小声で返した。「あなたがマシューズと戦ってるあいだにシルビアがつかまったわ」

「だれか一人でも追ってきてごらん、この娘を殺すわよ」ヘレンがかすれた声で言う。「脅しじゃないからね」

「だれも追っていったりしないわ」リディアがやわらかな声でなだめるように言う。「誓って本当よ」

「そんな言葉を一瞬でも信じると思う？」ヘレンの顔が怒りで歪む。「なにもかもあんたのせいよ、このばか女。わたしがあのドリームストーンを見つけたの。わたしが最初にトラップを解除したの。あれはわたしのものよ」

ヘレンがさらに一歩後じさった。その足が小さなごみの山のようなものをかすめる。

「頼む」クインが必死に呼びかける。「シルビアを放してくれ」

「お黙り。おまえなんて、シェルターにやって来たその日に処分しておくべきだったわ。ギルドが首を突っこんできたらなにかの役に立つかもしれないと思って生かしておいたけど、おまえは結局トラブルの種にしかならなかった。とっととだれかに感電させて、地下墓地に捨てておくべきだったわ」

「ヘレン、落ちついて。地下通路で迷うのがオチよ」リディアが言った。「地下で死にたくないでしょう？」

「迷うもんですか。この区画にはほかにも出口があるの。わたしは何カ月もここで過ごしてきたのよ。地理はだれより知っている——」

言葉が途切れて悲鳴があがった。ヘレンがもう少しで踏みそうになった小さなごみの山が動いたのだ。ファズが本来の姿であるしなやかな捕食者となって、ズボンを穿いたヘレンの脚を瞬く間に駆けあがった。

ヘレンが悲鳴をあげ、空いているほうの手で必死にはたき落とそうとする。「これはなによ？　あっちへ行け！　行けったら！」

ファズがヘレンの喉元にたどり着いた。小さな牙が頸動脈《けいどうみゃく》の真上できらめく。

ヘレンがまた悲鳴をあげた。発作的な動きでシルビアを放して銃を落とし、ファズを喉から引き剝がそうとした。

「ファズ――」リディアが階段を駆けおりた。「跳べ！」

ファズがヘレンの首から跳び離れ、六本の足すべてで着地した。一目散に駆けてきたダスト・バニーを、リディアが両腕で掬いあげた。

シルビアが緑色の床から銃をつかみ取り、階段に走ってくる。クインが迎えに行くと、シルビアがその胸に飛びこんだ。エメットは、急に階段の入口が人でいっぱいになったことに気づいた。ヘレンが地下通路を逃げていく足音が響く。

「みんな、すまないが彼女を追いたいから道を空けてくれないか？」エメットは唸るように言った。

クインが向きを変え、通路の奥を見つめた。「逃げられた」

「大丈夫よ」リディアがそっと言った。「遠くへは行けないから」

「なに言ってるんだよ」クインが強い口調で言った。「さっきの言葉を聞いただろ。あの女はここの地理に詳しいんだ」

「それもあまり役には立たないわ」リディアがエメットの腕をつかんだ。「わたしを信じて」

そのとき、さらなる悲鳴が水晶の壁にこだました。悪夢の中心から聞こえるような悲鳴だった。それは長いあいだ響きわたってから、あとに死のような静けさを残した。エメットは〝血も凍るような〟という言葉の本当の意味をいま初めて理解した気がした。リディアのほうを見た。

「あなたがゴーストと戦ってるあいだに、小さなドリームストーンのトラップをセットしなおしたの」穏やかな声で言う。「念のため、わたしたちの後ろの通路に。万一撤退することになったら、少しは役に立つかもしれないと思って」

エメットはしばらくのあいだリディアを見つめた。それからゆっくりと微笑んだ。「プロと仕事をするのはいつだって気持ちのいいものだ」

28

アリス・マルティィネス刑事は、怒ったような固い仕草でファイルをデスクに放った。「行方不明者の捜索願を出すべきだったわね」

「甥は十八だし、犯罪が絡んでいるようにも思えなかった」エメットはマルティィネス刑事のオフィスの壁に寄りかかった。「警察がそれほど深刻に受け止めてくれたとは思えない」

マルティィネス刑事がうんざりした顔でエメットを見た。「あなたとギルドの関係を知っていても？　勘弁して。すぐに〈トランスヴァース・ウェイブ・ユース・シェルター〉をくまなく捜査していたわ」

「そこまでおおっぴらなことをされていたら、ヴィカーズとマシューズはクインを処分するしかないという結論をくだしていただろう。甥を殺して、調査されていない地下墓地の通路に死体を捨てていたはずだ。実際は、二人はドリームストーンの発掘が終わる前に〈レゾナンス・ギルド〉のだれかが調べに来たら人質として使えるよう、甥を生かしておいた」

マルティィネス刑事は喜んではいないが、この件について彼女にできることはない。エメットに言わせれば、本気で不平を唱える理由はないはずだ。なにしろ、エメットとリディアがすべてを刑事の膝の上に差しだしたようなものなのだから。二人のおかげでマルティィネス刑事は二つの殺人事件を解決し、何人かを逮捕して、伝説的なドリームストーンの違法な発掘を暴くことができた。出世は間違いない。だが世の中には純粋に明るい面を見られない人もいるのだ。

マルティネス刑事の苛立ちを受け流すのは簡単だったが、リディアの冷ややかな態度には不安にさせられた。エメットは、マルティネス刑事の質問にてきぱきと答えるリディアを眺めた。固い姿勢で椅子に座り、顔はエメットと目を合わせなくて済む角度に逸らされている。リディアは冷たいよそよそしさの仮面の後ろに引きさがってしまった。水面下ではなにかが揺らめいているものの、それがなにかはエメットにはわからない。地下墓地から出てきて以来、ずっとこんな調子だ。地下に戻ったことで、いまさらながらトラウマが引き起こされてしまったのだろうかと、エメットは思い悩みはじめていた。

マルティネス刑事がデスクの上の報告書を開いた。「これによると、レゾナンス・シティにいるあなたの調査員は、ヘレン・ヴィカーズが強力なタングラーだった事実を突き止めたそうね」

「ヴィカーズは恐ろしく狡猾でもあった」エメットは言った。「二年前にアンダーソン・エイムズの下で働くようになってから、ほどなく彼にとって欠かせない存在に自分を仕立てあげた。つまり、老齢に差しかかっていたエイムズの心につけ入ったということだ。とにかく、ヴィカーズはどうにかして自分の名前を彼の遺言状に滑りこませることに成功した。ところがエイムズが亡くなると――ついでに言えば、彼の死についてはもう少し詳しく調べたほうがいいだろう――金《かね》などなかったことが明らかになった」

リディアが話を引き継いだ。「ヴィカーズはあのシェルターに行って、閉鎖する前に売却できそうな資産はないかと見て回ったの。そのときに秘密の入口を守る古いイリュージョン・トラップを見つけたと話しているのを、クインが耳にしてるわ。ヴィカーズはそのトラップを解除して、地下墓地を探索しはじめた。一つ目のドリームストーンは、あの通路を発掘しようとした最後の〝廃墟のネズミ〟の骸骨のそばに転がっていた。ヴィカーズは、もっとあるに違いないと直感した。目的を隠すためにシェルターは開けておくことにしたけれど、昔の恋人に連絡して、仲間にならないかと誘った」

マルティネス刑事が片方の眉をつりあげた。「ボブ・マシューズね」

「ああ。二人は過去に一緒に仕事をしたことがあった。だがそこに問題が生じた」エメットは言った。「現場には無数のゴーストやトラップが張りめぐらされていたばかりか、ドリームストーンもすべて個別にトラップがしかけられていた。おそらく二人とも何度か危ない目に遭ったんだろう。安くて交換可能な働き手が必要になった」

マルティネス刑事の表情が険しくなった。「シェルターに集まる、若くて未熟なハンターとタングラーね」

エメットはうなずいた。「クインの友人のシルビアは、カデンスに仕事の口があるという噂を聞きつけた。シルビアから電話でその話を聞いたクインは不安を覚え、彼女を追ってここに来た。私はクインを追ってきた」

「そして、オールド・クォーターにあるチェスター・ブレイディの店にたどり着いた」リディアが言う。「チェスターはクインから小箱を買い取った。だけど興味を引かれたんでしょうね、シルビアのことを訊いて回るクインにつきまとったの。焦ったヴィカーズはクインを誘拐した。そのときはまだ彼とギルドのつながりを知らなかったんでしょう。そして、知ったときには手遅れだった」

「ブレイディはクインが誘拐されるところを目撃したんだろう」エメットは言った。「それで、クインと誘拐犯を追って地下墓地にたどり着いた。そのときにドリームストーンを盗んだに違いない」

逮捕されたあとにすらすらと自供してくれたボブ・マシューズのおかげで、その先は全員が知っている。マシューズは、クインを殺したほうがいいと考えた。保険としてクインは必要だと説いたのはヴィカーズだった。生かしておけば、発掘作業を手伝わせることもできるからと。

ところがそのあと、二人はクインのポケットから領収証を見つけ、なにやら貴重な品をチェスター・ブレイディに売り払ったことを知った。それはつまり、痕跡が残るということ。そこでマシューズはハンターの一人を連れて、チェスターを尾行した。チェスターが〈シュリンプトン博物館〉に入っていくのを見て、遺物を盗みに忍びこんだのだと勘違いした。チェスターを片づけるにはまたとない機会に思えたので、二人はそれをつかんだ。

しかし二人がチェスター殺害に勤《いそ》しんでいるころ、ヘレン・ヴィカーズはドリームストーンの一つが紛失していることに気づいた。チェスターのいかがわしい取引とタングラーとしての才能を知っていたヴィカーズは、彼が盗んだに違いないと感づいた。けれど問いただそうにも遅すぎた。チェスターはこの世を去ったあとだった。ヴィカーズはマシューズを送りこんでチェスターの店とアパートメントを捜索させたが、なにも見つからなかった。

チェスターがドリームストーンの隠し場所の手がかりをリディアのオフィスに残していったことなど、ヴィカーズとマシューズは知るよしもなかった。

エメットがカデンス・シティにやって来て、リディアが彼の小箱のことであちこち尋ね回っていると知ったとき、二人は慌てふためいた。ハンターの一人をリディアのアパートメントに送りこんで怖がらせ、手を引かせようとした。それが通用しないと、今度は殺人事件の捜査に巻きこもうと考えた。だからリディアのアパートメントを引っかきまわした。ふつうの住居侵入に見せかけていたものの、ハンターが忍びこんだ本当の目的は、リディアと殺人現場を結びつけるものを探すことにあった。ハンターは、リディアのイニシャルが刻まれた琥珀のブレスレットの一つを盗んでいった。

マルティネス刑事がリディアを見た。「二人は、あなたとロンドンさんがグリーリィ殺害の容疑で逮捕まではされなくても、容疑を晴らすので手一杯になるだろうと考えたのね」

「あの時点では、二人は残りのドリームストーンを発掘してカデンスから逃げだすまでの時間稼ぎをしたいだけだった」エメットは言った。

「その計画が失敗すると、二人はさらに一計を案じて、わたしたちがどこまで知っているかを把握するためにわたしの元同僚を巻きこんだの」リディアが説明する。「そしてエメットを殺害しようとした」

「二人に必要なのは、あと数日だけだった」エメットは静かに締めくくった。


その日の午後六時、だれかがリディアの部屋の玄関を強くたたいた。三階に住むゼーンのいつものノックではなかったので、リディアは無視することにした。

グラスにワインを注いでから、プレッツェル容器の蓋を開けようと手を伸ばす。

またノックの音がした。リディアは今度も無視した。

「おまえのがっつき方を考えると」リディアはファズにプレッツェルを食べさせながら言った。「このメーカーの株を買ったほうがいいかもね」

ファズが肩の上で幸せそうに喉を鳴らし、いつものように熱心にかじりはじめた。

「好きなだけお食べ」リディアは手を掲げてダスト・バニーを撫でた。「それだけのことをしたんだもの。おまえがいなかったら、いまごろどうなってたか」

ワイングラスを手にバルコニーへ向かった。その途中で耳を澄ます。ノックの音はやんだようだ。ほっとした、と言いたいところだが、心の底ではそれは嘘だとわかっていた。

温かな夜だった。バルコニーのドアを開けて、そのままにしておく。ラウンジチェアの一つに腰をおろしたとき、鍵がかかっているはずの玄関が背後で開く音が聞こえた。

ファズは至って満足した様子でプレッツェルをかじりつづけている。リディアは肩越しに振り返ることをしなかった。だれがアパートメントに入ってきたか、確実にわかっている。

「いったいどうなっている」エメットがバルコニーに踏みだしながら言った。「私がもう存在しないなどというふりをきみに許すと思っているなら、考えなおしたほうがいいぞ」

「あなたが存在するのはもちろん知ってるわ」リディアは心が落ちつくことを願いつつ、ワインを一口すすった。『あなたを無視するのはすごく難しいもの』

「よく言われる」エメットがもう一つのラウンジチェアに腰かけた。「なにが悪いのか、話してくれないのか？」

「悪いことなんて、なにもないわ」

「地下に戻ったせいなのか？　いやな記憶でもよみがえったのか？　リディア、精神分析医に診てもらいたければ、レゾナンス・シティにすばらしい医者がいる。家族の友人だ」

「家族の友人」リディアは言い、ワインが飛び散るほど強くグラスをテーブルに置いた。

「ギルドに関係がある医者ってことね」

「確かに彼は〈レゾナンス・ギルド〉で働くハンターたちを診ているが、だからといって、きみたちタングラーを診られないことにはならない。とても有能な医者だ」

「でしょうね」リディアは食いしばった歯のあいだから言った。「さぞかし一流でしょうよ。だけどあいにく、わたしに分析医は必要ないの」

「本当か？　地下墓地から出てきて以来、ずっと態度がおかしいじゃないか。もしかしたら、ひどい経験からたった半年で地下に戻ったのがよくなかったのかもしれない」

リディアは人差し指をエメットに突きつけた。「やめて。あなたもついに、わたしが共鳴力を失ったと思う人たちの仲間入りをしたって言うのなら、いますぐこのバルコニーから突き落とすわよ」

「きみが能力を失っていないのはわかっている」エメットが穏やかに言った。「地下通路できみが見せたトラップへの対処法がなによりの証明だ。だが、悪くなるものはそれ以外にもあるだろう？」

「そうね」リディアはグラスを手に取った。「確かに悪くなるものはほかにもあるわ」

心配そうだったエメットの顔が用心深いそれに変わった。「私はなにかを見落としているようだな」

「あなたが？　まさか」リディアはもう一口ワインをすすった。「なにか見落とすわけがある？　ギルドのボスが――」

「元ギルドのボスだ。それから前にも言ったとおり、できれば〝CEO〟と呼ばれたい」

リディアは鼻で笑った。「失礼。あなたは〈レゾナンス・ギルド〉の元C、E、O。その全知の目が、どうやったらなにかを見落とすっていうの？」

「リディア、今日ここに来たのはきみが心配だったからだ。この二日間、態度がおかしい」

「わたしはどこも悪くないわ」感情のない声で言った。

「そうか？　ではなぜ私からの電話に出ない？　私が玄関の向こうの廊下に立っているのを知りながら、なぜノックに応じない？　答えを聞くまで帰らないぞ」

リディアは彼を見つめた。胸の中で怒りがふつふつとたぎり、噴出されるときを待っていた。「答えが聞きたいの？　いいわ、聞かせてあげる。唯一の問題は、わたしが腹を立ててることよ」

「腹を立てている？」エメットが躊躇した。「私にか？」

「いいえ。わたし自身によ」

エメットがほんの少しだが安堵の色を見せた。「どうして？」

「あなたを信じたから」

「それはいったいどういう意味だ？　私はきみの信頼を失うようなことをしたか？」

「まず最初に、あなたは〈レゾナンス・ギルド〉から二人の男を呼び寄せて、シェルターの外で見張りをさせたわ」

「ハリーとレイか？　確かにヴィカーズが玄関にしかけたトラップのせいで、私の計画どおりには運ばなかったが、妥当な策だったと思っている。発掘作業に〈カデンス・ギルド〉の人間が関わっている可能性もあったから、地元のだれかを使う危険は避けたかった」

「わかってないのね。どうして町の外からギルドのメンバーを二人も呼び寄せたのに、わたしに教えなかったのかって言ってるのよ」

エメットが肩をすくめた。「マルティネス刑事に話さなかったのと同じ理由からだ。つまり、マーサー・ワイアットに知らせていなかったから。ワイアットの許可なしによそのギルドから助っ人を呼んだことは、だれにも知られたくなかった。ギルドの政治は少しばかり複雑でね」

「ギルドの政治」リディアはもどかしさに叫びだしたくなった。「要はそれがすべてなんでしょう？　ギルドの政治のほうが、パートナーに報告を怠らないことより重要なのよ」

エメットが急にひどく用心深い顔になった。「きみが怒っているのは、私が町の外から助っ人を呼んだことを教えなかったからなのか？」

「わたしが怒ってるのは、ギルドの政治を優先させるために、ほかにいくつ教えてもらってないことがあるのかわからないからよ」

「リディア——」

「わたしたちはパートナーだったはずでしょう？　パートナーっていうのは、相手を対等に扱うものよ。相手に報告を怠らないものだわ」

「私はちゃんときみに報告していた」

「最初から嘘をついてたじゃない。そもそもわたしに接触してきたのだって、わたしがあなたのへボ小箱を盗んだと思ったからだわ。違うとわかって、小箱を探しだすためにわたしを雇ったけど、自分がゴースト・ハンターだってことも、ギルドのボスだってことも隠してた」

「元ギルドのボスだ」

「一度ギルドに入ったら、一生ギルドの人間よ」

前触れもなく、冷たい怒りがエメットを包んだ。「タングラーも一生タングラーだろう。最初から持ち札すべてをテーブルに並べなかったのは、私だけじゃない」

「なにが言いたいの?」

「きみはこの件に二つの目標を持っていた。チェスター・ブレイディを殺した人間がつかまることと、ふたたび地下墓地に潜っても問題はないと、自分だけでなくほかの全員にも証明することだ。それを達成するには私が必要だった。きみは私を利用したんだ」

リディアは逆上するあまり息もできなかった。「接触してきたのはあなたよ? わたしを雇いたいと言ったのもあなた。それなのにあなたは最初から、わたしがくだらない家宝を盗んだと思ってた。それから、あなたにはわたしを誘惑するっていう目標もあった」

エメットが立ちあがり、なにが起きているのかリディアが悟る前に手を伸ばしてきた。彼の両手がリディアの両腕をつかむ。そしてラウンジチェアから軽々と引き起こした。リディアは目の隅で、ゴーストのエネルギーが小さく燃えあがるのをとらえた。火花。

ファズが思慮深くリディアの肩から転がりおりて、アパートメントの中に消えた。

「どうやら誤解があるようだ」エメットの声は危険なほど穏やかだった。「誓ってもいいが、誘惑したのはきみのほうだ」

「なにを言うの。まさかわたしが――」

「きみが、セックスを利用して私を操った」

「そんなことはしてないし、あなただってわかってるはずよ」

「そうかな? じゃあどうして私を誘惑した?」

「誘惑なんかしてません」リディアはわめいた。

「では、あれをなんと呼ぶ？」

「確かにわたしたちはセックスをしたわ。ときどき起こることよ、二人の人間が――」最後まで言えなくて、リディアは言葉を切った。

「二人の人間が惹かれ合ったときは？」エメットが補足した。「そう言おうとしたのか？」

リディアはきわめて危険な状況から面目を保ったまま抜けだす唯一の方法に飛びついた。

「そう。そうよ。あれはただのセックス」

「意図的な誘惑ではなかった」

「そう」違いがあるのかわからなかったが、いまはそれについてじっくり考えている場合ではないと判断した。「ただ、そうなったの」

エメットが首を屈め、リディアの口から二センチと離れていないところまで唇を近づけた。

「それでも、極上のセックスだったと思わないか？」

リディアの口の中はからからになった。「それは論点がずれてるわ」

「この口論に論点があるとは思えない。いずれにせよ、追求する価値のあるものは。セックスの話に戻ろう」

「まさに男ね。欲望を利用して、関係について話すことを避けようと――いえ、だからその、仕事上の関係について話すことを避けようとするなんて」

「ふーむ」リディアの話などろくに聞いていないような声だった。いまや意識のすべてがリディアの口に注がれているように見える。「包み隠さず白状すると、いまはなににについても話したくない」

火花はすでに消えていたが、リディアはいまも大気中でぱちぱちと音を立てるエネルギーを感じた。その一部は自分が放出しているように思える。リディアはごくりと唾を飲んだ。

「エメット？」間近に迫られて、体温まで感じる。リディアはそれを無視しようと努めた。

「セックスだけじゃ足りないわ」

「きみは完全に私を信用していないかもしれないが、あの地下墓地で、私たちは最高のチームだった。それは意味のあることじゃないか？」

リディアがなにか答える前に、唇をふさがれた。一瞬リディアはためらって、さらに口論を続けるための意見をまとめようとした。けれどもう遅かった。遅すぎた。

「あなたの言うとおりよ」唇越しに言った。「意味のあることだわ」

エメットに抱きあげられて部屋の中に運ばれた。リディアは目を閉じ、ベッドにおろされたのを感じてふたたび開いた。

エメットがシャツのボタンを乱暴に外し、取り去って脇に放る。それからベルトのバックルに取りかかった。リディアは服を脱ぐ彼を見つめながら、体の奥深くで興奮が渦を巻きはじめるのを感じた。

エメットは大きく滑らかで、完全に欲望を呼び覚まされていた。目に浮かぶ熱は溶けた琥珀よりも熱い。ベッドにのぼってきた彼の腕の中に引き寄せられたとき、リディアはまるでイリュージョン・トラップに踏みこんだみたいだと思った。おそらくは、これまでに出会った中でもっとも危険なトラップに。

　けれどこれは異質な悪夢ではない。別の種類の夢だ。リディアは決断をくだした。できるだけ長くそれを堪能したい。

　そのときエメットの手が肌に触れ、リディアは全身を愛撫される感覚以外のすべてを忘れた。彼の指が這いまわると、官能的なエネルギーが体中をめぐる。リディアは自分が熱く潤ってくるのを感じた。彼の胸にキスをし、彼の香りを吸いこんだ。

　エメットが上に乗ってきて、その重みでリディアをベッドに深く沈ませた。手を下に伸ばしてリディアの膝を抱えあげ、脚のあいだに陣取る。

　それからゆっくりと押しこんでいった。彼の大きさに順応できるだけの時間をリディアに与えつつ、だけど撤退する猶予は与えずに。リディアも撤退したいわけではない。むしろ、いまエメットを求めているほど強くなにかを求めたことはないくらいだ。

　彼の背中の筋肉に爪を食いこませ、腰に巻きつけた脚に力をこめた。エメットが低くかすれた、言葉にならない声を発し、さらに深くうずめて完全にリディアを満たした。

　そしてもう一度キスをした。支配すると同時に服従するようなキスを。リディアにはその奇妙な組み合わせがよく理解できた。なぜなら彼女も同じ感覚に突き動かされていたから。この男性を手に入れたい。この男性に解き放たれたい。リディアは彼にしがみつき、もっとそばに引き寄せた。

　エメットはじっくりと腰を動かして、完全に離れてしまいそうなほど引き抜いては、また根元までしっかりうずめることをくり返した。その感覚に、リディアは耐えられなくなってきた。エメットの自制心が崩れそうなのを感じた。彼の背中は汗で濡れていた。

「いいわ」リディアは彼をきつく抱き締めたままささやいた。「いまよ」言うなり彼のほうに腰を突きだした。

「リディア」

エメットがもう一度、奥深くまで突き立てた。リディアの体を揺るがすほどの絶頂が駆けめぐり、エメットの体に激しい震えが走るのをおぼろげに感じた。唇を開いて小さな悲鳴をあげ、彼の唇にふさがれたと思うや、渦を巻きながら闇に落ちていった。けれど真の暗闇ではない。まるで夢の世界のごとく、きらめくドリームストーンがまばゆい光を放っていた。


しばらく経ってエメットは目を開き、天井を見あげた。リディアはぴったり寄り添っている。とてもいい感触だ。温かくて、やわらかで。リディアは黙っているが、起きているのはわかった。

「きみの言うとおりだ」エメットは言った。「私はすべてを話さなかった」

「嘘でしょう」しかしその声にもはや怒りはなく、ただ皮肉っぽいあきらめが漂っていた。

「理由があったんだ」エメットはゆっくりと語った。「どのギルドも変わろうとしているが、それには時間がかかる。古い習慣はなかなか廃《すた》れないものだ」

「わかってる」リディアが呻いてもの憂げに伸びをした。「隠しごとをしてたと言ってあなたを責められないわ。あなたはクインを守らなくちゃならなかったし、あなたに指摘されたとおり、わたしに個人的な目的があったことは否定できないもの。わたしたちはお互いを利用したのよ」

エメットは顎がこわばるのを感じた。「私たちはパートナーだった。確かにすべてを打ち明け合いはしなかったかもしれないが、だからといって、パートナーじゃなかったことにはならない」

「これ以上、この話はしないほうに一票よ、エメット。どっちも勝てるとは思えない。それに、もう終わったことだわ」

「そうとも言えない」エメットは言った。

リディアの動きがぴたりと止まった。やがて首をもたげてエメットを見おろした。「それはいったいどういう意味？」

エメットは躊躇した。なにしろこれはギルドの問題だ。とても深刻なギルドの問題。だがすでに心は決まっていた。リディアには最後の場に立ち会う権利がある。

「まだけりのついていない問題が一つ残っている」エメットは言った。

29

「これはギルドの問題よ」タマラ・ワイアットが書斎の窓からこちらに向きなおった。その動きで琥珀のイヤリングが朝日をとらえ、濃い黄色がかった金色の光を放つ。「エメット、あなたがどんな話をしに来たにせよ、ギルドの中に留めるべきだわ。スミスさんを巻きこむ理由はないはずよ」

マーサー・ワイアット邸まで車で向かうあいだ、リディアは今日は口をつぐんでエメットにすべてをゆだねようと心に誓っていた。なにしろこれはエメットのショウだ。けれどタマラがあんな風に、まるでリディアがこの部屋にいないかのように話すのを聞いて気が変わった。沈黙の誓いはごみ箱に放りこんだ。

「それはどうかしら、ワイアット夫人」はっきりした声で言った。「今回の件では、わたしは友達を一人と、バーソロミュー・グリーリィという仕事上の知人を一人、殺されたわ。近所に住む少年ははぐれ者のゴースト・ハンターに恐ろしい思いを味わわされた。それよりなにより、わたしは部屋を焼かれそうになったのよ」

タマラがくるりとリディアのほうを向いた。「そのどれ一つとして、〈カデンス・ギルド〉に責任はないわ」

エメットがタマラを見つめて言った。「それは違うな、タマラ。〈カデンス・ギルド〉は関与していた」

「証明できるのか？」マーサー・ワイアットが冷たい声で尋ねる。

エメットが、持参したフォルダーを掲げた。「法廷で通用するほどの証拠ではないかもしれないが、あなたを納得させるにはじゅうぶんだと思う。そしてギルドにおいては、重要なのはそこだろう？」

「いかにも」マーサーがしっかりした声で言った。「わしを納得させられればじゅうぶんだ」

タマラがエメットを見た。「〈カデンス・ギルド〉のだれかがそのシェルターでの一件に責任があるという証拠を本当に持っているのなら、マーサーと二人きりで話し合うべきだわ。すべてはマーサーが引き受ける。やっぱりスミスさんは関係ないはずよ」

「残念ね」リディアは言った。「スミスさんはもうここに来てしまったし、この件が片づくまで帰る気はないそうよ」

やわらかで控えめなノックの音が響いて、タマラの反論を遮った。

「入れ」マーサーが命じる。

ドアが開いた。リディアが首を回すと、まじめそうな男性が書斎に入ってきた。

「スミスさん」マーサー・ワイアットが穏やかな口調で言う。「紹介しよう、デンバー・ガルブレイス＝ソーンダイクだ。デンバーはギルド財団の理事を務めている。デンバー、こちらはリディア・スミスさんだ」

デンバーが礼儀正しく会釈をした。「初めまして」それから訝しそうな顔でマーサーに向きなおった。「お話があるとうかがいましたが」

「そこにいるエメットが財団の寄付金についていくつか訊きたいことがあるそうだ」マーサーがエメットのほうを見た。

デンバーがその視線を追う。眼鏡を押しあげて、薄く微笑んだ。「なんでしょう、ロンドンさん？」

エメットは本棚のそばから動かないまま言った。「〈トランスヴァース・ウェイブ・ユース・シェルター〉への資金援助を始める前に、ヘレン・ヴィカーズの背景は念入りに調査したと言っていたな」

「そのとおりです」デンバーが言う。「なぜです？　なにか問題でもありましたか？」

「ああ」エメットはノォルダーをいちばん近くのデスクの上に放った。「問題があった。レゾナンス・シティの部下にも調べさせたところ、いくつか興味深い事実がわかった。十年前、ヘレン・ヴィカーズは地下での発掘作業中に大事故を引き起こした。告発はされなかったが、二人が命を落とし、貴重な遺物が紛失した。生き残ったチームの面々はヴィカーズに責任があるとした」

「なんてことだ」デンバーがじっとエメットを見つめた。「ヴィカーズさんに関してそんな情報は見つからなかった」

「当時、彼女は別の名前を使っていた」エメットが言う。「きみも見つけたはずだ。部下は二十四時間以内に見つけてきた」

「意味がわかりませんね」

「それだけじゃない」エメットが続けた。「二年前、〈トランスヴァース・ウェイブ・ユース・シェルター〉の創設者であるアンダーソン・エイムズが不審な火事で亡くなった。ヘレン・ヴィカーズは唯一の遺産相続人だった」

デンバーが胸を張った。「シェルターへの資金援助を始める前に、僕がヴィカーズさんの背景調査をきちんと行わなかったとほのめかしているんですか?」

「いや」エメットが言った。「きみは念入りな調査を行ったと思っている」

氷のような声に、リディアはぞくりとした。これは暗く謎めいたエメット・ロンドンだ。かつて〈レゾナンス・ギルド〉を完全な支配下に置き、たった一人で変革をもたらした男。そのエメット・ロンドンは敵を大勢作ってきたとライアンが言っていた。いまなら信じられる。

「私の部下が暴いた情報はすべてきみも突き止めていたものと考えている」エメットがデンバーに言った。「掘りさげる時間はたっぷりあったし、まさにそうしたんだろう?」

「なにをおっしゃりたいのかわかりませんが、こんなにひどい言いがかりをつけられる覚えはありません」デンバーがこわばった声で言った。

「いや」マーサーが言った。「あるはずだ」

タマラが夫を見た。「わけがわからないわ。どうなっているの?」

「じきにわかるよ、おまえ」マーサーが妻に言う。「じきにわかる」

エメットがデンバーを見つめた。「ヴィカーズが——本名はなんにせよ——献身的な利他主義者ではないことを、きみは悟った。そこでさらに調査をしたんだろう？」

デンバーが両手を拳に握った。いまでは目に見えて震えていた。「なんの話だかわかりませんね」

「きみは、彼女とボブ・マシューズと名乗る男が恋人同士だったことを知った。そしてどうやったのか、二人の秘密のドリームストーン発掘計画のことも突き止めた。私の勘では、きみは匿名で二人を脅迫し、強引に仲間に加わって、分け前を寄こすよう話をつけた。その見返りとして、シェルターへの資金援助を続けることと、ギルドに気づかれないように手を打つことを約束したんだ」

「どうかしてる！　よくもそんな言いがかりをつけられたものだ」

「きみが全計画を操作していた——もちろん匿名で」エメットが言う。「ヴィカーズとマシューズはもう弁護士に謎の脅迫者のことを話しただろうが、だれも真剣に耳を貸さないだろう。なにしろ証拠がない。きみはじつに巧妙に手を汚さずに来た」

「正気じゃない」デンバーがかすれた声で言った。

タマラが眉をひそめた。「デンバー、いまの話に少しでも真実はあるの？」

「まさか、とんでもありません、ワイアット夫人」デンバーが言い、くるりとマーサーのほうを向いた。「こんなばかげた話を信じたりなさいませんよね？」

「信じたくはなかった」マーサーが疲れた声で言った。「だが今朝エメットから電話を受けて、おまえがシェルターでの違法な発掘に関わっていた疑いがあると聞き、おまえの家を捜索させた」

デンバーの顔から血の気《け》が引いた。「僕の家を捜索させた？　だけど、そんなのは違法です。そんなことはできないはずだ」

「ロンドン家の家宝が見つかった」マーサーが言う。「確か〈驚異の部屋〉と呼ばれていたな。地下の倉庫に隠されていたそうだ。チェスター・ブレイディが殺害されたあとに、店から盗んだな？　そして新たな所有者になりすましてグリーリィを騙した」

タマラがマーサーの肩に触れた。「あなた、それは事実なの？」

「ああ、おまえ」マーサーが穏やかに言った。「紛れもない事実だ」

そのとき、デンバーが文字どおり崩れ落ちた。急に疲れ果てて立っていられなくなったかのように、ぐしゃりと床にへたりこむ。しばらくのあいだ、書斎には水を打ったような静けさが広がった。

「なんてことをしてくれたの」タマラの貴族的な顔は怒りと嫌悪感に歪められていた。「なにもかも台なしにして。なにもかも！　この一年、わたしはギルド財団に全力を注いできたのよ。ここカデンスにおけるギルドのイメージを一新させるための第一歩だったのに。それがどう？　シェルターでの違法な発掘とギルドとのつながりが世間に知れわたったら、努力はすべて水の泡だわ。マスコミは大喜びでしょうね」

「心配ない」マーサーがなだめるように言った。「この件が世間に知れることはない。これはギルドの問題だ。いつもどおりに処理される」

リディアは静かに鼻を鳴らした。「なるほどね」

タマラがリディアを睨みつけた。「彼女はどうするの？　ギルドの人間じゃないわ。だれが黙らせておくの？」

短く乾いた沈黙がおりた。

エメットが肩をすくめた。無言で。

リディアは涼しい笑顔でタマラを見た。「そんなにギルドのイメージを変えたいの？じゃあ、まずは自ら取り締まろうとするのをやめるのね。デンバーを警察に突きだしなさい。そしてマスコミにたたかれるの」

「無理よ」タマラが瞬時に言った。「マスコミにたたかれることだけは避けなくちゃ。〈カデンス・ギルド〉はいまでさえ強力な犯罪組織とそう変わらないと思われているわ。デンバーを警察に引き渡せば、負のイメージを助長するだけよ」

デンバーが眼鏡を外し、布でレンズを磨きはじめた。「僕に手出しはできませんよ。僕の家族が黙ってはいません。ギルドがどれほど強力だろうと、ガルブレイス＝ソーンダイク家は僕を守ってくれるでしょう」

マーサーがじっとエメットを見つめた。エメットはいまや窓辺に立ち、ポケットに両手を突っこんでいた。

「おまえはどう思う、エメット？」

「デンバーを警察に引き渡すべきだ」エメットが穏やかに言った。「彼の家族には優秀な弁護士を雇う金《かね》がある。どうせ服役することにはならないだろう。彼にとって不利になる確かな証拠はほとんどない」

「だったら、なぜそんなことをする必要があるの？」タマラが訴える。「恥をかくだけだわ」

「なぜなら」エメットが言った。「最終的に重要になるのは、デンバーがドリームストーン発掘計画に関わっていたことではないからだ。むしろ、〈カデンス・ギルド〉がこれまでのやり方を改めて司法制度に訴えたという事実だ。リディアの言ったことは正しい。これは犯罪組織というイメージを振り払うための大きな一歩なんだ」

タマラがくるりとマーサーのほうを向いた。「わたしの話を聞いて！　一年がかりで築きあげてきたものをぶち壊すようなまねはできないわ！」

マーサーは長いあいだ考えこむような顔でリディアを見つめていた。きっと彼女の意見を天秤《てんびん》にかけ、吟味しているのだろう。リディアはまたぞくりとした。これと同じ抜け目ない知性をときどきエメットの瞳に見てきた。おそらく力というのはこんな形でその姿をかいま見せるのだろう。

マーサーがついに向きを変え、タマラにやさしく微笑みかけた。「彼らの言うとおりだ。真に〈カデンス・ギルド〉のイメージを変えたいと願うなら、ここから始めねばならない。わしが警察に電話しよう」

30

〈シュリンプトンの古の恐怖の館〉の前にできた行列は、チェスターの遺体が石棺の中で見つかったというニュースが流れた翌日よりも、三倍長かった。加工されたドリームストーンの初の公開展示を見ようとやって来た人の数は、時間を追うごとに増えていた。リディアはこれほど幸せそうな館長の顔を見たことがなかった。

「昇給されたわ」リディアはメラニーに打ち明けた。

「当然よ」メラニーがにっと笑う。「だけどよくこんなことができたわね。いったいどうやって大学側を説得したの？　よりによってこんな場所でドリームストーンを初公開させるなんて」

リディアは展示物の前を列をなして進んでいく人々を眺めた。「そうね、裏で何本か糸を引いたとだけ言っておくわ」

エメットが近くの展示室からゆったりと出てきた。小さなドリームストーンの壺を眺めていたのだ。「つまり、マーサー・ワイアットを通じて、大学側にいくつか頼み事をしたということさ」

メラニーが顔をしかめた。「どんな頼み事かは訊かないでおくわ」

「わたしも訊かなかった」リディアは陽気に言った。

「まあ、一つだけは確かね」メラニーが言う。「エビちゃん《シュリンプ》館長は死ぬまで今日のことを忘れないでしょうよ。誇らしさで光り輝いてるもの。遺言であんたに博物館を丸ごと譲ったとしても驚かないわ」

リディアは片手を掲げた。「ちょっと。冗談でもやめて」

メラニーが笑った。「ごめんごめん。まじめな話、あんたは個人コンサルタントの仕事が大忙しになって、博物館での仕事は辞めざるを得なくなるでしょうね」

「どうかしら」リディアは言った。「依頼人を増やすには時間がかかるだろうし」

「とりわけ選り好みする質《たち》だとな」エメットが辛辣につぶやいた。

リディアは彼を睨んだ。

「さてと、あたしはこのへんで。受付でフィルの手伝いをしてくるわ」メラニーが滑らかに言う。「きっと切符を売りすぎて、へとへとになってるだろうから」

メラニーが手を振って人ごみの中に消えていった。

エメットはしばし無言でリディアの隣りに立っていた。二人並んで、展示物のあいだを進む人の列を眺める。

「メラニーの言うとおりだな」エメットがやがて口を開いた。「きみは依頼人を増やすのに苦労しないだろう」

「どうかしら」リディアはまた言った。

「次の依頼ではパートナーが必要になると思うか?」エメットがさりげない口調で尋ねた。

「いらないんじゃない？　だって、その可能性は低いもの」

「だが、もしかしたら優秀なゴースト・ハンターの手が必要になるかもしれないぞ」ユメットが言う。

「どうかしらね」

「それなら、今夜デートはどうだ？　これも必要ないか？」

「訊いてくれないんじゃないかと思ったわ」

訳者あとがき

もしも突然、宇宙のどこかにワープ空間がぽっかり開いて、地球と別の惑星を行き来できるようになったら？　そして、その惑星に人類が移住しはじめた直後に肝心のワープ空間が閉じて、移住した人類が取り残されてしまったら？　そんな空想めいた世界を舞台に描かれたのが、本書『星のかけらを奏《かな》でて』です。

設定だけだと、なんだか怖いお話かしらと思われてしまいそうですが〈取り残された人類が死闘をくり広げて『北斗の拳《けん》』的な世界をくり広げる、とか。ちょっとたとえが古いでしょうか……〉、まったくそんなことはありません。まあ、確かに死体は登場しますが（しかも冒頭から）。あと、恐ろしげな組織や怪しげな人物も出てきますが。とはいえ、どうかご安心あれ。そこはロマンス小説ファンにはいまさらご説明する必要などないほどの人気作家、ジェイン・アン・クレンツのこと。みごとロマンスとミステリとＳＦとアドベンチャーを織り交ぜた極上のエンタテインメント作品に仕上げてくれています。

まずは簡単にその世界観をご紹介していきましょう。

本書の舞台となるのはハーモニーという惑星。はるか昔そこに住んでいた種族が作ったと思われる謎めいた緑色の光を放つ水晶の建造物が、地上と地下の両方におびただしく残されている星です。本書の時点から二百年ほど前に突如宇宙に開いた〈カーテン〉というワープ空間をくぐって、地球からこの星へと人類が入植してきたわけですが、ほどなく〈カーテン〉は開いたときと同じくらい急に閉じてしまいます。

入植者たちが携えてきたわずかな機械や道具は徐々に壊れ、滅んでいきます。修理しようにも部品がありません。そんな苦境に立たされつつも、彼らはいちばん重要なことをやってのけました。そう、生き延びたのです。そしてこの星特有の不思議な現象を発見しました。

なんとハーモニーの琥珀《こはく》には人類の超常的な力を引きだす作用があったのです。この星に住む人ならだれでも日常のあらゆる場面でその力を使うことができます。たとえばコンピュータを起動したり、車のエンジンをかけたり、食器洗浄機を作動させたり。

けれどたいていのことには例外があるように、これにも例外があって、琥珀を介した超常的な力がきわめて強く現れる人がいることもわかってきました。そうした力の種類は二つ。古代ハーモニー人が残したイリュージョン・トラップという危険な罠《わな》を取りのぞく力と、ゴーストという危険なエネルギー体を操る力です。やがて前者の力を持つ者はトラップ・タングラー、後者の力を持つ者はゴースト・ハンターと呼ばれるようになりました。

時は流れ、人類はハーモニーで独自の文明を発展させていきます。物語の時点では、ハーモニーには四つの居住区が存在し、それぞれに周波数《フリクエンシー》、水晶《クリスタル》、共鳴《レゾナンス》、韻律《カデンス》という名がつけられています。また、ほとんどのトラップ・タングラーは〈超考古学ソサエティ〉という学術的な組織に所属して、この星の遺物の研究や、地下に迷路のように張りめぐらされた遺跡の発掘調査にあたっています。一方のゴースト・ハンターは、各居住区に一つずつ存在する

〈ギルド〉というマフィア的な組織に所属して、要請があればトラップ・タングラーとともに遺跡の発掘調査に赴くのです。

本書のヒロイン、リディア・スミスは〈超考古学ソサエティ〉に属する優秀なトラップ・タングラー。長いあいだ大学の研究室所属の超考古学者として遺跡の発掘調査や研究で次々と実績をあげ、アカデミックな世界の序列の階段を駆けのぼっていました。しかし、半年前のある出来事をきっかけにその階段から転がり落ちてしまい、失職。いまでは三流の博物館で働いています。そうしながらも、どうにかキャリアと人生を建てなおして失った自信を取り戻すべく、遺物や遺跡に関するよろず相談を請け負うフリーランスのコンサルタントとして再出発しようと奮闘する毎日です。

ところが、ようやく一人目の（しかも報酬を弾んでくれそうな）依頼人がつかまりそうになったとき、リディアはある事件に巻きこまれてしまいます。骨董品店を営む友人のチェスター・ブレイディが彼女の働く博物館内で殺害されて、リディアはその第一発見者になるのです。それだけでなく、容疑者候補の一人にも。

そんな怪しげなコンサルタントと関わるのはごめんだと依頼をキャンセルされるに違いない――リディアはそう考えて落胆しますが、意外なことに、依頼人のエメット・ロンドンはリディアを雇うことを正式に決定しました。なぜならエメットには秘められた動機があったのです。

彼の動機とはなんなのか。また、リディアは依頼を無事に成功させて、失った自信を取り戻し、新たなキャリアと人生に最初の一歩を踏みだせるのか。

わたしたちが生きている世界とはちょっぴり異なる環境でくり広げられる謎解きと冒険とロマンスを、どうぞお楽しみください。

さて、舞台が別の惑星というだけあって、本書には興味深い小道具や生き物もいろいろと登場します。中でも印象的なのが、リディアの飼っているダスト・バニーでしょう。

その見た目から、ファズ、つまり綿ぼこりという名をリディアにつけられているこの子は、目を二対（！）に足を六本（!!）持っています。大好物はプレッツェル。極小のアパートメントで暮らすリディアのよき相棒です。

余談ですが、訳者はちょうど一年前に愛するうさぎ（ブロークントートのホーランドロップ）を病気で亡くしているせいか、バニーという語が入っているだけでこの動物にたいへんな好感を抱いてしまいました。本文中の描写によると、外見もポテンシャルも訳者の愛したうさぎとはだいぶ異なるようですが、それでもその仕草や行動はたまらないほど愛おしく感じます。動物を飼っていらっしゃる読者の方なら、たぶん同意してくださるのではないでしょうか。

ともあれ、独特の世界観を彩るこうした脇役たちも含めて、本書を楽しんでいただけたらと願っています。

そして本書を楽しんでくださった方にぜひお薦めしたいのが、同じ〈カーテン〉の向こうの世界を舞台にした『緑の瞳のアマリリス』（二〇〇七年　早川書房刊）です（とっくの昔に読みましたよ、という方、たくさんいらっしゃると思います。ですが本書で初めてこの世界に出会った方のために、ここは一つご容赦《ようしゃ》ください！）。そちらの舞台はセント・ヘレンズという別の植民惑星で、本書に出てきた超能力とは異なる力が見受けられるようです。残念ながらすでに絶版となっていますが、古書店や図書館でお見かけになった際は迷わずお手に取っていただきたいと思います。

また、本書は惑星ハーモニーを舞台にしたシリーズの第一作目で、続く第二作目でもリディアとエメットが大いに活躍しています。いつかまた読者のみなさまにその活躍をお届けできることを願ってやみません。

最後に、今回も拙い訳者を支え導いてくださった竹書房のみなさまとフリーランス編集者の坂本さま、校正者の八木谷さまに心からの感謝を捧げます。みなさまの存在なくしては一冊の翻訳書も成立いたしません。それから、常に刺激と励ましである翻訳者仲間と、いつも温かく見守ってくれる家族と、きっといまごろ月でお餅をついているであろう亡き愛兎チグラーシャにも。ありがとう。

二〇一二年　夏　石原　未奈子

星のかけらを奏でて

2012年8月17日　初版第一刷発行

著……………………………ジェイン・アン・クレンツ
訳……………………………………石原未奈子
カバーデザイン………………………小関加奈子
編集協力………………………アトリエ・ロマンス

発行人……………………………………牧村康正
発行所……………………………株式会社竹書房
〒102-0072 東京都千代田区飯田橋2-7-3
電話：03-3264-1576(代表)
03-3234-6383(編集)
http://www.takeshobo.co.jp
振替：00170-2-179210
印刷所……………………………凸版印刷株式会社

ISBN978-4-8124-9056-3 C0197
Printed in Japan